Jean Prévost
Das Salz in der Wunde

Jean Prévost

DAS SALZ
IN DER WUNDE

Roman

Aus dem Französischen übersetzt
von Patricia Klobusiczky

Nachwort von Joseph Hanimann

MANESSE VERLAG
ZÜRICH

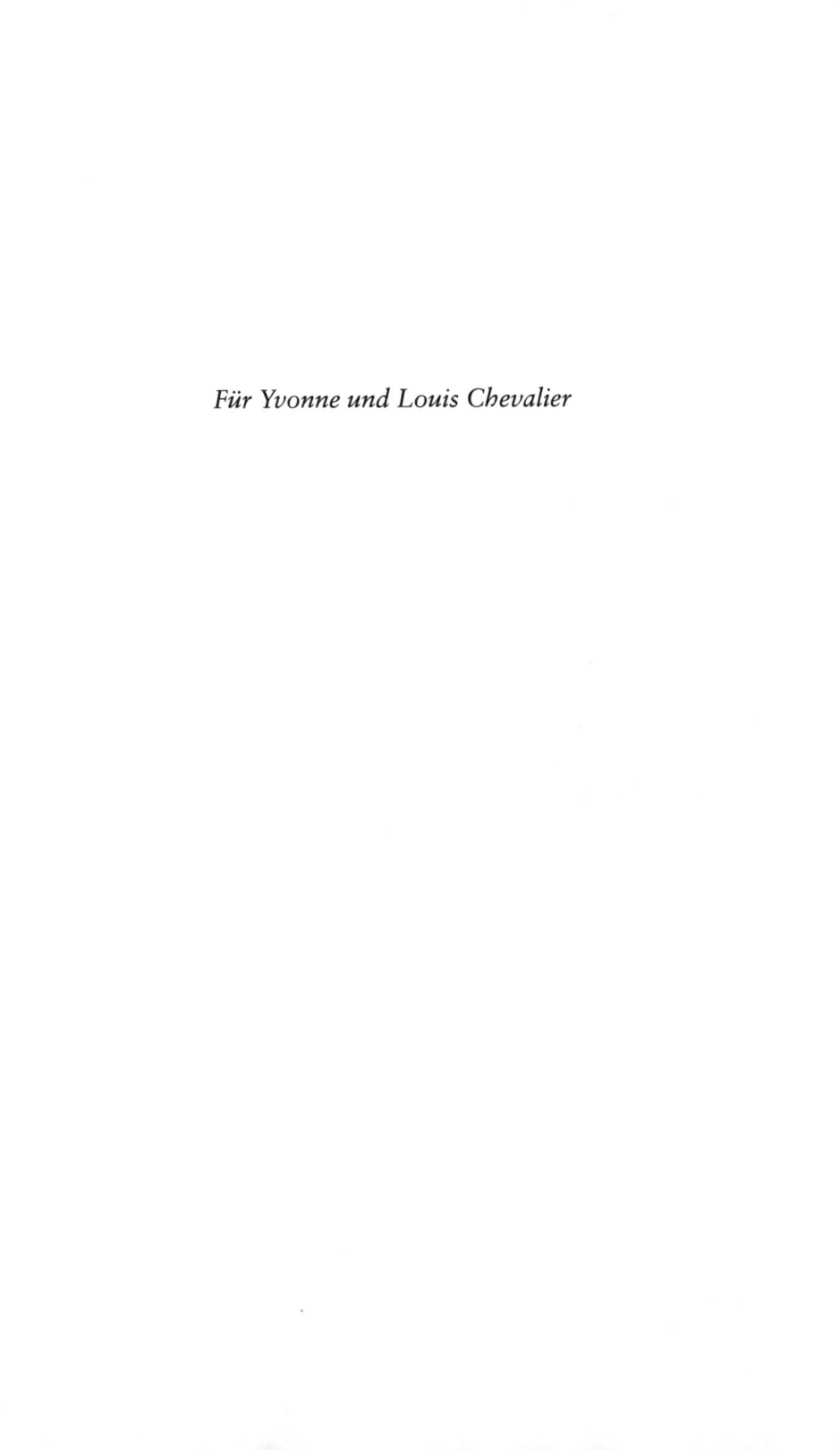

Für Yvonne und Louis Chevalier

ERSTER TEIL
Ein Träumer geht baden

Die Brieftasche

«Kennst du dich eigentlich, Crouzon?»
Crouzon, der auf dem Diwan seines Studienfreundes döste, fand die Frage so komisch, dass er sich auf den Ellbogen stützte; als wäre er gerade wach geworden, betrachtete er die Bettumrandung aus graubraunem Leinen, die Regale voller Bücher, den Tisch mit dem Teetablett, das munter die Unterlagen verdeckte: das opulente Zimmer eines betuchten Studenten.

«Nun?»
Dousset ließ nicht locker. (Ich verderbe dem armen Kerl die Pointe), dachte Crouzon: Da ist eine Antwort fällig. «Lass mich überlegen: Das ist die ganz hohe Schule. Steht heute Abend *Denken* an?»

«Ich wollte auf etwas anderes hinaus; (Doussets Tonfall wechselte von verhalten zu unverschämt) könnte es sein, *mein teurer Freund*, dass du manchmal lange Finger machst?»

Crouzon lachte schallend, spürte, dass sein Lachen zwanghaft wurde, lief puterrot an, verschluckte sich. Und weil der andere ihn immer noch ansah, sagte er: «Hör mal, wie kannst du nur ...»

«Genug», schrie Dousset. Seine Lautstärke, seine Entschiedenheit nahmen rasant zu. Er stand auf, schloss die Zimmertür ab. Nun erbleichte Crouzon, bekam einen trockenen Mund. Barsch sagte er: «Jetzt reicht es aber, mein Dicker.»

«Nein, *mein Kleiner*, das reicht ganz und gar nicht. Ich war bloß eine Viertelstunde weg, um Kekse zu kaufen; ich habe etwas Geld eingesteckt und meine Brieftasche wieder in diese Schublade gelegt. Jetzt ist sie verschwunden.»

«Deine Brieftasche?»

«Willst du Dummkopf mich für dumm verkaufen? Fällt dir nichts Besseres ein …?»

Crouzon saß mit hängendem Kopf da; strich nur eine Haarsträhne zurück. Mit einem leisen Schnalzen – drohend, verletzt – sorgte er für Stille. Dann sagte er mit rauer Stimme: «Willst du mich durchsuchen?»

«Ich denke, für diesen Fall hast du sicher vorgesorgt», erwiderte Dousset verächtlich.

«Du machst mich noch rasend. Pass auf, ich setze mich wieder. Und du such weiter, Freundchen. Sag Bescheid, wenn du einen Beweis hast, dann höre ich dich an. Bis dahin …»

«Glaubst du vielleicht, ich brauche mehr Beweise als deine Visage und dein Fracksausen, du Hungerleider? Wozu länger warten?», fuhr Dousset halblaut fort, als wollte er seinen Zorn auskosten. «Wir erledigen die Sache gleich, ich setze dich vor die Tür. Ich sperre wieder auf und du bewegst deinen Hintern, sonst …»

Crouzon blieb reglos sitzen.

«Na los, hopp, hopp! Wenn ich nachhelfen muss, wird es nicht so glimpflich ablaufen …»

Er packte Crouzon am Kragen, zog ihn hoch. Anstatt sich dagegen zu sträuben, warf sich Crouzon nach vorn und stieß den Kopf in Doussets Gesicht. Der beleibte, schlaffe Hüne fiel um. Sein schmächtiger Gegner sah ihn an, setzte sich achselzuckend wieder hin und merkte, dass seine Augen sich mit Tränen füllten. Dieser große Rüpel da auf dem Teppich und er waren seit zehn Jahren Kameraden. In dieser Wohnung traf er alle seine Freunde. Vorbei, für immer … Er goss ein bisschen Wasser auf sein Taschentuch, tupfte sich die Augen ab. Dann kniete er sich hin, stellte das Tablett neben sich, legte eine mit kaltem Wasser getränkte Serviette auf Doussets Stirn, benetzte seine Lippen mit Portwein. Der Besiegte machte den Mund auf, leckte sich die Lippen, streckte sich, öffnete die Augen. Sie sahen sich an, es dauerte eine Weile, bis Dousset sich auf seinen Groll besann. Er drehte den Kopf weg und sagte, die Wange am Teppich, mit dumpfer Stimme: «Da ist ja die Brieftasche.»

«Deine Brieftasche? Wo denn?», sagte Crouzon.

«Zwischen Sekretär und Bücherschrank; ja, genau dort, auf dem Boden.»

«Ach! Na siehst du, mein Lieber.» Crouzon empfand für Dousset jetzt freundschaftlichere Gefühle als je zuvor. Aber der betastete die Schwellungen an Lippen und Nase, den schmerzenden Kiefer. Er richtete sich auf, befingerte noch einmal sein Gesicht und wirkte dabei wie ein schmollendes Kind. Den lachenden Sieger sah er böse an.

«Wenn du mich nicht niedergeschlagen hättest und ich sie dort gefunden hätte, wäre alles in Ordnung: Ich hätte nichts in der Hand, du nichts in der Tasche, ich hätte dich auf Knien um Verzeihung gebeten. Aber so …»

Crouzon empfand Abscheu für diesen Trottel, der seine verletzte Eitelkeit als Beweis anführte. Doch was konnte er tun? Erneut zuschlagen? Mit zitternden Knien stand er auf, nahm die Brieftasche und sagte verdrossen: «Sieh doch nach.»

«Das ist nicht nötig: Jetzt weiß ich, dass nichts fehlt. Nur keine Sorge, ich habe tatsächlich nicht genug in der Hand, um zur Polizei zu gehen, und will es auch gar nicht. Selbst wenn ich Beweise gehabt hätte, wäre ich nicht hingegangen: Wir waren schließlich Freunde! Das war ein Schlag ins Wasser, mein Guter …»

«Mistkerl.»

«Du nimmst mir das Wort aus dem Mund.» Dousset stand endlich auf.

«Jetzt stell dir mal vor», nahm Crouzon den Faden wieder auf, «dass du zu Unrecht verdächtigt wirst, unter dem Dach eines Freundes, so wie ich gerade. Wie würdest du denn reagieren?»

«Das müssen Sie wissen, Herr Rechtsanwalt Dieudonné Crouzon. Sie sind bald Dr. iur., während ich noch nicht mal das Studium abgeschlossen habe. Dafür wurde ich noch nie des Diebstahls bezichtigt.»

Es folgte ein langes Schweigen. Mechanisch streckte Crouzon die Hand nach einer Zigarettendose aus, zog sie jedoch sogleich zurück.

«Nur zu, bedien dich ruhig, du hast meine Erlaubnis», sagte Dousset mit grimmigem Spott. «Aber weißt du, was ich an deiner Stelle täte?» (Crouzon zuckte zusammen: Er schöpfte wieder Hoffnung.) «Tja, an deiner Stelle würde ich gehen.»

Das Lachen verging ihm, als Crouzon auf ihn zukam. Er stellte ihm einen Stuhl in den Weg, sah sich nach allen Seiten um. Crouzon zuckte mit den Schultern, murmelte «Feigling» und ging. Die Tür schlug hinter ihm zu, wurde verriegelt; dann erst rief Dousset mit erstickter Stimme «Gauner».

Im Treppenhaus starrte Crouzon noch lange auf diese Tür. Schließlich stieg er mit hängendem Kopf die Stufen hinunter.

An diesem Abend aß er allein. Gewiss dachte er daran, alle seine Freunde aufzusuchen, ihnen den Zwischenfall zu schildern; er wusste, der Erste würde im Vorteil sein, er setzte jetzt schon eher auf Taktik, auf zurechtgelegte Worte denn auf seine Redegewandtheit. Er empfand jedoch einen unüberwindlichen Widerwillen, den Zwischenfall zur Sprache zu bringen.

«Ich muss aber hin. Wenn der andere sie vor mir warnt, bin ich meine Repetitorien los, die juristischen und sicher auch die literaturwissenschaftlichen; ich verdanke sie alle Aubrains Onkel, dem Gymnasialdirektor. Und Aubrain und Dousset … Was die Chancen betrifft, im Oktober der Rechtsabteilung von Doussets Onkel beizutreten, die sind ja ohnehin vertan … *Einen Kaffee, Herr Ober, nein, keinen Kaffee, einen Schnaps!* Aber da löst sich ja dein ganzes Leben auf, mein Guter, dein ärmliches kleines Leben, das du schon für einigermaßen gesichert hieltest. Na los, am besten suchst du sie gleich allesamt auf, mindestens aber Aubrain und die *Sperberin*. Los: *Herr Ober, die Rechnung.* Die Stimme versagt mir, ich werde nicht mit ihnen sprechen können. Nein, ich bin rein körperlich nicht dazu in der Lage. Steh auf. Mein armer alter Dieudonné, sieh dich doch im Spiegel an: Heute Abend würde dir jeder unrecht geben. Und jetzt hinterlässt du auch noch zu viel Trinkgeld, wie ein Betrüger, oder als wolltest du dieses Stoppelgesicht aus der Auvergne zum Freund gewinnen. Ins Bett, aber schnell. Wie kalt es hier draußen ist …»

Er ging nach Hause, in seine zum Hotelzimmer umgebaute Flurecke; fuhr mit der Hand zärtlich über seine Bücher, seine Notizhefte, die zahlreicher waren als seine Bücher, mit dem kindischen Gefühl, dass wenigstens *diese* Dinge ihm erhalten blieben. Gern hätte er einen Hund oder eine Katze gehabt. Seine Gedanken verpufften sämtlich; er schlief rasch ein, inmitten des Elends.

An diesem Frühlingsanfang 1924[1] war Dieudonné Crouzon schon seit zwei Jahren kein Internatsaufseher mehr; diese Fortsetzung seines Stipendiatendaseins hatte er in schlechter Erinnerung. Er lebte von Nachhilfestunden, dank eines guten, wenn nicht exzellenten Rufs an der literaturwissenschaftlichen und der juristischen Fakultät. Die Doktorarbeit in Rechtswissenschaft lag fast fertig in seinem Regal, er hatte jedoch schon drei Doktorarbeiten für Freunde verfasst. Anwalt? Jurist und Rechtsgelehrter? Er hatte weder für Politik noch für große Reden etwas übrig. Dabei fand er in der Öffentlichkeit durchaus Anklang, mit seinen dunklen Haaren und der hageren Statur, der geraden Nase und dem schmalen Kinn; bei Studentenversammlungen sprach er aus dem Stegreif, glänzte eine Zeit lang; und gerade, wenn er am mitreißendsten war, hörte er abrupt auf, schnitt sich mit einer sarkastischen Bemerkung selbst das Wort ab. Die einen fanden ihn etwas seltsam, die anderen hochmütig. Man hatte ihn *Ach, doch nicht* genannt, bis zu jenem Tag, an dem ein Schöngeist ihm den Spitznamen *Luftzug* verlieh. Keine Spur von Affektiertheit in seiner Haltung: ein zerstreuter, rastloser Mann, der sich achselzuckend mit einer mittelmäßigen Zukunft abfand. Als er zwanzig war, hatte er bei einer öffentlichen Versammlung einen ehemaligen Minister unterbrochen: «Wer muss dran glauben, Herr Minister, wenn es zu viele Intellektuelle gibt: Sie oder ich?»

Wenn andere große Reden schwangen, pflegte er zu antworten: «Aber warum sollte ich Meinungen vertreten, die meinen Interessen dienen?»

Vom achten Lebensjahr an emsig arbeitend, weil er sich ergeben und voller Schwermut den Umständen fügte, bewahrte er sich die kindliche Weisheit, die Scheu, den Verzicht auf persönliche Interessen, die für Lehrer charakteristisch sind, für resignierte Beamte, für Staatsingenieure. Wie diese strebte er nichts weiter an als eine sichere, eng umrissene Position, die ihm erlauben würde, immer gleich zu handeln und sich selbst auf ewig zu vergessen. Die wohlanständigen Bürger, denen allgemein zugängliche Studienplätze ein Dorn im Auge sind, belustigten ihn. «Das Studium bricht mehr Ehrgeizlinge, als es hervorbringt», sagte er gern und wurde dafür von den Anhängern beider Seiten schief angesehen. Eine Störung im Ablauf seiner dürftigen Existenz war für ihn schlimmer als für einen Bankier der Ruin oder für einen Herrscher der Verlust seiner Krone.

Ein Hechtsprung, den er im Schlaf vollführte, ließ ihn mitten in der Nacht hochfahren. War es vielleicht zu warm für Anfang April? Ach, die Geschichte von gestern: Die brannte ihm wie ein Senfwickel auf der rechten Seite. Er wollte sich wieder in die Laken verkriechen, bekam aber kein Auge zu. Er starrte an die Decke, auf ein Lichtherz oberhalb der Vorhänge; die Schlitze versahen das Herz mit drei strahlenden Lanzen. In einer Anwandlung von Aberglauben berührte er mit einer Fingerspitze den Holzboden: «Ganz ruhig, es sind die Straßenlaternen, die Vorhangschlitze, nichts weiter.» Ihm fielen die paar Äpfel ein, die er mit zwölf stibitzt hatte, als er über die Mauer eines Obstgartens geklettert war; er schämte sich wegen der Tiere, die er beim Jagen getötet hatte; er empfand Reue, weil er einigen Kommilitonen während der Prüfungen geholfen, einer törichten, in Tränen aufgelösten kleinen Verkäuferin den Laufpass gegeben hatte, da er ihr Treulosigkeit unterstellte. Wenn er bereits so vieles auf dem Kerbholz hatte, wie sollte er dann seine Unschuld beweisen? Er glaubte selbst kaum noch daran: Leise fing er mit der *Darlegung des Sachverhalts* an, aber dann kam ihm gleich Doussets hämische Anrede wieder in den Sinn: «Herr Rechtsanwalt Dieudonné Crouzon.» Nein, Wortgewandtheit wäre morgen das denkbar Ungeschickteste; kein ausgefeilter Bericht: Er musste spontan und bescheiden auftreten.

Er betrachtete sich im Spiegel: triste Miene, von vornherein verurteilt. «Kopf hoch, mein Freund», sagte er sich, aber sein bleiches Ebenbild nahm diesen lachhaften Zuspruch mit verzogenem Mund auf: «Hätte ich ihm die Brieftasche doch wirklich gestohlen, dann wüsste ich wenigstens, warum ich zittere. Das gute Gewissen, noch so eine Anwaltsmär! Wer weiß? Vielleicht die dümmliche Beherztheit fantasieloser Leute …» Diese Vorstellung erheiterte ihn kurz, bis sie ihn schließlich betäubte.

Er wachte lange vor Tagesanbruch auf, erstellte eine Liste der Leute, die er unbedingt aufsuchen musste. Zunächst Aubrain, dann die *Sperberin*, danach Boutin. Mit Boutin beginnen: Der mochte ihn am liebsten ... nein, mit den anderen ...

«Jetzt habe ich mich auch noch beim Rasieren geschnitten. Ein Bläschen an der Lippe: Wie sollte es anders sein. Der Tag fängt ja gut an!»

Hundertmal sprach er vor sich hin, eintönig wie ein Hypnotiseur: «Crouzon ist unschuldig, Dieudonné Crouzon ist unschuldig.» Doch als er auf die Straße trat, stach ihm die Sonne in die müden Augen, und sein jüngst erwachter, uneingestandener Aberglaube deutete dies als schlechtes Omen.

Die Verbannung

Zuerst musste er zu Aubrain eilen. Crouzon klopfte so früh bei ihm an, dass er ihn im Morgenmantel vorfand, während er noch bei seinem Café au lait saß. «Ach, du bist's! Guten Morgen, Crouzon», sagte er gedehnt.

Crouzon warf einen Blick auf das Telefon: Dousset hatte Aubrain bestimmt noch am gestrigen Abend unterrichtet. Aubrain hatte ihm natürlich geglaubt. Das hätte er sich doch im Voraus denken können, dass die beiden ein Herz und eine Seele waren, alles aus demselben Blickwinkel betrachteten. Der schlanke, hochgewachsene Aubrain, der, wäre er weniger träge gewesen, wie ein Offizier gewirkt hätte und seine glatten Haare so hingebungsvoll pflegte wie Dousset seinen Bürstenschnitt, hatte genau wie dieser die Anmutung eines verzogenen Kindes. Sogar Aubrains Freundlichkeit war, wie Crouzon jetzt erkannte, stets herablassend gewesen.

«Egal, dann kämpfe ich eben», dachte der Verleumdete. *Sein Gewissen* befahl ihm zu kämpfen, und diesmal sollte es nicht umsonst gesprochen haben. «Hat dir Dousset seine Räuberpistole erzählt?»

«Ja, ich weiß Bescheid», sagte Aubrain und machte es sich in seinem Sessel bequem, als gewährte er eine Audienz. Er bot Crouzon eine Zigarette an, die dieser ablehnte.

«Nein, du weißt noch gar nichts, bitte, hör mich an. Diese ganze Geschichte ist einfach absurd …» Einmal in Fahrt gekommen, fiel ihm das Reden nicht schwer. Er fesselte die Aufmerksamkeit seines Gegenübers: Wenn er ihn zurückgewann, würde es ihm gewiss auch bei allen anderen gelingen. Er verstummte. Aubrain sah dem aufsteigenden Rauch nach, sagte dann nur: «Dousset ist sich sicher, die Brieftasche in die Schublade gelegt zu haben.»

«Und ich bin sicher, die Rachsucht trübt ihm die Erinnerung. Der Fettkloß verwindet es nicht, dass er von mir Prügel bezogen hat. Er lügt nicht bewusst, aber du kannst dir ja vorstellen, wie uneinsichtig dieser Dickschädel ist …!»

Hier beging Crouzon einen Fehler: Sich über Dousset zu erheben hieß, sich über Aubrain zu erheben. Er sah, wie sein Gegenüber die lässige Pose noch übertrieb, ein nachdenkliches Gesicht aufsetzte. Schließlich sagte Aubrain bedächtig, als verkündete er ein Urteil: «Ich wäre sehr geneigt, Dousset die Schuld zu geben, wenn du schon bei den ersten Anzeichen einer Auseinandersetzung gegangen wärst. Dabei geht es nicht nur um Feingefühl, mein Lieber: Es geht auch um Stil. Du hast ihn niedergeschlagen, du hast dich ins Unrecht gesetzt … Nein, gib dir keine Mühe, ich weiß noch genau, was du mir erzählt hast. Ich stelle lediglich fest, dass es keine Beweise gibt, weder auf der einen noch auf der anderen Seite. Ich beschuldige dich nicht. Ich weiß nicht, was ich von dieser Geschichte halten soll, ich habe keine Meinung dazu. Und ich finde sie so unangenehm, dass ich nicht mehr darüber nachdenken möchte. Auf Wiedersehen, mein Freund.»

Er schob Crouzon ganz sanft zum Ausgang, aber dieser

lehnte sich an die Tür, senkte den Kopf und sprach leise und beharrlich auf ihn ein: «So wird man doch beiden Seiten nicht gerecht, man teilt bloß die Verantwortung auf. Aber so würde man mehr oder weniger mit allen Ungerechtigkeiten durchkommen.»

Aubrain nickte lächelnd, als nähme er dieses Argument nur wegen seiner Eleganz zur Kenntnis. Er antwortete nicht.

«Was nun meine Schüler am Gymnasium angeht», fuhr Crouzon mit heiserer Stimme fort, «muss ich doch nicht befürchten, dass …»

«Aber nein, solange die Geschichte nicht durchsickert», sagte Aubrain. «Und ich werde sie ganz bestimmt nicht an die große Glocke hängen, keine Sorge.»

Mit diesem billigen Trostwort öffnete er die Tür.

Crouzon fühlte sich verloren, wie ein Getriebener beschleunigte er seine Schritte. Ohne ihn zu bemerken, lief er dem dicken kleinen Louviers über den Weg, der in Châtenay wohnte und wie jeden Morgen aus der Gare du Luxembourg trat.

«He da, wohin so eilig?», rief Louviers lachend. (Er weiß von nichts: Sprich ihn als Erster darauf an.)

«Ach, wenn du wüsstest, was mir passiert ist …» Und er erzählte seine Geschichte; gegen seinen Willen benutzte Crouzon wieder dieselben Worte, denselben Tonfall wie bei Aubrain.

«Pah! Das ist doch nicht der Rede wert», sagte Louviers. Er hatte soeben seine Zeitung aufgeschlagen und wiederholte, während er die Schlagzeilen überflog: «Nur keine Aufregung, das ist nicht der Rede wert.»

«Entschuldige mal, Louviers, für mich ist es doch ziemlich schlimm; hör mich an, bitte.»

Und dann fuhr er fort: «Wie groß Doussets Verblüffung war, als er die Brieftasche wiederfand, und wie hartnäckig sein Groll – und wie wenig er von seinem Verdacht ablassen wollte, auch wenn hinter seiner Lüge keine Absicht steckt.»

«Du verstehst dich aufs Plädieren», sagte Louviers heiter. Mit seinen zu kurz geratenen Armen, seinen Patschhändchen ahmte er die Gesten des mageren Crouzon in übertriebener Weise nach. «Sei unbesorgt, Herr Rechtsanwalt Dieudonné Crouzon, du wirst vor dem Schwurgericht eine fabelhafte Figur machen.»

«Aber jetzt geht es erst einmal um meinen Lebensunterhalt, verdammt.»

«Gut, dann handelt es sich also um ein Sozialdrama. Revidieren wir eben, ich bin Revisionist[2]: alte Familientradition.»

Dann verzog er sich rasch, immer noch lachend, mit seinen kurzen Beinen und seinem fetten Bäuchlein.

«Boutin ist der Einzige, der mir möglicherweise Gehör und Glauben schenkt. Hoffentlich treffe ich ihn zu Hause an.»

Boutin, ein Literaturdozent, wohnte am Rond-Point Bugeaud, im Haus der *Fondation Thiers*[3], wo er an seiner Promotion arbeitete. Als Crouzon an seine Zimmertür klopfte, schwitzte er vor Aufregung; der Ruf «Herein» erfüllte ihn mit Freude, und erst recht das friedfertige, von struppigen Haaren umrahmte Gesicht, das ihn aus großen blauen Augen ansah. «Er weiß von nichts. Netter Kerl – wie schwerfällig er aufsteht, und wie schlecht seine Hose sitzt.»

«Ich ahne, warum du hier bist», sagte Boutin. «Dousset, dieser Hornochse, hat mich gestern angerufen. Seine Geschichte schien mir hanebüchen von A bis Z; er hat sich vom Zorn leiten lassen, und du warst so dämlich, wie Unschuldige es eben sind. Mehr ist an der Sache nicht dran.»

Crouzon strahlte: Er kam wieder zur Besinnung. «Wie einfühlsam dieser Tollpatsch ist; er hat etwas von einem Geistlichen, einem Beichtvater an sich.» Er betrachtete die Kupferstichalben, die Kunstbände und die Philosophiebücher, den ganzen Tempel, dem Boutin als Priester vorstand. «Sogar wenn ich schuldig wäre, würde er mir vergeben.» Diese vollkommen unerwartete Einsicht schmerzte Crouzon ein wenig. Er packte Boutin am Arm: «Lass uns eine Runde im Bois⁴ drehen, dann erkläre ich dir alles.»

Noch einmal erzählte er die *Geschichte*, aber diesmal redete er sie sich von der Seele. Schließlich sagte er: «Für mich selbst tauge ich nicht als Anwalt, mein Freund, ich brauche Ratschläge, Hilfe. Gemeinsam könnten wir ...»

«Hör zu, mein armer Crouzon, darf ich offen sprechen, auch wenn es dir sehr wehtun wird? Es ist nämlich so: Die anderen werden dir nicht glauben, weil sie dich nicht mögen. Du scheinst dich immer über sie lustig zu machen, selbst wenn du ihnen beipflichtest; wenn du deine Meinung äußerst, kommt es jedes Mal zum Streit. Ich verstehe nicht, warum du ständig mit diesen Jungs und Mädchen zusammen bist, anstatt sie höchstens von Zeit zu Zeit zu treffen, so wie ich. Dein Umfeld? Du hast keins. Da du dir aber selbst nicht traust, brauchst du die anderen. Du sehnst dich nach Wertschätzung durch Dritte, weil du dich selbst nicht wertschätzt. Was glaubst du, warum Aubrain ihnen besser gefällt als du? Ganz einfach: Er ist ein eitler Fatzke. *Er liebt sich selbst,* und wer anderen gefallen will, muss zuerst einmal sich selbst lieben.»

«Woher weißt du das, du Meisterpsychologe?», fragte Crouzon betrübt.

«Ach, weil ich noch linkischer bin als du; ich habe schon lange erkannt, worauf man verzichten muss, wenn man linkisch ist. Momentan mögen sie dich nicht, und sie finden dich gar zu geschickt. Wenn ich für dich einstehe, werden sie mich für einen Trottel halten, den du um den Finger gewickelt hast.»

«Was soll ich dann tun? Du bist der Einzige, der an meine Unschuld glaubt, und ausgerechnet du raubst mir jede Hoffnung.»

«Verzicht üben, alter Freund. Ich habe es auch getan, ich habe aufs Schreiben verzichtet, auf glanzvolle Rhetorik, auf die Ehe. Ich sage ja nicht, dass du auf deine Unschuld verzichten sollst. Aber solange du den Eindruck machst, nur deine Interessen zu vertreten, nur die Stellung zu halten, die du in ihrer Mitte erringen wolltest, werden sie dir nicht glauben. Du musst von hier weg.»

«Aber wohin? Ich kenne niemanden, nirgends.»

«Warte, ich werde Lentraygues anrufen; ich habe gehört, dass er *Normaliens*⁵ und junge Anwälte sucht, um in der Provinz Wahlkampf zu machen. Wenn du nichts Besseres findest, kann ich dich vielleicht da einschleusen.»

«Ja gern, je schneller desto besser. Wenn sich das herumgesprochen hat, sind wahrscheinlich schon alle Posten weg. Könntest du gleich vom nächsten Café aus anrufen? Ich platze vor Ungeduld.»

«Stimmt», seufzte Boutin, «du wirkst wie eine gehetzte Ratte, die endlich einen Ausweg sieht. Ihr Götter, lasst mich niemals so empfindlich werden …»

Sie betraten ein Café. Keine Minute später stand Crouzon allein vor seinem geleerten Glas und klopfte mit den Nägeln gegen den Stiel.

«Ich habe tatsächlich etwas für dich aufgetrieben», sagte Boutin bedächtig. «Im Departement Indre[6] – Hauptstadt Châteauroux –, republikanisches Lager; Leitung einer Tageszeitung, Wahlkampftouren. Fünfzehnhundert Franc im Monat bis zu den Wahlen: Das sind zwar nur anderthalb Monate, doch immerhin genug Zeit, um zu sehen, ob es hier oder dort weitergeht.»

«Aber was habe ich bei diesen Leuten vorzuweisen?»

«Ach, auf Lentraygues ist Verlass. Ich habe ihm gesagt, er soll dich als meinen Bruder betrachten. Übermorgen kannst du los; von der Parteizentrale bekommst du noch Broschüren und Merkblätter, um deine Kandidaten und Wähler *auf Kurs zu trimmen.*»

Crouzon lachte unwillkürlich auf, entschuldigend sagte er: «Seit gestern *passiert* etwas in meinem Leben, und allmählich glaube ich fast, dass ich jemand *bin.*»

«Gute Götter, bewahrt mich vor solchen Anwandlungen», nahm Boutin seine Litanei wieder auf. «Mein armer Crouzon, du darfst bei alledem nicht vergessen, dass dein Leidensweg noch nicht beendet ist; du musst von deinen ehemaligen Freunden Abschied nehmen, und werde ja nicht unverschämt, denn ich möchte dich unbedingt reinwaschen.»

«Was, vor diesen albernen Affen? Aber du hast natürlich recht; wie man sieht, bist du eindeutig der Weisere von uns beiden.»

«Keineswegs, ich bin bloß der Langsamere, nur dass diese erzwungene Geduld mich schon vieles gelehrt hat.»

«Du weiser Mann, ich streiche dir Honig um den Bart, weil ich eine verwegene Bitte habe: Lass uns die *Sperberin* nach der Vorlesung abholen und mit ihr Mittagessen gehen. Ohne dich zieht sie nie und nimmer mit.»

«Meinst du die kleine Mallat? Das ist in der Tat verwegen, aber mir ist klar, dass ich dir heute nachgeben muss. (Taxi! Taxi: Ecke Rue Saint-Jacques und Rue Soufflot, es eilt.) Ich habe dich einmal in ihrer Gegenwart erlebt, und selbst ich grober Klotz konnte mir denken, dass ... Aber warum nennst du sie *Sperberin*?»

«Ist dir nicht aufgefallen, dass ihre kleine Nase gebogen ist wie ein Sperberschnabel? Das sieht man selten, bei so großen Augen.»

«Das wusste ich nicht», gestand Boutin offen ein. «Ich werde das in meinen Bänden über Porträtmalerei nachprüfen; aber Vorsicht bei englischen Künstlern, die malen die Augen stets größer, als sie in Wirklichkeit sind.»

Crouzon brach in Lachen aus. War er nun der Bruder im Geiste des linkischen, herzensguten Boutin, der die alten Meister liebte und als Professor eine seiner Studentinnen ehelichen würde, oder einer dieser vitalen Männer, die sich ihren Platz in der Welt erkämpfen und die Frauen im Sturm erobern?

Plötzlich trübte sich seine Laune: Eine dunkle Vorahnung hatte genügt, um ihn wieder von den Lebenden auszuschließen. Nach Châteauroux also: Womit konnte Châteauroux eigentlich aufwarten?

«Die Bewohner nennt man ‹Castelroussins›, stimmt's, Boutin? Da sind wir, gerade noch rechtzeitig. Halten Sie bitte hier! Und du, Boutin, lässt auf keinen Fall meinen Arm los, während ich mit ihr spreche.»

Als Mademoiselle Mallat die beiden erblickte, sah sie sich zunächst nach allen Seiten um: Von ihrer Clique war keiner zugegen. Sie fasste sich ein Herz, schüttelte erst Boutin, dann Crouzon die Hand, der sie ohne Umschweife fragte: «Nun, was sagen Sie dazu?»

«Oh, es kann sich doch nur um ein Missverständnis handeln; ich könnte schwören, dass Sie unschuldig sind. Und diesen dicken Dousset habe ich nie gemocht.»

Crouzon war bereit, das junge Mädchen leidenschaftlich, auf ewig zu lieben; außer sich vor Freude klammerte er sich an den Arm von Boutin, der ihn besorgt ansah, und fragte: «Liebe *Sperberin*, wären Sie bereit, sich mit mir vor denen zu zeigen?»

«Natürlich, und ohne zu zögern, wäre ich ein Mann …»

«Fürchten Sie sich etwa davor?», fragte er leise nach.

«Vergeben Sie mir, aber ich bin nur eine junge Frau. Für mich steht mehr auf dem Spiel, wenn ich diese Freunde vor den Kopf stoße …»

«Das kann ich verstehen. Boutin, gehen wir hier weg!»

Boutin hatte den Wagen warten lassen. Er fuhr mit ihnen, die peinlich berührt schwiegen, zu einem weit abgelegenen Restaurant; sie nahmen Platz, und wieder war Boutin gefordert, der die Unterhaltung mehr schlecht als recht wiederbelebte: «Mademoiselle, wissen Sie eigentlich, dass unser Freund uns verlässt?»

«Morgen fahre ich nach Châteauroux, und zwar für zwei Monate», sagte Crouzon, um den Überraschungseffekt auszunutzen. «Ich will nicht länger auf diese Pappenheimer angewiesen sein.»

«Unterdessen werden Sie und ich uns unabhängig voneinander für ihn einsetzen; dann kehrt er hoch erhobenen Hauptes zurück», sagte Boutin. Doch die *Sperberin* schwieg.

Sie unterhielten sich über den Beruf des Wahlagenten, in dem Crouzon sich versuchen würde; ohne die leiseste Ahnung von dieser Tätigkeit zu haben, machte er am laufenden Band Späße über Politik; damit heiterte er seine Freunde zwar endlich auf, doch sein aufgesetzter Zynismus verschreckte das junge Mädchen. War dieser so ungezwungene, kühne Wortverdreher wirklich ein unschuldiges Opfer, das es zu verteidigen galt? Boutin bemerkte ihre Verlegenheit. Er hatte eine Kunstzeitschrift dabei, er sprach über Malerei, und Crouzon beteiligte sich rege am Gespräch, sprühte nur so vor Aberwitz. Doch die Zeit drängte – in einer halben Stunde hieße es Lebewohl, *Sperberin* –, und wie sollte er ungestört mit ihr reden?

Kaum war der Kaffee serviert, versteckte sich Boutin, der nicht einfach verschwinden konnte, hinter seiner aufgeschlagenen Zeitschrift. Crouzon neigte sich vor und sagte leise: «Nun, da es zu spät ist und wir uns, selbst wenn wir uns wiedersehen, fremd sein werden ... (Wie hartnäckig sie schweigt, sie protestiert nicht einmal der Form halber; nur ein leichtes Erschauern.) Sicher ahnen Sie, welches Geheimnis ich Ihnen anvertrauen wollte? Vor zwei Monaten bereits habe ich mich in Sie verliebt; ich liebte Sie ...»

Sie lächelte; ihm war bewusst, dass es sie einige Mühe kostete, dieses Lächeln zu bewahren.

«Und was ist mit Ihnen, kleine *Sperberin*? Der Verbannte bettelt um ein Andenken.»

27

«Ich habe Sie immer geschätzt ... Mit der Zeit wäre vielleicht ...»

Ach, diese verfluchten Floskeln! – und schon machte sie sich zum Gehen fertig. Sie drückte Boutin die Hand, der sich schwerfällig erhob und dann wie ein Griesgram wieder hinter seiner Zeitschrift verschanzte. Crouzon küsste ihr verstohlen die Hand, die sie hastig zurückzog; er wandte sich ab. Offenbar bereute sie ihre Härte ein wenig; sie blieb kurz hinter ihm stehen, sagte sanft: «Auf Wiedersehen, auf Wiedersehen», und legte ihm die Hand auf die Schulter. Danach lauschte Crouzon dem Klappern ihrer Absätze, auf dem Teppich, dem Parkett, der Türschwelle ... «Lebewohl!» Schon glaubte er, Qualen zu leiden, als er Boutin ansah – oder besser gesagt zwei Hände, deren Finger mit den kurz geschnittenen Nägeln die großformatigen Seiten flattern ließen; behutsam drückte er das Heft nach unten, erblickte dahinter ein zutiefst aufgewühltes Gesicht: «Etwa wegen der *Sperberin*? Aber er kennt sie doch gar nicht. Meinetwegen?»

«Mein lieber alter Freund. Danke dir. So schlimm leide ich nun auch wieder nicht. Wie wär's mit einem Lächeln ...?»

Boutin jedoch schüttelte den Kopf mit den ebenso frisch gewaschenen wie schlecht gekämmten Haaren.

«Aber nein, mein kleiner Dieudonné, was mir gerade zu schaffen macht, ist reiner Egoismus. Ich hatte ja noch nie Glück in der Liebe. Und wenn andere von einem Unglück ereilt werden, das für sie meistens gar nicht lange währt, bedeutet das für mich als Beobachter, dass ich erst recht und für immer ausgeschlossen bin.»

Nach langem Schweigen ergriff Crouzon wieder das Wort: «Ich gehe jetzt: Sie sitzen vermutlich wie immer im ersten Stock des ‹Mahieu›, trinken Kaffee und spielen Bridge. Ich will sie wenigstens einmal alle zusammen sehen.»

«Bitte werd nicht ausfallend. Denk an die Aufgabe, die du mir hinterlässt. Du bist schon so nicht leicht zu verteidigen …»

«Ich werde mich kein einziges Mal im Ton vergreifen.»

Schon war er weg.

Seine Vermutung bestätigte sich. Das Bridgespiel hatte noch nicht begonnen. Sobald sie ihn erblickt hatten, verstummten sämtliche Gespräche. Crouzon hörte nur noch das schwache Klirren eines kleinen Löffels in einem Glas, das von Dousset.

«Wovon war denn eben die Rede, *meine Herren?*», sagte er, während er auf sie zutrat. Wieder war es still. Bis der fette Louviers, durch die Anzahl seiner Freunde ermutigt, über die Schulter hinweg erwiderte: «Von etwas anderem.»

Hätte er Boutin nicht sein Wort gegeben, hätte sich Crouzon mit aller Macht auf die Gruppe gestürzt. Um wie vieles schmerzlicher diese unterdrückte Wut war … Von Anfang an war zu spüren, dass sie lange vorhalten würde, sehr lange … Mit leiser, heiserer Stimme sagte er: «Ich gehe weg. Ich will nicht in der Schuld von Leuten stehen, die mir misstrauen. Möge euch niemand in eine solche Patsche bringen, und mögt ihr den Schaden erkennen, den selbst eine kleine Dummheit im Leben eines anderen anrichten kann.»

«Du machst einen Fehler», wandte Aubrain matt ein. «Du nimmst dir *diese Angelegenheit zu sehr zu Herzen* …»

Crouzon antwortete nicht. Aubrain wusste nicht weiter und verstummte. Dousset verharrte mit dem Kaffeeglas in der Hand, ohne daraus zu trinken.

Crouzon verließ den Raum.

Die Provinzzeitung

Crouzon benötigte nur einen Tag, um seine kärglichen Angelegenheiten als Repetitor und Student der Rechtswissenschaft zu regeln. Er versagte sich die bittere Freude, seine Doktor- und die anderen Arbeiten ins Wasser zu werfen: Er hinterlegte sie bei Boutin. Lentraygues übergab ihm ein paar broschierte Streitschriften, die man in aller Eile für die republikanischen[7] Gruppierungen verfasst und gedruckt hatte, und Bündel von hochformatigen roten Merkblättern, die zu Paketen zusammengeschnürt waren: Sie mussten, je nach den Erfordernissen des Wahlkampfs, wöchentlich ergänzt werden. Bei seiner Ankunft könne Crouzon von den Kandidaten – vier für die Listenwahl im Departement Indre – einen Vorschuss verlangen.

Am zweiten Tag nach dem Vorfall mit der Brieftasche brach er nach Châteauroux auf. Ihm blieben kaum hundert Francs, nachdem er die Fahrkarte erstanden und einen Teil seiner Wäsche erneuert hatte. Im Zug machte er *Kassensturz*, zuckte mit den Achseln. Er war gerade mal fünfundzwanzig und sollte in einem Provinzstädtchen einen Beruf ausüben, der ihm gänzlich neu war. Nicht ein bekanntes Gesicht gab es dort, niemanden, der ihm helfen würde, dabei dürfte die Verantwortung groß sein. Es schien, als wäre ihm alles abhandengekommen, was ihm vertraut war: die Rechts- und Literaturwissenschaft ebenso wie die

Freunde von vorgestern. «Die Zwangslage hat mich blöde gemacht», dachte er; er wusste nicht, dass diese Art von Geistesschwund, diese innere Leere uns den Übergang in ein neues Leben erleichtern, dass der gesunde Menschenverstand bestrebt ist, möglichst viel zu vergessen, um sich von vornherein an das Unbekannte zu gewöhnen.

Er vergaß weder Dousset noch Aubrain oder Louviers und all die anderen, die mit dem Rücken zu ihm rund um den Bridgetisch gesessen hatten. Er würde es denen schon noch zeigen … Was, wusste er nicht, aber seine Stärke bestimmt, seine Überlegenheit. Ihretwegen durfte seine Mission in Châteauroux nicht scheitern. Nun, da er sie los war, gedachte er ihrer mit einer gewissen Nachsicht; ihre Verbundenheit mit Dousset, ihre Verachtung wollte er vollständig in Erinnerung behalten; sie verjagten ihn, doch damit trieben sie ihn nur voran; der Groll schien für ihn alles einfacher zu machen, als es die Liebe je vermocht hätte.

«Die Lektion wird nicht umsonst gewesen sein, ihr Pfundskerle; ihr habt mich bestens auf meine kleinen Castelroussins vorbereitet. Den Leuten ja nicht mehr in die Augen sehen: Das macht Hunden Angst, und dort wird es Hunde geben, die euch gleichen. Weder mich selbst noch andere verspotten: Das erschreckt die Schwachköpfe, und in Châteauroux ist man womöglich so schwachköpfig wie ihr … Geduld. Der Geduldige hat gut lachen …»

Der Zug hatte Vierzon passiert, er fuhr in das Departement Indre ein, für dessen Liste Crouzon zuständig war. Er stellte sich an die Waggontür, um die Wähler in Augenschein zu nehmen.

Er sah nur ein paar Feldarbeiter und einige Holzfäller in einer Lichtung. «Teufel, Teufel! Ob sie auch alle die republikanischen Prinzipien beherzigen?» Von den vier scheidenden Abgeordneten zählten drei zur gegnerischen und nur einer zu seiner Liste. Er stellte sich vor, in einer Art Vendée[8] gelandet zu sein, einer Gegend, die Menschen und Ideen von außerhalb grundsätzlich ablehnt. Er betrachtete die Landschaft: Der Himmel lichtete sich nach einem morgendlichen Regenguss, die Ebene erschien ihm ausgedehnt und zerstückelt. Die Indre reichte bis hinter den Horizont. Würde er wirklich versuchen, all dies mit seinen Merkblattbündelchen zu bekehren? Ihm blieb schon jetzt die Stimme weg; er wusste kaum, wie er vorgehen sollte. Andere waren vielleicht imstande, die Massen zu bewegen … aber er?

Bei der *Conférence Molé*[9] hatte er gehört, dass Jaurès[10] sich eines Tages in irgendeinem Ort mit einem Saal voller Gegner konfrontiert sah, die gegen ihn anbrüllten, sich aber dennoch erhob und mit stetig anschwellender Stimme losdonnerte: «Sie werden mich anhören, jawohl, Bürger, Sie werden mich anhören. Sie werden mich anhören! Sie werden mich anhören!» Als im Saal nur noch seine Stimme zu vernehmen war, verstummten auch die Letzten, und es herrschte andächtige Stille, während Jaurès seine Rede hielt. Am Ende trug ihn die begeisterte Menge auf den Schultern aus dem Saal. Trotzdem wurde Jaurès damals nicht wiedergewählt.

Als ihm diese Anekdote einfiel, verzog Crouzon sich trübselig in eine Ecke. Issoudun lag jedoch bereits hinter ihnen. Châteauroux nahte. Er nahm seinen alten Koffer und hielt nur noch den Griff in der Hand; mit Tränen in den Augen brachte er ihn mit einem Stück Schnur notdürftig wieder an. Alles verhöhnte ihn. Ach, was spielte das schon für eine Rolle: Niemand holte ihn vom Bahnhof ab. Er deponierte seinen Koffer bei der Gepäckaufbewahrung und bat um die Adresse des «Berrichon[11] républicain». Er lief quer durch die Stadt: «Aha, die Größe übersteigt unsere Mittel.» Châteauroux, diese Stadt, in der die meisten Häuser, aus dem Weichgestein unterirdischer Steinbrüche erbaut, im Erdgeschoss verharren oder höchstens ein Stockwerk hoch emporragen, kam ihm erstaunlich weitläufig, flach und staubig vor. Dabei hatte es am Morgen doch geregnet, was den Landschaften einen blauen Schimmer verlieh. Fahrräder streiften ihn – oft schäbig oder verrostet, das einzige Verkehrsmittel, das den Armen in diesem großen Dorf zur Verfügung stand. Schließlich erreichte er die Druckerei. Nach all diesem Staub mit Pferdegestank belebte ihn der Geruch der Maschinen wie eine heimatliche Brise.

Das *Wahlkampfbüro* der Kandidaten befand sich neben den Redaktionsräumen. Ein greiser Angestellter mit Schnauzbart und Orden hielt dort Wache. Crouzon stellte sich vor.

«Sagt mir nichts», antwortete der Wachposten. «Die Herren touren gerade im Landkreis La Châtre. Schauen Sie nach dem Abendessen im ‹Hôtel Moderne et du Faisan› vorbei, wenn Sie mit ihnen sprechen wollen.»

Crouzon ging zu den Redaktionsräumen hinüber und nannte dort erneut seinen Namen und seine Befugnisse.

«Ich bin Poulard, bis dato Chefredakteur», sagte ein dicker junger Mann mit platter Nase. «Ja, ich weiß Bescheid, Ihr Kommen wurde per Depesche angekündigt, und die Konditionen auch. Die Herren werden Sie heute Abend im ‹Faisan› treffen.»

Er verließ den großen Raum mit Zementboden, aber ohne Crouzon, und betrat ein kleines Büro, das durch eine Glastür abgetrennt war. Er setzte sich zu zwei anderen jungen Männern, die offenbar arbeiteten, und nahm einen Füller in die Hand. An ihren leichten Kopfbewegungen erkannte Crouzon, dass sie sich leise unterhielten; ab und zu warfen sie ihm einen verstohlenen Blick zu. Er setzte sich hin, blätterte in den gesammelten Ausgaben des «Berrichon républicain». Diese Zeitung gab es seit einem Jahr, zunächst als Wochen-, seit einem Monat als Tageszeitung. Crouzon fand nichts auszusetzen, einige Artikel erschienen ihm gelungen. Später sollte er erfahren, von welchen Agenturen sie stammten. Der erste Eindruck verwirrte ihn: Da wollte er einem Blatt, das er sich voller Lokalmeldungen und Mundart vorgestellt hatte, den *Pariser Ton* verpassen, aber die Nachrichten aus dem Berry[12] tauchten erst auf Seite zwei auf. Die Seiten drei und vier enthielten die Sportmeldungen – die tatsächlich überaus lokal waren –, das Feuilleton[13] und die Kleinanzeigen. Alles in allem eine runde Sache; sollte er etwa das fünfte Rad am Wagen sein?

Sollte er sich die Beine vertreten? Seine Schritte hallten auf dem Zement. Zwei Fräuleins von der Werbeabteilung blickten durch den Vorhang einer anderen Glastür zu ihm herüber. Ohne anzuklopfen, betrat er das Büro der Redaktion. Die Federn glitten über schmuddliges Papier, das die Tinte aufsaugte; kein vierter Stuhl: Er setzte sich auf den Tisch. Sofort fielen ihm die feindseligen Rücken am Bridgetisch wieder ein. Er machte seine Unverschämtheit wieder wett: «Ich darf doch, Kinder? Ich würde euch gern schon heute zur Hand gehen. Wann genau erscheinen wir? Wann ist Redaktionsschluss?»

«Um zehn, damit wir um elf erscheinen können. Oh, hier muss man mit den Hühnern aufstehen», sagte Poulard mit einem verschmitzten Gesichtsausdruck, der wegen seines roten Haarschopfs entwaffnend komisch wirkte. «Und was macht man am Abend, wie jetzt gerade?»

«Die Pariser Zeitungen *aufbereiten*: Mode, Witzecke, alles, was nicht tagesaktuell ist. Wir bekommen zwar den Modebericht einer Agentur, aber den will der Chef nicht, er meint, das wäre Werbung. Besonders blöde ist die Außenpolitik, was für Konsequenzen gewisse … Dinge haben. Wir wissen nicht, wer da drüben die republikanischen Gruppierungen unterstützt, da können wir noch so viel über die Länder nachschlagen, in dem dicken Larousse, den der Chef uns überlassen hat, es nützt nichts. Was habe ich mir vorgestern anhören müssen, weil ich einen Deutschen angeherrscht hatte und es Monsieur Biotte nicht recht war …»

«Dann reichen Sie mir mal die Außenpolitik rüber», sagte Crouzon.

1924 hatte die linke Presse eine Vorliebe für die knappen Dialoge, die dank Robert de Jouvenel und Gustave Téry[14] in Mode gekommen waren. Crouzon dachte auf Anhieb, dass er sich mit einer Mischung aus diesen Dialogen und jenen Lehrbüchern für Kinder, die auf Frage-und-Antwort-Spielen beruhen, genau auf das Niveau der republikanischen Berrichons begeben würde. Er machte sich umgehend ans Werk:

DIE ENGLÄNDER

«Warum lassen uns die Engländer ihre schlechte Laune so unmissverständlich spüren?»

«Weil sie vor uns gemerkt haben, dass sie auf dem Holzweg waren. Deshalb haben sie jetzt für eine richtungsweisende Regierung gestimmt.»

«Aber diese Regierung liebt doch die Deutschen?»

«Keineswegs, sie liebt den Frieden und den sozialen Fortschritt. Wenn wir die Politik des Friedens und des sozialen Fortschritts, wie sie von den *republikanischen Gruppierungen* vertreten wird, auch bei uns einführen, können wir das Bündnis mit England wieder aufleben lassen. Sehen Sie selbst: ‹Frankreich›, schreibt die ‹Times› ...»

Crouzon klebte ein Zitat aus einer Wochenzeitung ein und machte gleich weiter:

DAWES-PLAN

«Was werden die Berichte der Experten und der Dawes-Plan ergeben?»

«Lösungen, die wirtschaftlichen Interessen dienen ...»

Nach etwa einer Dreiviertelstunde fragte er Poulard: «Wie lang soll mein Opus denn werden?»

«Zwei Spalten dürfen es ruhig sein. Ach, Sie haben Untertitel gemacht. Sehr gut, wirklich», sagte Poulard.

«Zwei Spalten? Dann bin ich schon fertig», sagte der zweite Redakteur, ein langer Kerl mit dunklem Haar, blass und ungepflegt.

«Ich auch», sagte der dritte, ein gut gekleideter Jüngling mit Brille.

«Dann ab mit euch, Kinder, wir sehen uns morgen früh um halb acht», sagte Poulard. Als die beiden die Tür hinter sich schlossen, setzte er hinzu: «Die haben vielleicht ein Glück: keinerlei Verantwortung. Der kleine Leviron verdient jetzt schon dreihundert Franc im Monat. Robert kriegt zwar nicht mehr, dafür bekommt er Provision für jede Anzeige, die er einwirbt.»

«Und Sie?»

«Achthundert. Bin weniger gierig als Sie.» Er lächelte gutmütig. «Noch zehn Zeilen, dann auf zum Aperitif! Das werden schnelle Zeilen.»

Sie vereinbarten ein Treffen im «Faisan». Crouzon machte einen Umweg über den Bahnhof, nahm sich ein Hotelzimmer, holte die Merkblätter aus seinem Koffer. Er zeigte sie Poulard, der ihn daraufhin für einen Vertreter der Parteioberen hielt. Das hieß, der Chef würde Poulard nicht herunterstufen, doch er würde keine Verantwortung mehr tragen und von Crouzons Mitarbeit vor Ort profitieren.

Schöne Mädchen tauchten im Café auf, zu zweit oder am Arm eines Mannes; andere zogen auf der Straße vorbei, vor allem rosige Brünette mit wohlgeformten Nasen und großen Händen. Crouzon war mit Châteauroux vollauf versöhnt.

«Ja, die Mädchen hier in der Gegend sind nicht übel», sagte Poulard gelassen. «Vor allem in Déols, Sie werden sehen. Meins kommt gleich. Zufällig die hässlichste, aber sie hat durchaus ihre Vorzüge.»

Tatsächlich kam die Freundin (oder besser: die Sklavin) von Poulard gerade herein. Mit ihren unscheinbaren Gesichtszügen, dem dünnen Haar und grauen Teint ähnelte sie einer Kartoffel. Am respektvollen Unterton, mit dem sie ihre Koseworte an Poulard richtete, erkannte Crouzon, dass die Redakteure des «Berrichon républicain» in dieser Stadt als nicht ganz unwichtige Persönlichkeiten galten: «*Das heißt, ich auch …?*»

Poulard und seine Sklavin waren zum Abendessen aufgebrochen, als das Auto mit den Kandidaten eintraf. Dann durchquerten die Kandidaten heiser, aber noch lautstark das Café, um sich ins Restaurant zu begeben. Crouzon folgte ihnen, stellte sich vor.

«Essen Sie mit uns zu Abend», sagte einer von ihnen, schwergewichtig und sonnengebräunt, mit einem vertraulichen Lächeln. Das war der Extremist dieser Truppe, Biotte. Die anderen nickten. Hamet hatte keine Stimme mehr, und an seiner golden schimmernden Brille perlte Schweiß. Serlanges, besoffen wie ein Bauer, schenkte allen ein und trank den lausigen Berry-Rotwein ex. Henri Laphin, klein und mager, müder als die anderen und besorgter, starrte Crouzon an. «Ihm gehört die Zeitung, er ist der Geldgeber der Truppe, mein wahrer Chef», dachte der neue Wahlagent. Er zeigte ihnen seine Blätter. Serlanges notierte sich ein paar Zahlen zum Thema Landwirtschaft. Crouzon kam auf die Zeitung zu sprechen.

«Sie müssen jeden Morgen früh da sein», sagte Laphin.

«Ich weiß Bescheid», sagte Crouzon.

«Sie dürfen sich Chefredakteur nennen», sagte der kleine Laphin hoheitsvoll. «Morgen sind wir gegen drei wieder in Châteauroux. Seien Sie in der Redaktion, ich werde Sie dann feierlich einsetzen.»

Sie aßen hastig. Hamet, Serlanges und Laphin wirkten von der Nahrung wie betäubt.

«Ins Bett!», sagte Serlanges. Er und Hamet gingen im Hotel auf ihre Zimmer. Laphin, der in Châteauroux wohnte, fuhr mit seinem Auto nach Hause. Biotte packte Crouzon am Arm: «Lassen Sie uns im Café ein Gläschen trinken und eine Partie spielen.»

Er fuhr fort: «Sind sie nicht schön, unsere Mädchen? Vor allem die aus Vatan. Dort hat Balzac[15] seine ‹Krebsfischerin› angesiedelt.» Da er wenig gebildet war, zitierte er Balzac mit einigem Stolz. Aber er lachte mit dem Wirt über seine Heiserkeit; ein paar Trinker fragten ihn nach der Wahlkampftour, er antwortete halb prahlend, halb scherzend. Zwei junge Frauen, die ebenfalls tranken, beteiligten sich am Gespräch. Biotte ging mit heiterer Galanterie auf sie ein. Crouzon sah ihm neidisch zu: Das war der gesellige Typ, der Handlungsreisende in Sachen Politik, der die Stimmen auf Pump bekommt. Er versuchte, ihn auf die Probe zu stellen.

«Aber dieses Departement ist ausgezeichnet», sagte Biotte. «Wenn sich die Stimmen von 1919 besser verteilen, müssten wir drei von vier Abgeordneten stellen. Können Sie *coinchée*[16] spielen? Dann lernen Sie's. Wir spielen zu viert.» Am Ende eines Spiels (bei dem man mit den Worten *je coinche* Kontra gibt) ging Crouzon schlafen. Er lachte über seinen Tag, vermisste jedoch Herausforderungen, die er hätte meistern können. Sein Hass auf die Verräter in Paris wurde nicht hinreichend genährt: «Was heißt hier Provinz – das ist ein Daunenbett.»

Kreisstadtpolitik

Am nächsten Morgen fiel Crouzon auf, dass er Laphin nicht um Geld gebeten hatte. Er beglich seine Rechnung, mietete in der Stadt ein Zimmer bei einer Wäscherin an, für monatlich neunzig Franc, und zitterte davor, gleich zahlen zu müssen. Ihm blieben noch zwanzig Franc. Nach dem Mittagessen zehn Franc.

Laphin stattete dem «Berrichon républicain» einen Blitzbesuch ab, erteilte dem Artikel zur Agrarpolitik, den Crouzon am Vormittag verfasst hatte, ungelesen seinen Segen, sah sich das Büro an, in dem Crouzon seinen Schreibtisch und seinen Stuhl hatte, sagte: «Na gut, ist doch gut» und rief, die Treppe bereits wieder hinabsteigend, mit seiner heiseren Stimme: «Die Beamtenschaft, schreiben Sie über die Beamtenschaft.»

Nach dem Abendessen blieb Crouzon ein Franc: Er hatte sich vor dem Aperitif gedrückt. Er lag vor der Tür des «Faisan» auf der Lauer, traute sich sogar, den Wirt zu fragen: Seine *Kandidaten* übernachteten in La Châtre.

Am Morgen danach kaufte er sich für einen Franc Brot, aß ein Stück, versteckte den Rest in seinem Zimmer. Mittags hatte er alles aufgegessen. Er wollte sich nicht zwanzig Franc von seinen Untergebenen borgen, seine Abendmahlzeit bestand aus vier Glas Wasser in seinem Zimmer. Anschließend ging er wieder aus dem Haus, erblickte vor dem

41

«Faisan» Laphins Auto und betrat das Hotel. Seine Kandidaten aßen zu Abend. Sie baten ihn nicht an ihren Tisch. «Ich hätte ein Wörtchen mit Ihnen zu reden», sagte Serlanges mit tiefer Stimme. (Um jene Stimme zu schonen, trat Crouzon näher.) «Ihr Artikel von heute Morgen hat uns Ärger eingetragen. Ein sehr guter Artikel, keine Frage, sehr sachkundig. Las sich sogar gut. Aber Sie sprechen immer nur von *Landwirten* und nie von den *Bauern* ... Und da fragen sich die Bauern natürlich, was sie davon halten sollen, es passt ihnen nicht.»

«Wo wir schon dabei sind», sagte Hamet, «heute Nachmittag wurde ich bereits zweimal gefragt, warum Sie für die Beamten vom *Recht auf Vereinigungsfreiheit* sprechen und gleichzeitig von *Gewerkschaftsrechten*. Entweder oder, beides geht nicht, und ich sag's Ihnen gleich, wir befürworten alle vier die Gewerkschaftsrechte.»

«Aber ich doch auch, selbstverständlich», sagte Crouzon. «Ich verstehe nicht, wie die Leute überhaupt ...»

Er unterbrach sich. «Ich tue ihnen Unrecht: Die Leser sind niemals schuld.» Eine Weile herrschte betretenes Schweigen. «Essen wir, meine Herren, essen wir», sagte Laphin; die drei anderen saßen tief über ihre Teller gebeugt. Crouzon stand wie vor den Kopf geschlagen da; er setzte sich schließlich an einen freien Tisch; er hatte Hunger, und er lernte mit Bestürzung die rätselhaften Sprachgewohnheiten, die spitzfindige Urteilsweise der Provinz kennen. Nach dem Essen fasste Biotte ihn am Arm, führte ihn ins Café, spendierte ihm einen Likör, der in Crouzons leerem Magen wie Feuer brannte. Auf der Sitzbank rückte Biotte dicht an ihn heran und sagte: «Sie haben sich heute gehörigen Ärger eingehandelt. Serlanges und Hamet wollten Sie ersetzen. Gegen sechs haben sie sogar mit Paris telefoniert, mit Gannelin, einem ehemaligen Unterpräfekten, der sich in der Politik gut auskennt und als durchsetzungsfähig gilt. Zum Glück hat er zehntausend Franc verlangt. Ich habe mich für Sie eingesetzt, und Laphin ist mir beigesprungen, aus Geiz.»

«Und warum haben Sie sich ‹für mich eingesetzt›?», sagte Crouzon (hier spricht der ungeschickte Crouzon, dachte er: *Ach, doch nicht* und *Luftzug*).

«Na hören Sie, mein Kleiner», fuhr Biotte mit sehr tiefer Stimme fort; er stützte einen Ellbogen auf Crouzons Schulter, und Crouzon roch die Mischung aus Likör und Zigarre in seinem Atem. Biottes Augen waren wirklich trüb; er richtete sich aber wieder auf und stieß Crouzon nun mutwillig den Ellbogen in die Rippen: «Wenn der käme, hätte ich das Nachsehen … er würde die anderen weiß Gott auf meine Kosten begünstigen.»

Crouzon nahm ihm den Zynismus jedoch nicht ab und drückte ihm die Hand. Diese Umgänglichkeit, die für allgemeine Beliebtheit sorgt, muss angeboren sein, denn sie lässt sich einfach nicht nachahmen. Biotte waren die Anwesenden stets lieber als die Abwesenden: Die Kameradschaft der Demokratie ist das, was früher die Gunst des Königs war. (Aber ich träume und höre gar nicht zu, dachte Crouzon.)

«*Bauern* sind die Kleinen, *Landwirte* die Großen», erklärte Biotte. «Was Ihre Artikel angeht, da gibt es redliche Leute, bei denen Sie sich Rat holen können. Sie bekommen von mir ein Empfehlungsschreiben für einen Bahnhofszöllner sowie für einen Sattler, der im Gemeinderat sitzt. Auf die beiden ist Verlass. Und kennen Sie Docteur Loubin?

Natürlich nicht. Es ist noch früh genug, ihn kommen zu lassen. Ein Hotelbursche wird ihn holen.»

Loubin traf ein, im Gehrock: ein alter Arzt im Ruhestand, rotgesichtig, der anscheinend allzu gern dem Wein zusprach. Nach ein paar freundschaftlichen Klapsen ließ der müde Biotte Crouzon mit ihm allein. Loubin fing an, ihm lang und breit über Châteauroux zu erzählen.

Bei aller Standhaftigkeit langweilte Crouzon sich zu Tode. Er konnte diese unzähligen Details nicht mit dem Rachedurst in Einklang bringen, der ihn hierher geführt hatte: «Lieber ein Duell, einen Aufruhr, einen Mord. Aber sich in all diese Leute hineinzudenken – es sind zu viele. Und dabei heißt es, die Provinzbevölkerung schwinde dahin!»

Loubin erzählte, dass ein Bewerber der gegnerischen Liste einen Bigamisten zum Bruder hatte, der in den Kolonien verurteilt worden war; dass das «Département de l'Indre», eine konservative Zeitung, die mehr Verbreitung fand als der «Berrichon républicain», gerade den fähigen Gaubert verloren hatte, der einen hohen Verwaltungsposten antreten sollte, und einem gewissen Léveillé überantwortet worden war, Crouzons künftigem Widersacher. In seiner Not lächelte der immer wieder eine der jungen Frauen vom Vorabend an, die allein in ihrer Ecke trank; sein quälender Hunger machte die Langeweile nur noch schlimmer. Aber Loubin warb wacker um Crouzons Freundschaft; nahm unablässig alle Mühen auf sich, um sie zu befördern; der junge Pariser war verblüfft und ahnte, dass es für diesen alten Trunkenbold eine Herzensangelegenheit war … Es handelte sich hier nicht um banale und flüchtige Beteuerungen, sondern um aufrichtige Zuneigung, die über die

Jahre Bestand haben würde, um eine regelrechte Adoption. Es wurde allmählich rührend und komisch: Und schon setzte Loubin ihn über den wahren Wert seiner Kandidaten ins Bild, vor allem über die Knausrigkeit von Laphin, dessen Spitzname Cri-Cri[17] Laphin lautete. «Ach, hätte ich nur meine Chance gehabt», setzte Loubin mit einem Lächeln hinzu.

Crouzon erkannte, dass Loubin ein leidenschaftlicher Republikaner war, seinen Ehrgeiz aber hatte zügeln müssen, weil es ihm an Ausstrahlung fehlte. Insgeheim eifersüchtig auf die Kandidaten seiner Partei, übertrug er nun auf ihn, jung, ungebunden, der ihm Ehrerbietung erwies, seine verdrängten Hoffnungen.

«Ich würde mir ja zu gern Geld von ihm leihen, um mir im Bahnhofsrestaurant ein Abendessen zu genehmigen. Aber nein, Crouzon, reiß dich zusammen: Verdirb es dir nicht mit diesem braven Mann. Da ist noch mehr zu holen. Im Grunde kann ich auf ihn sogar stärker zählen als auf Biotte.» Schließlich zog Loubin eine wuchtige goldene Uhr aus seiner Westentasche, bezahlte und ging. Die junge Frau saß immer noch allein da und sah ihn an.

«Ich versuche es mit einem Scherz. Vielleicht habe ich ja Glück», dachte Crouzon. Er stand auf, ging auf sie zu und küsste ihr die Hand: «Madame», sagte er in einem Ton, der so ritterlich wie warmherzig war, «ich hoffe, Sie unter günstigeren Umständen wiederzusehen. Diese Herren, für deren Wahl ich sorgen soll, haben sich nicht um mein leibliches Wohl gekümmert. Möge der Schlaf meinen Hunger stillen – gute Nacht.»

Gelöst und heiter sah er sie an und hielt ihre Hand am kleinen Finger fest.

«Kommen Sie», sagte sie, «bei mir gibt es kaltes Huhn und Trauben.»

Er folgte ihr, küsste sie auf den Hals, stellte fest, dass ihre Haut dick und glänzend war wie die eines Pferds. Auch sie erzählte ihm von Châteauroux, doch nicht so nuancenreich wie Loubin. «Alles Dreckskerle!» Ihm gefiel diese düstere Anarchie. Hier war die Verbündete, die er suchte, um sich an lauter Kränkungen zu berauschen.

«Aber nein», dachte er am nächsten Morgen. «Mit ihr feiert man Niederlagen, keine Siege.» Auf dem Weg ins Büro hämmerte in seinem Kopf wieder das Bedürfnis nach Rache, asketisch und monoton. Er durfte mit diesem Mädchen kein Wort mehr wechseln; wenn er ihr nun begegnete, grüßte er von fern, bedrückt und ängstlich, sich seiner und ihrer schämend. Sie verhielt sich diskret. Eines Tages wurde sie von einem Viehhändler aus Chartres aufgegabelt, und als sie weg war, empfand Crouzon eine abscheuliche, kleinmütige Freude.

Eine Liste von Abweichlern wurde aufgestellt, angeführt von einem ehemaligen Abgeordneten namens Lhumerie, einem Anwalt aus Paris. Solche Listen konnten, selbst mit einem schwachen Wähleranteil, eine der Parteien um entscheidende Stimmen bringen; bei jeder Listenwahl versetzten sie die Kandidaten in Angst und Schrecken.

Crouzon erkannte, dass es dringlicher war, die Abweichlerliste aus dem Weg zu räumen, als die direkten Gegner zu bekämpfen. Zum Glück gab es von Lhumerie noch genug alte Wahlplakate und politische Bekenntnisse, allesamt höchst widersprüchlich. Er schrieb sie zusammen, wollte seine Kandidaten zurate ziehen. Zehn Tage nach seiner Ankunft hatte er sein Licht absichtlich unter den Scheffel gestellt, denn er strampelte sich vergeblich ab. Er schämte sich zu erleben, wie seine Rachegelüste in dieser Sackgasse verpufften.

Eines Morgens wurde er sich schlagartig seiner Macht bewusst.

Um halb acht im großen Redaktionsraum angekommen, fand er dort einen republikanisch gesinnten Postboten vor, der ihn um eine Wahlbroschüre bat; gemeinsam betrachteten sie eine große Karte des Departements. Der Postbote sagte, mit dem Finger auf der Karte: «Um elf kommt sie aus der Presse – wird binnen zwanzig Minuten in ganz Châteauroux und Déols verteilt, durch die Fahrradboten. Zustellung Le Blanc, Zustellung La Châtre, Zustellung Issoudun … Triebwagen von hier nach da … hier der Bus … zweihundertfünfzig Exemplare für Argenton …»

Und so versorgte Crouzon das gesamte Departement mit den sechstausend Exemplaren des «Berrichon républicain». Er sah sich in Feldern und Wäldern, an allen Ecken und Enden der Indre. Lhumerie wollte also noch am selben Abend mit seiner Kampagne beginnen? «Na dann zu uns beiden, Lhumerie!» Mit «Der Kandidat Lhumerie, seine Possen, seine Streiche» erprobte Crouzon für sich selbst, wie man in der Provinz einen Verriss verfasst. Er stellte den Mann als Clown dar, ließ dessen Bekenntnisse aufeinanderprallen. (Die vor dem Krieg und die danach: armer Lhumerie! Wer würde einer solchen Prüfung schon standhalten?) Er zeigte ihn, der er sich heimlich vom «Département de l'Indre» unterstützen ließ, als halb reaktionär, halb kommunistisch, «glasklar der Verursacher undurchsichtigster Wirren. Dieser Mann hält die Republikaner in der Indre für Narren: Soll er damit durchkommen? Er kann unmöglich wieder Abgeordneter werden, schon seine Kandidatur ist völlig inakzeptabel!»

Als er um elf Uhr verfolgte, wie diese riesigen Schlagzeilen – «Possen, Streiche» – auf die Straße getragen wurden, bekam er Angst: Seine Kandidaten hätten einen solchen Artikel ganz bestimmt nicht zugelassen. Was sie wohl sagen würden, wenn sie um drei in irgendeinem Landgasthaus ihre Zeitung bekämen? Schon ab Viertel vor zwölf bestellten die Zeitungshändler den «Berrichon républicain» nach. Mit zitternden Knien stieg Crouzon zu den Druckmaschinen hinunter und gab noch zweitausend Stück in Auftrag.

Am Stammtisch, wo er zu Mittag aß, hatte er mit fünf oder sechs jungen Männern ein Gespräch angefangen, die entweder für die Tabakmanufaktur oder als Rechtsanwalts- und Notargehilfen arbeiteten. Bei allen steckte der «Berrichon» in der Tasche, keiner sprach ihn darauf an. Die Unterhaltung verlief zäh und verkrampft. Crouzon kehrte beklommen in die Redaktion zurück. Was hatte er sich da wieder für einen Schnitzer geleistet; hatte er sich durch seine Ungeschicklichkeit selbst verdammt? Dann konnte er sich nur noch bei den Kolonialtruppen verpflichten.

Um drei Uhr klingelte das Telefon: Glückwünsche aus Issoudun. Um fünf Uhr erfuhr er, wieder per Telefon, Lhumeries erste Versammlung sei durch Pfiffe und Buhrufe gestört worden. Um fünf Uhr dreißig gratulierte Hamets heisere Stimme Crouzon im Namen aller Kandidaten. Für Hamet war Lhumerie am bedrohlichsten: Sie waren beide ehemalige Abgeordnete desselben Wahlkreises. Und abends am Stammtisch gratulierten ihm die Notar- und Anwaltsgehilfen sowie die Angestellten der Tabakmanufaktur. Crouzon widerte sein alberner Sieg bereits an. War das etwa ein Racheakt? War das der Weg, die Frau, die er liebte, wiederzusehen? Zu allem Überfluss wurde er am Abend von Docteur Loubin umarmt: «Sie werden mal Abgeordneter, das können Sie mir glauben.» Der alte Crouzon kam wieder zum Vorschein, murmelte: Ach …

Jedenfalls nahmen ihn die Republikaner der Indre in ihre Kreise auf: Am nächsten Morgen erhielt er Anrufe vom anderen Ende des Departements, aus Saint-Julien-du-Sault: «Wollen Sie ihn auf die Palme bringen, den Bürger Lhumerie? Nennen Sie ihn *Lausebart*.»

So geht es in der Politik zu.

Acht oder zehn Tage später rief Lhumerie *Monsieur Crouzon* aus dem «Faisan» an und lud ihn zum Aperitif ein. Etwas überrascht eilte Crouzon dorthin und wurde zunächst durch die Unschuldsbeteuerungen, das immerwährende Lamento enttäuscht, die dem bärtigen Kopf dieses schulmeisterlichen Wichtigtuers entsprangen.

«Eigentlich verfolge ich gar keine größeren Ambitionen», sagte Lhumerie. «Hätte man mich nicht beleidigt und hätte ich nicht bereits achttausend Franc in diese Kampagne gesteckt, würde ich zurücktreten.»

«Sprechen Sie mit Monsieur Laphin», sagte Crouzon.

«Pah, ausgerechnet Cri-Cri Laphin?»

«Sprechen Sie mit den Herren Hamet und Laphin, mit beiden zusammen», sagte Crouzon kühl. «Verständigen Sie sich über die Pflichten eines guten Republikaners.»

Lhumerie gab die Adresse eines befreundeten Hauses an, in dem das Treffen stattfinden konnte. Crouzon notierte sie sich: «Immerhin, mein lieber Hamet, das wird dich weniger kosten als ein ehemaliger Unterpräfekt.»

Nun wurden die Kandidaten kühn und schickten Crouzon gleich wieder los, um gegen die reaktionäre Liste lauthals Widerspruch zu erheben. Die Liste Lhumerie hatte sich zurückgezogen; inzwischen war auf der Gegenseite eine Liste von Abweichlern gegründet worden. Zwei Tage vor der Wahl bot Crouzon den Kommunisten von Châteauroux Paroli. Er stellte sich mit verschränkten Armen auf eine Bank und fiel den Kandidaten ins Wort. Die alten Arbeiter nannten ihn einen Tagedieb, zeigten ihm ihre schwieligen Hände. Viele riefen: «Poliert ihm die Fresse», keiner machte den Anfang. Er lachte schallend, warf bissige Bemerkungen ein, um dieses kabbelige Meer erneut gegen sich anbranden zu lassen. Wenn er richtig gehört hatte, beschimpfte man ihn unter anderem als «Volksfeind», was ihn entzückte. Nun wurde der Wahlagent vom alten Crouzon eingeholt: Er wäre so gern unpopulär gewesen, das war seine wahre Berufung. Wenn seine ehemaligen Freunde und die *Sperberin* hätten erleben können, wie er diesen geballten Hass genoss …

Ein anderer Gegenredner, ein Betrunkener, sorgte für Ablenkung; Crouzon konnte entkommen, mit vor Müdigkeit und Rauch stechenden Augen. Er empfand Mitleid für diese glühenden, unglücklichen Männer, ein Gefühl, das fast allen Beleidigten gemein ist: Was gibt es Mitleiderregenderes als eine Menschenmenge? Dennoch ging er zu Docteur Loubin und trank Champagner: Er wollte mit seiner Bosheit und seinem Frohsinn einschlummern.

Am folgenden Abend stießen Crouzons Kandidaten im selben Versammlungssaal auf erbitterten Widerstand.

Crouzon sah zu, wie sie sich auf ihrem Podest zur Wehr setzten, Laphin in Panik, Serlanges blass und würdig – aber an eine Gans erinnernd. Hamet putzte seine Brille, setzte die stoische und schmollende Miene eines Musterschülers auf, den man bestraft hatte. Biotte hob sich immer mehr von seinen Mitstreitern ab: Er kämpfte als Einziger, mit aller Kraft und aller Stimmgewalt eines Marktschreiers; er verschaffte sich zwischendurch als einziger Gehör, und Crouzon ertappte sich dabei, ihn zu bewundern. «War ich gestern wirklich besser? Nein, die Versammlung war leichter zu handhaben. Biotte allein hätte heute Abend Erfolg; obwohl er von allen der Verhassteste ist; er könnte ihrer Herr werden, wäre da nicht die offenkundige Unbeholfenheit der drei anderen … Aber jetzt wollen alle raus: was für ein Gedränge. Ich muss den Leibwächter geben.»

Mit diesem Misserfolg ihres letzten Abends hatten die Kandidaten gerechnet; sie gingen einigermaßen fröhlich ins Café, um sich zu erfrischen. Während er Biotte, der heiserer war denn je, gratulierte, dachte Crouzon: «Am Ende werde ich ihr Metier beherrschen; denn was ich in ihrem Auftrag tue, ist schwerer als das, was sie selbst tun.»

Aber er dachte auch an die Ängste, die ihnen morgen, am Wahltag, bevorstanden, und hätte nicht an ihrer Stelle sein wollen; seit zwei Monaten hatte er das Wählen, die Wählerschaft, dieses vertrackte und gefährliche Ding, das er als Blinder unter Blinden zu steuern versuchte, zu hassen begonnen. Er glaubte, dass dieser Hass jeglichen Ehrgeiz zunichtemachte, den er im Bewusstsein seiner Möglichkeiten hätte entwickeln können; er erkannte darin nicht die andere, heimtückischere Erscheinungsform ebendieses Ehrgeizes.

Als der große Wahltag gekommen war, rannte er morgens ganz Châteauroux ab: Die Schmähplakate, ein Ritual der letzten Stunde, waren von beiden Lagern ausgegangen. Crouzon war der Einzige, dem sie Angst machten. Er fürchtete den sanftmütigen Blick der Berrichons: Fast alle nahmen sich von sämtlichen Listen einen Stimmzettel. Bei dieser Kampagne war er zum ersten Mal aktiv geworden; er sah überhaupt keinen Zusammenhang mehr zwischen seinen Plänen, Handlungen, Erwartungen und dem Ereignis an sich. Es war ohnehin zu spät: Er konnte nichts mehr ausrichten ...

Zu nächtlicher Stunde erfuhr er, dass Serlanges, Hamet und Biotte gewählt wurden; wie fast alle freute er sich, dass Laphin eine Schlappe erlitten hatte. Beim Mittagessen am nächsten Tag umarmte ihn Loubin; Biotte war so klug, Crouzon im Namen der Abgeordneten eine Aufwandsentschädigung anzubieten, die sein Gehalt verdoppelte, und überzeugte ihn außerdem, sie auch anzunehmen. Die ganze Tischgesellschaft – Laphin eingeschlossen – schwor, den «Berrichon républicain» zu erhalten.

Crouzon empfand nach dem Erfolg ebenso viel Traurigkeit wie nach der Wollust – es war dieselbe Mattigkeit, dasselbe «Wozu das alles?».

«Wofür habe ich mich denn gerächt, als ich diesen drei Republikanern half? Das ist doch absurd: Ich habe mir diese Tat nicht einmal selbst ausgesucht ...» Er fuhr für zwei Tage nach Paris und gestand Boutin, der seinen Regenschirm schwang und ihm ebenfalls gratulierte, schon am Bahnsteig seine Verbitterung.

«Genau das», sagte Boutin, «macht den Mann der Tat aus: Er verdaut alles, was man ihm hinwirft. Aber was für ein weltmännisches Gebaren! Wie großartig du dem Gepäckträger deine Anweisungen erteilt hast! Du machst dich!»

Und Crouzon dachte: «Wie unbeholfen er doch ist!»

Trügerische Heimkehr

Er hatte sich per Brief mit der *Sperberin* verabredet, am folgenden Morgen um elf, im «Deux-Magots»[18], weit weg von den ehemaligen Freunden. Um neun ging er bereits die Quais entlang, sie waren schon warm und dufteten nach Spätfrühling. In der Brise, die vom Fluss aufstieg, warfen die Bäume ihren Samenflaum ab; dieser trockene, schwerelose Schnee kitzelte in der Nase und beeinträchtigte ein wenig den jungen, schönen Tag. Immer nach zwanzig Schritten blieb Crouzon stehen, von der Fülle dieser kleinen Welt ergriffen. Nach zwanzig Schritten wieder eine Erinnerung oder ein Weg, der mit einer alten Gewohnheit verknüpft war – und auf Schritt und Tritt eine neue Entdeckung, ein Gegenstand, der ein paar Augenblicke lang farbiger wirkte als alles andere: die Sammlung im Kasten eines Bouquinisten, die Skulptur bei einem Antiquitätenhändler, das Bild in einer Kunstbuchhandlung. Genug für Jahre leidenschaftlicher Erkundungslust – und alle beweglichen Teile dieses Schauspiels würden sich zu jeder Jahreszeit, in jedem Jahr ändern; allein die Blätter an den Bäumen würden immergleich wiederkehren, wie sonst auch in der Natur. Der Spaziergänger fühlte sich ganz erfüllt von Paris, der Stadt fest verbunden.

Über den Quai Malaquais und die Rue Bonaparte lief er wieder in Richtung Saint-Germain-des-Prés. Ein unwissendes, aber aufmerksames Kind, das diesen Weg täglich zurücklegte, wäre bald mit dem Vollendetsten auf der Welt vertraut. Crouzon, der für Paris nie eine besondere Vorliebe gehegt hatte, dem das Gedränge normalerweise lästig war, ging nun bereitwillig auf Tuchfühlung mit diesem angenehmen und klugen Völkchen, das sich nur von Meisterwerken an die Schaufenster locken ließ. Er liebte diese Häuser, die vertrauten Monumente und diesen Strom unbekannter Passanten (in Châteauroux gab es für ihn allzu viele bekannte Gesichter, und kein einziges Haus war eines zweiten Blicks würdig).

«Und denen in Châteauroux macht das nichts aus. Ich bin aufgeweckter als sie, aber unter ihnen zu sein wird mich meiner Kräfte berauben, bei so viel Langeweile und Quälerei: wie ein Amateurboxer, der sich wacker abmüht, aber Schläge *einsteckt* im Kampf gegen den abgestumpften und abgehärteten alten Profi. Ob ich wohl auch härter werde? Muss ich wohl – ich muss mich von all dem lösen, was mich gerade so beglückt hat … Nein, ein Boxer gibt seinen Schmerz in Form von Faustschlägen *zurück*; auf alles, was mir übel aufstößt, werde ich entsprechend reagieren: Leiden ist ein Muss.»

Mit leicht kribbelnden Fingerspitzen nahm er gegenüber der Kirche[19] Platz, um etwas zu trinken, die Beine in der Sonne ausgestreckt; laut Turmuhr noch eine Stunde Wartezeit; eine Stunde, um von der *Sperberin* zu träumen.

«Was habe ich von diesem Mädchen bekommen, unterm Strich? Den Beginn einer Freundschaft, die mehr erhoffen ließ; diesen herrischen Ton, mit dem sie mich herumkommandierte – wusste sie eigentlich, wie sehr ich den genossen habe? Blickwechsel, Händedruck, ihren Arm, ihre Taille oder ihren Nacken, die ich im Schwimmbad berühren durfte: Mir bedeutet das zweifelsohne viel und ihr nicht das Geringste. Aber was habe ich ihr denn zu bieten? Im Moment rein gar nichts, derzeit weder Vermögen noch Position; eine ungewisse Zukunft. In zwei oder drei Jahren – länger kann niemand warten – vermutlich immer noch nichts, was ihren Ansprüchen genügen würde. Kann eine Frau, ob nun sie oder eine andere, den Unterschied würdigen zwischen dem, was ein Mann im Schweiße seines Angesichts für sie errungen hat, und dem, was ein Sohn aus reichem Haus spielend zu geben vermag? Nein, und wäre sie dazu imstande, würde sie sich bestimmt gegen den Schweißgeruch entscheiden.

Und gesetzt den Fall, ihr Herz wäre so groß, wie du es ihr wünschst: Was bietest du ihr? Und was dir selbst? Bist du in der Lage, dich selbst einzuschätzen, Crouzon: Was spricht für dich? Du leistest nützliche Arbeit? Sobald du eine Stelle besetzt, nimmst du einem anderen die Arbeit, den Lebensunterhalt weg. Die Sache, der du dienst, hängt vom Zufall ab, du handelst ohne Ziel.

In diesem schläfrigen Châteauroux hast du gerade Schwieriges vollbracht und bist immer noch Untergebener. Dein Leben dort wird stets vom Zufall abhängen …

Aber der Zufall bietet auch günstige Gelegenheiten. Und wenn du schon kämpfen willst, wird dir der Kampfgeist in Châteauroux mehr bringen als in Paris. So ein Jammer … Was ich der *Sperberin* früher zu bieten hatte, war ein fast sorgenfreier Junge, der nicht an sich selbst dachte, wenn er mit ihr zusammen war. Habe ich mir diese Freiheit nur eingebildet? Aber mich selbst konnte ich ihr voll und ganz geben, und dazu nichts als heitere Gedanken … Was kann ich heute mit ihr teilen, von meiner Provinz abgesehen? Was für eine klägliche Bilanz. So niedergeschlagen, wie ich nun bin, muss ich mich zwischen Châteauroux und Paris entscheiden, bevor sie kommt ... Warum habe ich bloß nachgedacht? Das kostet nur Kraft; man sollte niemals nachdenken, immer nur Pläne schmieden ... Na los, entscheide dich ...»

Zu seiner großen Verblüffung entschied er sich, ohne zu zögern, für Châteauroux. Am frühen Morgen war er noch überzeugt gewesen, dass er sich für Paris entscheiden würde, und hatte von diesem Moment an nur Gutes über Paris gedacht. Doch jedes allzu klarsichtige Selbstgespräch vertreibt solche Gefühle. Sich in Châteauroux zu behaupten war ein Bedürfnis, das ihn mit dumpfer Kraft antrieb, da gab es nichts zu deuteln und zu drehen ... Als es elf Uhr schlug, wünschte sich Crouzon, die *Sperberin* käme nicht, doch schon trat sie auf ihn zu: «Ich bin froh, dass Sie noch an mich denken. Ich wünschte, Sie nähmen mir den letzten Abschied nicht zu sehr übel – der Kummer hatte mir die Sprache verschlagen ...» Er lauschte dieser traurigen, bebenden Stimme, einer Stimme der Lüge, die darum bettelte, dass man ihr Glauben schenkte. Die letzte Begegnung, seine Liebeserklärung hatten bei ihr Früchte getragen – und nur bei ihr. Er spürte, dass er im Vorteil war, ließ sich Zeit mit seiner Antwort: «Sind das nicht bloß nette Worte? Nein? Wenden Sie sich nicht ab. Würden Sie den Rest des Tages mit mir verbringen?»

Sie holte tief Luft, steckte die Haare hoch, wie im Schwimmbad, nachdem sie getaucht war, und lächelte: «Aber ja, ich muss nur kurz telefonieren, um mich von einer anderen Verpflichtung freizumachen.»

Dieses Wort weckte Crouzons Eifersucht: «Dich freimachen» – dachte er, während er auf sie wartete. «Da will ich doch sehen, was ich dir binnen eines Tages abluchsen kann, meine Kleine ...»

Er liebte auf zweierlei Weise: Bei den meisten Frauen, mit denen er anbändelte, legte er sich keinerlei Zurückhaltung auf; zwei oder drei hatte er respektiert und sich mit lustvollen Träumereien begnügt. Und die *Sperberin* hatte er bisher mit größerem Respekt geliebt als jede andere. Nun hatte er Lust, ein Sakrileg zu begehen – und das Bedürfnis, diesen Traum zu zerstören, damit Châteauroux ihn weniger reute.

Er schaffte es, dass sie etwas zu viel trank, und entführte sie in einem geräumigen Ruderboot auf die Marne. Der Fluss war menschenleer. Er steuerte das Boot unter Trauerweiden, die bis ins Wasser herabhingen. Er reichte ihr die Hand und sie verweigerte ihm ihre nicht; er warf die Sitzkissen auf den Boden des Boots und stützte sich neben ihr auf.

Sie war wirklich unverdorben, diese junge Frau, trotz ihrer Intelligenz, unverdorbener, als männlicher Zynismus es für möglich gehalten hätte; sie hielt seine Hände fest, versuchte seinem Mund auszuweichen, bevor sie ihm ihren Mund überließ, noch voller Scheu und ohne recht zu wissen, wie sie die Küsse eines Jungen erwidern sollte. Nach einer Stunde stellte sie sich geschickter an (was Crouzons Eitelkeit überaus schmeichelte), zitterte aber immer mehr; er biss ihr heftig unter die Achsel, am Brustansatz; sie verlor keinen Gedanken an die Wunde, sondern stöhnte in einem unklaren Schmerz und schmiegte sich an ihn. Er hielt kurz inne, ließ sich wiegen: von den Armen dieses Mädchens, und dazu vom Schaukeln des Boots.

Er hatte das Gefühl, für die vielen Monate stiller Verehrung belohnt zu werden – vielmehr hatte er sie im Herzen des Mädchens angehäuft und vergeudete sie nun innerhalb von zwei Stunden. Auch in seinem eigenen Herzen verfeuerte er die Illusionen und Erwartungen, plünderte sie aus. Wie viel Zeit und Mühe er aufgewendet hatte, um in diesen Momenten frevelhafter Freude zu schwelgen; so ähnlich müsste sich doch die Stunde des Triumphs anfühlen? Und der dürfte länger vorhalten – vielleicht sogar ohne Gewissensbisse ... denn jetzt ...

Was hatte er nur mit seiner Liebe gemacht? Dürfte er sie nun hastig und auf schmähliche Weise besitzen oder würde er das liebliche Geschöpf mit zynischen Worten verabschieden, um den Frevel zu vollenden?

... Nein, er liebte sie, und dieses stolze Mädchen liebte ihn auch; er durfte sie nicht entwischen lassen, sie gehörte ihm bereits. Er merkte, wie er sich wieder zügelte, aber ihre Zärtlichkeit nicht nachließ; ihr Haar strich sie mit bloßen Fingern zurück; er nahm die Ruder auf. Er erzählte ihr von Châteauroux, seinen ersten Schlachten. Zunächst lächelte sie, als wäre sein Bericht nur ein Spiel; dann musste die Einsicht kommen, die Crouzon bis dahin selbst noch nicht gekommen war.

Er sprach wieder von diesem Wahlkampf – er fing bereits an, die Überraschungen und Zufälle zu vergessen, die damit verbunden waren. Und nun sprach er von der Zukunft – von seinen eigenen Erfolgsaussichten in vier Jahren. Außerdem wollte er die Druckerei von Laphin erweitern; er würde sich dort als technischer Leiter und Teilhaber durchsetzen: «Ich fühle mich verdammt stark, seit diese Misere mich aus Paris vertrieben hat. Es würde mir Selbstsicherheit geben, ich würde mich stärker denn je fühlen, wenn ich eine Frau wie Sie an meiner Seite hätte … Nein, Sie und keine andere – um mir Schwester und Gefährtin zu sein. Könnte ein solcher Weg, ein solches Ziel die *Sperberin* dazu bewegen, sich auf ein Leben zu zweit einzulassen?»

Sie zögerte kurz: «So hatte ich Sie nicht eingeschätzt», sagte sie. «Ist es *das*, was Sie Liebe nannten?» (Ich hatte geglaubt, es ging Ihnen um mich und um nichts anderes, las er in ihren Augen: Er ließ die Ruder los.)

«Ach», sagte er traurig, «Sie glauben, die Liebe würde darunter leiden?» Er nahm ihre Hände, drückte sie beinahe schmerzhaft fest. «Sie glauben, diese neuen Kräfte würden Ihnen nicht zugutekommen …?»

«Aber nein, da liegen Sie falsch. Sehen Sie, Dieudonné, ich dachte, Sie wären nicht so wie die anderen. Und nun hören Sie sich genauso an … Nehmen Sie Aubrain, zum Beispiel, er will auch Abgeordneter werden. Er kommt mir nur weniger … verbissen vor – weniger besessen.»

«Kein Wunder, hält er doch alle Trümpfe in der Hand.»

Und Crouzon fiel schmerzlich wieder ein, was er am Morgen gedacht und seither wieder vergessen hatte: dass Frauen ein gesichertes Vermögen und die Leichtigkeit bevorzugen. Würde sie sich mit ihm in eine andere Welt begeben, in diese überschaubare Gesellschaft, von der aus sie die anderen als eine Art Rohmaterial betrachten könnten? Es müsste ihr doch gefallen, zu verachten, zu verschmähen. Aber Frauen stehen mit beiden Beinen im Leben, sie wollen hier und jetzt triumphieren. «Sollte ich tatsächlich ehrgeizig sein», überlegte Crouzon, «habe ich damit meine Chancen bei den Frauen verspielt … Denn wie kann man etwas verlangen, ohne sich selbst voll und ganz einzubringen? Soll man seine Stärke verbergen oder sie zeigen, um sich Zärtlichkeiten zu erbetteln? Vielleicht gibt es unter den stärksten eine andere Art der Liebe ... Ich habe ja keine Ahnung ...»

Er nahm den Faden wieder auf: «Aubrain macht Ihnen den Hof?» Sie lächelte: «Er ist sehr zuvorkommend, vor allem ein guter Kamerad. Über Sie hat er mir stets nur Gutes gesagt. Bestimmt erhofft er sich mehr ... Er glaubte nicht, dass Sie zurückkommen würden, ich auch nicht, bis heute Morgen ...»

«Haben Sie ihm denn *Hoffnungen gemacht?*», sagte Crouzon mit einem bitteren Lachen.

«Bisher musste ich ihn nicht zurückweisen – ermuntern übrigens auch nicht.»

(Ah, wie sie lächelt, wie wohl ihr ist ... Und das mir gegenüber, dabei könnte sie jetzt mein sein, wenn ich geschwiegen hätte.)

«Nur zu, Mädchen. Aubrain ist stattlich, im Gegensatz zu mir; er hat Geld; manche seiner Onkel sind Kirchenfürsten, während ich nicht einmal Eltern habe. Ihre Haarfarbe passt gut zu seiner, und Eheleute sollten sorgfältig aufeinander abgestimmt sein ...»

«Seien Sie still, Dieudonné, schweigen Sie.»

«Ich finde meinen Vornamen albern»,[20] sagte er barsch. Dann veränderte sein Ton sich unwillkürlich: «Ach, *Sperberin* ...»

Die Nacht brach über den Fluss herein; die Hänge waren bereits blau; das Wasser wirkte kalt. Er ließ die Ruder noch einmal sinken, und das Mädchen kam in seine Arme. Nun hätte er im Stillen alles zum Guten wenden können, hätte er sie nur halten dürfen. Aber er musste noch rudern, andocken, Paris erreichen, bevor es endgültig dunkel wurde … und die Leidenschaft zwischen ihnen war erloschen. Die Gelegenheit würde sich nicht wieder ergeben; das Sprechen fiel ihnen allzu schwer; diese verpatzte Versöhnung ließ nicht einmal Reue zu. Ob sie noch bleiben, mit ihm zu Abend essen wolle? Sie schüttelte den Kopf, verabschiedete sich mit gesenktem Blick. Er rührte sich nicht, das Unvermeidliche ließ ihn erstarren; schließlich legte sie ihm die Hände auf die Schultern; entsetzlich unbeholfen gab er ihr einen Kuss in den Nacken.

Er verzichtete auf ein Abendessen und kehrte in sein Zimmer zurück; er rechnete mit ähnlichem Kummer wie früher, lebhafte Erinnerungen, Träumereien, vergebliche Hoffnungen, die ihn erzittern ließen, und dabei stets den Blick auf die Tür geheftet. Möglicherweise litt er nun mehr, doch hatte er diese Frau schon aufgegeben; sein Kummer vertrieb die Erinnerungen schnell und schwungvoll, ohne Mühen, ohne Grübeleien, dahingleitend wie das Wasser an einer Kaskadenstufe. Und Crouzon ahnte mit Schrecken, dass er diesen Kummer abschütteln wollte. Hatte er Hoffnung auf eine andere Liebe? Nein, er fühlte sich von einer Leere angezogen, verspürte Lust auf Unbekanntes. Er wiederholte seinen morgendlichen Gedanken: «Niemals nachdenken, immer nur Pläne schmieden.»

Was sollte er sich für Châteauroux vornehmen?

Auf jeden Fall die Druckerei: Der Wahlkampf hatte gezeigt, dass man mit ihr die Plakatierung für das gesamte Departement bewältigen konnte …

Was das Politische anging: eine umfassende Liste der Gemeinderäte und sämtlicher Senatswahlmänner erstellen.

Sich mit Biotte treffen, ihn für seine Zwecke einspannen, ohne ihn einzuweihen ... Und reich heiraten – warum nicht? Was für eine Genugtuung, *ihnen* das zu verkünden. Dann noch eine Spedition gründen. Er würde Laphin dafür gewinnen, würde ihm aufzeigen, dass sein «Berrichon» dank eines schnelleren Vertriebs das «Département» aus dem Feld schlagen könnte.

Crouzon notierte seine Einfälle; er hielt sich für kühl und sachlich ... Er merkte nicht, wie furchtbar glücklich er war, weil er in der ersten Phase seines ehrgeizigen Vorhabens steckte, der schönsten, die noch von Visionen und Abenteuerlust geprägt ist. Ein Erfolg ist nichts dagegen, und keiner der Ehrgeizigen hört auf, wenn sein Ziel erreicht ist: Alle wollen zu diesem ersten Moment zurück, ziehen von Neuem los und reiten ihr Glück zu Tode.

Am nächsten Morgen ging er nicht mehr zu Boutin und reagierte gereizt, als er ihn am Bahnsteig antraf. Der allzu treue Freund begriff lediglich, dass er die *Sperberin* besser nicht erwähnte. Der kurz angebundene, entschiedene Ton seines Freunds beeindruckte ihn, wie schon bei der Ankunft. Als der Zug bereits anfuhr, sagte er zu ihm: «Das allgemeine Wahlrecht und die Eisenbahn haben Balzac auf den Kopf gestellt. Heutzutage verlässt man Paris, um in der Provinz sein Glück zu machen.»

Crouzon biss die Zähne zusammen und begnügte sich mit einem Winken.

ZWEITER TEIL
Hass und Geduld

Schlechte Zeiten

Crouzon war voller Elan zum «Berrichon républicain» zurückgekehrt. Über den Triumph der Republikaner in Frankreich und in der Indre verfasste er einige überschwängliche Artikel. Laphin, der inzwischen jeden Morgen in der Redaktion vorbeischaute, sagte zu ihm: «Freuen Sie sich ruhig, junger Mann, Sie haben ja recht. Wegen meiner Niederlage dürfen *wir* keinen Missmut zeigen. Haben Sie den guten Biotte getroffen? Ist er immer noch zufrieden?»

Nach einigen Tagen begriff Crouzon, worum es ihm ging, und widmete sich anderen Themen. Jetzt müsste ich, dachte er, die Marotten meines Pappenheimers kennen. Soll ich seine Leidenschaft für ein bestimmtes Vorhaben wecken, einen riesigen lokalen Werbefeldzug für ihn entwerfen? Das würde Öl auf die Wogen gießen. Was ist, wenn ich mich täusche …?

Biotte war nach Paris gefahren. Weder Serlanges noch Hamet wären Crouzon eine Hilfe: Sie waren der Meinung, die Zeitung sei für ihre tägliche Beweihräucherung zuständig und ließen es dabei bewenden. Crouzon befragte seinen alten Freund, Docteur Loubin, ohne ihm etwas Nützliches zu entlocken; in Gegenwart dieses müden Genussmenschen spürte er selbst geistige Ermattung.

Sollte er Laphin auf die Druckerei ansprechen? Dessen Laune war immer noch getrübt: kein günstiger Zeitpunkt.

Was konnte er sich nur einfallen lassen, welchen Hebel ansetzen, um dieses Hindernis aus dem Weg zu räumen?

Crouzon machte sich allmählich Sorgen; gelegentlich fiel ihm auf, wie der Blick des unterlegenen Kandidaten an ihm hängen blieb: «Er will mit mir sprechen; doch er scheut sich, mir etwas Unangenehmes zu sagen oder mich öffentlich bloßzustellen. Ob er weiterhin zaudern wird, wenn ich einfach schweige?»

Es vergingen zwei Wochen. Er spürte, wie das Arbeitspensum seiner Untergebenen zusammenschmolz. Einer der jungen Journalisten wurde entlassen; eines Tages entdeckte Crouzon im «Berrichon» einen – mittelmäßigen – Artikel zur Agrarpolitik aus der Feder eines Unbekannten: «Ein alter Freund vom Chef ...»

Drei Tage später kam ein Artikel von einer Agentur. Die Zeitung veröffentlichte statt eines Fortsetzungsromans nunmehr zwei, sodass sie weniger eigene Beiträge zu liefern hatten – und das kostenfrei, weil einer der Romane von Alexandre Dumas[21] stammte. Die Kollegen blickten Crouzon an wie Krankenschwestern einen frisch Verwitweten, der noch nichts von seinem Unglück weiß.

Crouzon zuckte mit den Achseln: «Ich ertrage das nicht länger. Vor allem, weil es eine Sackgasse ist – wozu die Sache noch an die Wand fahren?»

Und so klopfte er zur Kaffeezeit bei seinem Chef an.

«Nun, wie geht es Ihnen, mein lieber Freund? Haben Sie etwas von *unseren Abgeordneten* gehört?»

«Keine Silbe, Chef. Und Sie?» (Vorsicht: nicht so flapsig, mein Kleiner ...)

«Es geht hier nicht um mich. Ich hatte sie vor ein paar Tagen gebeten, Ihnen ... *etwas Neues zu suchen.*»

Laphin wandte den Blick ab.

«Zu freundlich», erwiderte Crouzon. «Aber ich wusste ja gar nicht, dass …»

Laphin, in die Enge getrieben, bot ihm unwirsch die Stirn: «Jetzt tun Sie mal nicht so, diese Zeitung kostet mich zu viel Geld. Jeden Tag mache ich tausend Franc Verlust. So ein Defizit kann ich nicht hinnehmen, nur um der schönen Augen unserer Abgeordneten willen.»

(*Vor drei Wochen hat er das Gegenteil geschworen*, dachte Crouzon; was gäbe das für ein Geschrei, wenn ich ihn daran erinnern würde!)

«Die Sache könnte aber durchaus profitabel werden», sagte er nur.

«Ich glaube nicht daran», sagte Laphin. «Machen Sie sich keine Illusionen, mein Junge. Und unter uns gesagt: Mit dieser Zeitung habe ich für uns vier Politik gemacht; ich habe mich dabei aufgerieben, während sie die ganze Zeit *für sich selbst* Politik betrieben haben, verstehen Sie, *nur für sich*, in ihren Kantonshauptstädten, mit ihren Bürgermeistern und deren Stellvertretern. Ich will am Ende nicht wie der Dumme dastehen, der jetzt ausgedient hat. Ach!»

Ihm war heiß; er tupfte sich die Stirn mit seiner Serviette ab, wickelte sogar einen Zipfel um den Zeigefinger und fuhr sich damit zwischen Kragen und schwitzenden Nacken; aus seinem Knurren wurde ein plumpes Stöhnen: Ach, haah, uaah! Crouzon konnte ihm in den Mund schauen: An Zunge und Zähnen hingen Speichelfäden, und der junge Mann hätte am liebsten den Kaffee aus seiner Tasse in dieses schwarze Loch geschüttet. (Würde er daran verrecken? Leider nein!)

«Das ist mir sehr unangenehm, es ermüdet mich», fuhr

Laphin in wehleidigem Ton fort. *(Erwartest du vielleicht, dass ich dir eine goldene Brücke baue, du Schwachkopf? Da kannst du lange warten ...)* «Kurz und gut, will sagen, nicht wahr, tja, mit einem Wort: Der ‹Berrichon› erscheint zukünftig als Wochenzeitung.»

«Und für mich gibt es dann gar nichts mehr zu tun?»

«Ja, wo denken Sie hin? Poulard arbeitet schon lange für mich, er stammt aus der Gegend, das verstehen Sie doch? Ich wollte die Produktion zum Wochenende hin einstellen ...»

«Sie schulden mir zwei Gehälter, für diesen und den nächsten Monat», sagte Crouzon. «Dafür erstelle ich Ihnen morgen eine würdige Schlussausgabe. So haben Sie nicht gerechnet? *Sie kommen dabei besser weg*», rief er laut. «Vier Tage weniger im Tausch gegen ein Monatsgehalt: macht zweitausendfünfhundert mehr für Sie.»

«Ach, diese jungen Leute!», sagte Laphin, um seine Furcht hinter einem Lächeln zu verbergen. Er ging nach nebenan, kam mit dem Geld zurück. Nachdem er bezahlt worden war, verließ Crouzon umgehend das Haus: «Wir sehen uns wieder, Laphin, und zwar früher, als du glaubst. Ein letzter Ausweg: Ich muss es ... aber ja ... beim ‹Département› versuchen, der Zeitung gleich gegenüber.»

Doch seine Beine versagten. Er musste sich an die Wand lehnen; mit kleinen Schritten ging er weiter, betrat das Café, trank einen Schnaps.

«Muss man dich jetzt auch noch an die Kandare nehmen, mein kleiner Dieudonné? Reicht es nicht, dass man dich beleidigt? In Paris schimpft man dich einen Dieb, in der Provinz setzt dich ein Wurstblatt an die Luft, und du hast dem nichts entgegenzusetzen?»

Er steuerte die Redaktionsräume des «Département» an; ganz in der Nähe befand sich Léveillés Haus, an dessen Wohnzimmerfenstern durchbrochene Vorhänge prangten. «Wäre er doch bloß in seinem Büro; aber nein, er ist bestimmt zu Hause: wie unangenehm!» Er lief ein paar Mal an der Haustür vorbei und wagte nicht einzutreten. Aus Scham, Angst vor dem Scheitern und vor allem, weil das *Romanhafte* dieser Situation ihm als Geistesmenschen, der zur Tat schreiten wollte, nichts Gutes zu verheißen schien. Nach dem Klingeln war sein Mund wie ausgetrocknet, und er musste sich auf die Zunge beißen, um ihr die Taubheit zu nehmen. Er wurde umgehend empfangen. In einem Sessel mit grünem Überzug saß Monsieur Léveillé und starrte ihn mit hervortretenden grauen Augen an, ohne sich zu erheben. Die große, schroffe Nase, die Falten, die von ihr ausgingen und von den hochgezogenen Mundwinkeln gebrochen wurden, hätten bedrohlich wirken können, aber sein gesamtes Gesicht war von einer beruhigenden Dummheit gezeichnet. Je länger Crouzon sprach, desto mehr lächelte Léveillé, desto mehr hellte sich dessen Miene auf.

«Erledigt, der gute alte ‹Berrichon›? Soll mir recht sein, sicher; und trotzdem … Der teure Laphin … Musste ja so kommen. Aber sagen Sie mal …»

«Diskretion», entgegnete Crouzon, ebenfalls im Telegrammstil und mit einem Lächeln, das Léveillés Lächeln parodierte.

«Ach ja, verstehe … Mal sehen, Sie, bei uns? Guter Neuzugang, aber schwer unterzubringen. Politik? Die behalte ich. Reportage – schon besetzt. Sport? Ja, gut. Marktkolumne? Meinetwegen. Pariser Presse, sehr gern, wirklich; wenngleich weniger als beim ‹Berrichon› …»

Beim Wort *Marktkolumne* hatte Crouzon eine leichte Abneigung verspürt, die er jedoch überwand und die ihn sogar auf die Idee für einen schändlichen Vorschlag brachte: «Und die Werbung? Ich kann Ihnen die Kunden mitbringen, die ihre Anzeigen bisher nur beim ‹Berrichon› geschaltet haben. Ich würde lediglich eine prozentuale Beteiligung an jedem Geschäft verlangen, das ich Ihnen vermittle.» Die Diskussion über die Höhe dieser Beteiligung nahm eine gute Viertelstunde in Anspruch. Nachdem er sich zwanzig Prozent sowie ein Festgehalt von monatlich siebenhundert Franc gesichert hatte und aufgefordert worden war, gleich am nächsten Tag wiederzukommen, rannte Crouzon zu seinem Zimmerchen, legte sich am helllichten Nachmittag ins Bett und brach in Tränen aus.

Er hatte einen Vorstoß gewagt, der seine Kräfte bei Weitem überstieg. Er verspürte politische Skrupel, Abscheu vor diesem neuen Chef, vor dieser Tätigkeit als Anzeigenhausierer, die ihm verachtenswert vorkam – vor allem, da er seine Rückkehr nach Châteauroux mit einem bescheidenen Traum verknüpft und nicht einmal dieser Traum Bestand hatte. «Wie wenig muss man sich denn vornehmen, um nicht mehr enttäuscht zu werden?» Er biss sich in die Armbeuge, weil er sich seiner Tränen schämte. Als er am folgenden Morgen die Redaktionsräume des «Département» betrat, fühlte er sich übernächtigt und unwohl. Wie ein Schüler, der sich vor einem Aufsatz drücken will, wünschte er sich die Gelbsucht herbei, doch sie blieb aus. Halb taub, mit verschleiertem Blick, einzig und allein von einer finsteren kleinen Idee geleitet, die er zu verabscheuen glaubte, machte er sich wieder an die Arbeit, ohne in Wort und Tat bei der Sache zu sein.

Léveillé hatte ihm die Zusage abverlangt, nicht mehr für Laphin tätig zu sein – wohl der entscheidende Grund für seine so prompte Anstellung. Zu tun gab es wenig für Crouzon beim «Département», aber zumindest waren da ein paar fröhliche, wenn auch nachlässige Mitarbeiter. Er hätte sich lieber in Arbeit gestürzt. Und so kümmerte er sich aus reiner Lust an der Fron tatsächlich um die Werbung. Aus dem dahingeschiedenen «Berrichon» fischte er die Namen von Händlern, die er nun wieder ansprechen könnte. Eine Stunde später zog er an einer Klingel, um seinen ersten Termin wahrzunehmen. So erhielt er von einem Weinhändler Anzeigen im Wert von einigen hundert Franc. Léveillé gratulierte ihm, aber Crouzon musste heimgehen und Galle erbrechen. Plaudern, überzeugen, verführen – diese Fertigkeiten hatte er stets nur im Dienst der Wissenschaft oder der Liebe eingesetzt. Sie für Geschäftliches zu nutzen kam ihm wie Betrug vor, denn er schätzte das Handwerk, sodass er in der beengten Druckerei seiner neuen Zeitung und zu seinem eigenen Vergnügen die Handhabung der Linotype[22] erlernte.

Am Ende des ersten Monats hatte er fünfhundert Franc Provision verdient, aber er hätte die Tätigkeit aufgegeben, wäre dieses Geld nur für Essen, Trinken oder Kleidung bestimmt gewesen.

Am Abend, als er es ausbezahlt bekam, lief er einfach ins Blaue, wie es ihm in diesem Sommer zur Gewohnheit geworden war, um seine strapazierten Nerven zu beschwichtigen und sich seinem Kummer hinzugeben.

Die Landstraße war staubig, doch der Himmel, glatt und zart wie Porzellan, legte sich sanft über den Horizont und die Hügel. Der Mond ging auf, die schrumpfende Scheibe ließ eine hauchdünne, geäderte Wolke aufleuchten; Crouzon fasste sich an den glühend heißen Kopf, nahm das Schauspiel begierig auf und litt.

«Nein, das ist nicht auszuhalten.» Und er spuckte, murrte, schlurfte durch den Staub. Alles Schöne erschien ihm grausam, er wollte die frische Luft besudeln, die ihm gegen seinen Willen guttat. Ein Hund jaulte den Mond an, er rief ihm ein «Danke!» zu, machte dann kehrt und rannte, als wollte er dem eigenen Wahn entfliehen; er hatte Angst vor sich selbst und murmelte sich atemlos zu: «Sieh deinen Schatten nicht an, sieh ihn nicht an.» Seitenstechen ließ ihn innehalten, beruhigte ihn: Wenn er diesen Schmerz spürte, hatte er beinahe Widerstand geleistet.

«Was wünschst du dir, nein, nichts. Du willst die *Sperberin* nicht mehr und denkst immerzu an sie. Vor allem willst du keinen Freund ... Nicht mal einen echten Freund? Nein, nicht mal das. Ich will nicht mehr aufrichtig sein, dann müsste ich mich schämen. Keine Freunde, so wie ein allzu hässlicher Mann keinen Spiegel will ...

Du musst aber standhalten und darfst nicht zu viel allein bleiben: Sonst wirst du verrückt, das merkst du ja ...

Dieses Geld ist dir verhasst? Dann rühr es nicht an, mach ein unantastbares Häufchen draus; damit kannst du später eine günstige Gelegenheit nutzen, womöglich ein Unternehmen ... Such dir eine sinnlose Arbeit, erobere die feine Gesellschaft von Châteauroux, als wäre sie der französische Hof ... Wer könnte dich einführen? Loubin, na klar ...»

Am nächsten Tag verfiel er wieder in Stumpfsinn, zu erschöpft, um sich an die eigenen weisen Ratschläge zu halten. Am 14. Juli[23] mischte er sich abends unter die Leute; im Geschiebe und Gedränge kicherte er insgeheim und dachte daran, wie man ihn des Diebstahls bezichtigt und damit aus Paris vertrieben hatte; inzwischen war es die Gleichgültigkeit von Châteauroux, die ihn aufpeitschte: «Tanzt nur, meine Schweinchen, tretet mir auf die Füße; ich werde mir euren Speck einverleiben.» Er lachte nicht (auf der Straße gestattete er sich gar nichts mehr); bei jedem Gaffer, an dem er vorüberging, summte er kehlig vor sich hin: «Euren Speck, euren Speck.»

Als er nach Hause kam, war er heiter und spöttisch gestimmt: «Im Grunde ist es ein Riesenglück, dass Léveillé und meine Kollegen Trottel sind! *Trottel bevorzugen*, denn wenn der Spaß aufhört, ist das der entscheidende Punkt. Du hast jetzt schon das Gefühl, sie besser im Griff zu haben als am Anfang. Da dachtest du noch: *Sie werden nichts begreifen*. Dabei reicht es doch, dass sie sich einbilden, alles zu begreifen.»

Gleich am nächsten Tag stattete er Madame Léveillé einen Besuch ab und brachte ihr Blumen mit. Er suchte Loubin auf, der ihn zunächst bedauern wollte und dann putzmunter fand. Trotz seiner Abneigung gegen gesellschaftliche Verpflichtungen versprach der alte Arzt, ihn in die Salons der Stadt zu führen.

«Aber eigentlich ist das gar nicht der richtige Ort für Sie, mein Junge», sagte der gutmütige alte Mann, randvoll mit altem Wein. «Sie sollten nach Paris gehen und Damia[24] zu Füßen liegen. Sich Damia zu angeln – das wäre eine Herausforderung für Sie! Na gut, besuchen wir eben die hiesigen Matronen. Doch ich warne Sie, das sind richtige Giftspritzen!»

Dieser Freundschaft, dieser Ergriffenheit und Ergebenheit haftete etwas Absurdes an, das Crouzon rührte und beruhigte. Dieser Narr war blind für seine Makel: Ihn konnte er zum Freund haben. Zum *Freund!* Bei ihm konnte sich Crouzon entspannen, die Augen schließen ... Wenn er nur den Mund hielte, dieser alte Schluckspecht ...

Gesellschaftliches und Vertrauliches

«Die Salons von Châteauroux!», dachte Crouzon, während er sich wusch, und musste lachen. Als er Loubin abholen ging, hatte er allerdings Herzklopfen. Er erhoffte sich nichts, sondern erlegte sich eine Prüfung auf. «Wenn ich mich auf die Schönste stürze, schlägt mein Plan womöglich fehl. Das heißt, ich werde mich der Hässlichsten, Einsamsten zuwenden.» Er suchte mit Loubin die Frau von dessen Nachfolger auf. Der Hausherr ließ sich nur für einen Moment blicken: Crouzon und Loubin blieben als einzige Männer unter einem guten Dutzend Frauen zurück. *(Mit einer solchen Gelegenheit habe ich gar gerechnet.)* Es hatten sich bereits Grüppchen gebildet; niemand schenkte dem alten Arzt oder seinem Gast größere Beachtung. Einige Damen hatten ihre Handarbeit mitgebracht, aber zu rein dekorativen Zwecken, dem guten Ton entsprechend. Weil Crouzon beim «Département» für die Meldungen vom Wochenmarkt zuständig war, konnte er sich hier und da über die Preise für Gemüse und Geflügel äußern. Die Teller mit den Petits Fours waren so spärlich bestückt, dass er beschloss, darauf zu verzichten, jetzt und auch künftig; ebenso würde er seinen Tee ohne Milch, ohne Zitrone, ohne Zucker trinken. Das würde den Damen nicht auffallen, aber einen Gast, der sie nichts kostete, würden sie immer willkommen heißen. Als der Tee serviert wurde, kamen neue Gesprächsthemen auf: Nun gab er die Nachrichten zum Besten. Man hörte ihm zu, mehr noch, man stellte ihm Fragen. Drei Viertel der Gespräche, in der Provinz und sogar in Paris, bestehen daraus, die Zeitung nachzuerzählen und so zu tun, als wüsste man selbst besser Bescheid. Crouzon musste einfach Erfolg haben. Dennoch schwieg er wohlweislich, kaum dass eine alte Dame ihm ins Wort gefallen war; neue Grüppchen bildeten sich; er besann sich auf sein Gelöbnis und machte ein wahres Aschenputtel ausfindig, eine magere alte Jungfer, mit großer Nase, grauem Haar. Mademoiselle Seillon war nur die Schwägerin eines hiesigen Einzelhändlers; zu jeglichem Thema fielen ihr höchstens zwei Worte ein, und Crouzon versuchte, das Beste aus ihnen zu machen. Die ehrbaren Damen sprachen über Mädchenerziehung; Crouzon wagte sich vor und fragte Mademoiselle Seillon, wo sie zur Schule gegangen war; in diesem Augenblick hatte er das Gefühl, über eine Engelsgeduld zu verfügen; er wollte diesen Damen helfen, dummes Zeug zu reden, bis der siebte Stundenschlag verklungen war; was nun geschah, kam für ihn also ganz unerwartet: Die alte Jungfer hatte begonnen, vertraulich und wortreich von ihrer Kindheit zu erzählen. Wie gut es ihr ergangen sei, in ihrem Pensionat; was es dort für einmalig schöne Spiele und Stickereien gegeben habe. Mademoiselle Seillon erinnerte sich noch an eine Lehrerin, die Léonie d'Aunet[25] gekannt hatte. Im Sittenunterricht las sie ihnen moralische Erzählungen von Léonie d'Aunet vor, die sie einer alten Ausgabe des «Journal des Demoiselles»[26] entnahm und die ihnen als Vorbild dienen sollten; es ging vor allem um einen alten Diener, der einst Schuld auf sich geladen hatte und von der Tochter des Hauses aus verzwei-

felter Lage errettet wurde … Crouzon hätte die alte Jung-
fer beinahe vor den Kopf gestoßen, aber dann änderte er
seinen Satz während des Sprechens so geschickt ab, dass er
sie stattdessen in einen Glückstaumel versetzte: «Wussten
Sie, dass Léonie d'Aunet und Victor Hugo eine … eine tiefe
Freundschaft verband? Aber ja, ihr Ehename war Madame
Biard, und er hatte sie in Herzogin Thérèse umbenannt …»
«Victor Hugo! Sieh an. Aber das wundert mich nicht.
Diese Lehrerin, von der ich Ihnen erzählt habe, war so eine
faszinierende Frau.» An dieser Gedankenverknüpfung erkannte Crouzon, dass Mademoiselle Seillon ihm von ihrer großen Liebe erzählte. Und tatsächlich schwelgte sie,
während sie beide in ihrer zunehmend dunkler werdenden
Salonecke saßen, stammelnd, stotternd in Erinnerungen,
die vierzig Jahre zurücklagen, und stieß dabei auf Dinge,
die Crouzon nahezu rührten. Er pflichtete ihr gelegentlich
mit einer Floskel bei, in erster Linie darum bemüht, mit
gedämpfter Stimme zu sprechen. Als es sieben Uhr läutete,
fuhr die alte Jungfer beim ersten Schlag jäh hoch, und sie
war drauf und dran, sich zu entschuldigen (wie Crouzon an
einer bestimmten Kopfbewegung merkte), sagte dann aber
plötzlich: «Kennen Sie Madame Rougeau?»

«Leider nicht. Wer ist das?»

«Sie ist die Person, die Sie in Châteauroux unbedingt
kennen müssen.»

«Ach, und warum?»

«Ich weiß es nicht.»

(Bestimmt eine dieser alten, einflussreichen Frömmlerin-
nen, dachte er: Es hat keinen Sinn, die Jungfer zu befragen, die sich offenbar ihrer eigenen Kühnheit schämt; pas-
sen wir eine gute Gelegenheit ab, oder lieber Loubin. Ach,

er ist schon weg? Zu dieser Stunde treffe ich ihn aber bestimmt im «Faisan» an.») Und tatsächlich strahlte Loubin, bequem in seiner Nische sitzend, seinen Aperitif an; auf dem Tisch ruhte seine dicke Hand und strebte ganz von allein dem Glas entgegen, nahm dessen Form an und zeichnete sie nach; mit freudig feuchtem Blick lächelte er dem Journalisten zu.

«Docteur, kennen Sie Mademoiselle Seillon?»

«Puh, hu! Hu! Das nenne ich ein feines Häppchen zum Aperitif! Möchten Sie vielleicht einen Magenbitter? Eine *Oxygénée*[27]? Das macht Sie wieder munter.»

«Nur einen Portwein. Kennen Sie eigentlich Madame Rougeau?»

«Ha, das gefällt mir schon besser ... Sie lassen nichts anbrennen, was, Sie Spaßvogel? Allerdings ist sie bestimmt zehn oder zwölf Jahre älter als Sie. Ihr Gatte ist in Marokko, er kauft Wolle oder handelt mit Stoffen ... Ach nein, mein Junge, es zählt nur eine einzige Frau: Damia. Ich bin zu alt; Sie müssen sich ihrer annehmen ...»

Aus ihm bekomme ich nichts heraus, dachte Crouzon. Obwohl längst Feierabend war, ließ er sich aus Übereifer noch in der Redaktion und bei Léveillé blicken. In den darauffolgenden Tagen litt er allmählich weniger; der geduldige Hass, den er Châteauroux entgegenbrachte, verband sich mit einer gewissen Belustigung angesichts des lächerlichen Salontreibens. Sein Anzeigengeschäft florierte, sicherte ihm mittlerweile tausend Franc im Monat sowie die Wertschätzung seines neuen Chefs. Obwohl Crouzon im Restaurant zu essen pflegte, hatte er unlängst das prächtige Kochbuch von Ali-Bab[28] erworben; er vertiefte sich darin mit derselben kühlen Strebsamkeit, die er für alle Dinge aufwendete, und trug die Rezepte in den Salons vor. Er hatte diese Pedanterie in Essensfragen schon in Paris wüten sehen, die uns seitdem die unschuldigste aller Freuden verdorben, ja vergällt hat; in Châteauroux konnte er damit glänzen, dank jenes umfangreichen Buches, das er niemandem zeigte. Ein Mann, der in Hauswirtschaft bewandert war, verkörperte für die Castelroussins das Ideal einer guten, bodenständigen Erziehung, einen gesunden Geist und wahre Rechtschaffenheit. Auf diese Weise gewann er bürgerliche Freunde, ohne die Verachtung zu erleiden, die ihm als Journalist oder Juraabsolvent entgegengeschlagen hätte; er flößte Vertrauen ein und vermehrte in der Folge seine Gewinne aus der Werbung.

Madame Rougeau

Während er seine ersten Großtaten auf dem Gebiet kulinarischer Gelehrsamkeit vollbrachte, erhielt er eines Tages einen Brief, den Boutin ihm weitergeleitet hatte: «Mallat? Das kommt von der *Sperberin* ...»

Cher Monsieur und lieber Freund,
Ich hätte gern öfter von Ihnen gehört und Sie wiedergesehen. Lange habe ich nach den wenigen Worten, die wir bei Ihrem letzten Aufenthalt in Paris gewechselt haben, auf ein Zeichen von Ihnen gewartet ... Wie ich sehe, haben Sie unsere Unterhaltung vergessen. *(Oh, du Heuchlerin, als hätten wir uns bloß unterhalten, du willst mir bestimmt weh tun ...)* Ihre Freunde hingegen vergessen mich nicht. Ich hatte gelegentlich das Vergnügen, mit den Herren Boutin und Aubrain über Sie zu sprechen. Genau wie ich werfen sie Ihnen nur eines vor, nämlich Ihre dauernde Abwesenheit. *(Armer Boutin, wofür du nun herhalten musst ...!)*
Auch wenn es für Sie vermutlich nicht von Belang ist, so möchte ich doch, dass Sie als erster von meiner Verlobung mit Ihrem Freund Aubrain erfahren *(«Freund!» Das hat gesessen, habe ich's doch geahnt.)* Offen gestanden, habe ich lange gezögert, aber er hat sich so aufmerksam, so treu ergeben gezeigt, dass ich mich schließlich

entschieden habe. Sobald er eine der Stellen, die ihm angeboten werden (entweder im Kabinett eines Ministers oder beim Institut für geistige Zusammenarbeit[29]), angenommen hat, werden wir einen Termin für die Hochzeit festlegen. Einstweilen grüße ich Sie aufs Herzlichste.

Aha, aufs Herzlichste ... Entstand da etwa ein neuer Hass, als Crouzon den Brief zerknüllte, in das Knäuel hineinbiss und den Fetzen in seinen Papierkorb spuckte? «Ach was, das Mädchen hat doch recht, hundertprozentig recht. Wöchentlich ein paar Zeilen hätten gereicht, um sie zu halten. Ich hätte mehr Zeit und Mühe aufgebracht, hundert Franc zu verdienen, als mich um die *Sperberin* zu kümmern ... Was ist nur aus mir geworden? Bin ich verhärtet? Abgestumpft? Nein, denn immerhin leide ich. Erst gestern habe ich von ihr geträumt ... Ich hatte nicht ständig ihren Namen auf den Lippen, aber sie schimmerte durch alle meine Träume; dank ihr erschien mir mein Streben nach Erfolg weniger abstoßend. Das einzig Liebliche, was mir noch blieb, ist nun auch verbrannt. Welch Dürre nun herrscht, welch Schwere. *Châteauroux*: Allein, wenn ich im Stillen *Châteauroux* sage, werden meine Lippen spröde, knirscht zwischen meinen Zähnen Staub, fangen meine Fingernägel an zu brennen wie beim Aufknoten eines zu fest geschnürten Senkels und schmerzen an der Wurzel. Warum soll ich noch arbeiten ...»

Trotzdem nahm er seine Arbeit noch am selben Tag wieder auf, um sich abzulenken, wie er glaubte. Aus Gewohnheit, dachte er ein paar Tage später, während er seinen gesellschaftlichen Verpflichtungen nachkam. Aber wer wirklich ehrgeizig ist, lässt seine Lebensziele außer Acht, denn er muss sich auf die nächstliegenden Ziele konzentrieren.

Im Spätherbst bekam er Besuch von Boutin, der sich auf der Rückreise von einem Katalonienurlaub angekündigt hatte. Sie bescheinigten sich gegenseitig, in besserer Verfassung zu sein.

Crouzon, beim «Département» für den Sport zuständig, war Meister im Hochsprung und im Freistilschwimmen. Wenn er, mager und durchtrainiert, die Fingerspitzen auf die Tischplatte stützte, zeichneten sich die Knochen bis zum Handgelenk ab und bildeten eine Art Vogelkralle; die breiteren Schultern hoben sich vorteilhaft vom restlichen Rumpf ab und ließen seine Gesten lässiger wirken als in Paris. Boutin, sonnenverwöhnt, die Augen erholt, nachdenklich und naturverbunden, schritt beherzter aus als früher. Sie gingen gemeinsam am Ufer der Indre spazieren. Boutin erzählte ein wenig von seiner Reise.

«Sie kommt mir unendlich weit weg vor, die Malerei», erwiderte Crouzon. «Châteauroux ist so flach, dass es mich höchstens nach Architektur gelüstet, und dabei habe ich für die Malerei mehr Leidenschaft aufgebracht als du, weißt du noch?»

«Vielleicht kann ich meine nicht so gut in Worte kleiden», sagte Boutin arglos. Crouzon lachte und klopfte ihm wie früher auf die Schulter. «Ich ahne, was dir gefallen dürfte», fuhr der sanfte Gelehrte fort, «du entsprichst jetzt mehr dem spanischen Typus, ich würde sogar sagen – und dafür kannst du mir ruhig eine überziehen –, dass du mönchischer wirkst ...»

«Stimmt, ich habe etwas Glühendes an mir; beim Rasieren schrecke ich vor meinem eigenen Spiegelbild zurück.

Mönchisch? Jedenfalls bin ich darauf versessen, bestimmte Dinge zu bestimmten Zeiten zu verrichten, ich schätze das Geregelte.»

Sie liefen durch das erste Herbstlaub. Crouzon blieb staunend stehen und hob ein Blatt auf, das nur noch aus der Rippe bestand; er hielt es Boutin vor Augen: «So etwas gefällt mir, sogar mehr als früher, scheint mir – dennoch denke ich nie daran.»

«Solltest du etwa zu den Mystikern zählen und weißt es gar nicht?»

«Nein, die haben ein Ziel, sie wissen, wo es langgeht, ich hingegen habe nicht die geringste Ahnung. Und mein Ziel wäre nicht so schön. Außerdem sind sie zärtlich, strahlen vor Glück, während ich mich, wenn du nicht da bist, ganz vertrocknet fühle.»

«Ein Ziel, ein Ziel!», sagte Boutin mit gesenktem Kopf. «Meinst du, man kann sein Ziel immerzu im Auge behalten? Es verschwimmt, wie ein Punkt, den man zu lange fixiert; oder verliert seine Bedeutung, wie ein Wort, das man zu oft wiederholt hat. Das Ziel verändert sich von Zeit zu Zeit, aber oft genug verliert man es aus den Augen ... Und was das Vertrocknen angeht, das erleben die Mystiker genauso wie du ...»

Er schlurfte mit seinen schweren Schuhen durch das Laub, schien zu schmollen, war aber nur in Gedanken versunken; er nahm den Faden wieder auf: «Im Grunde hast du dich in den letzten sechs Monaten für eine ganz bestimmte Richtung entschieden. Ich weiß nicht, ob du ans Ziel kommen wirst. Du bist noch nicht besser gestellt als in Paris, aber du bist schon kein Durchschnittsbürger mehr. Der Durchschnittsbürger strebt immer einen Ausgleich an für das, was er gerade getan hat … Arbeit – Erholung; Ruhe – Trubel; das ist ihm gar nicht richtig bewusst. Er ist wie jemand, der sich im Schlaf umdreht: Rücken – Bauch; rechte Seite – linke Seite. Sogar für die Liebe gibt es Ausgleichsmöglichkeiten. Im Ausland ist das leichter zu erkennen: Unsere Dummköpfe bezeichnen es als Gegensätze. Unterm Strich heißt das, wenn sich alles ausgeglichen, gegenseitig aufgehoben hat, wenn der Mensch sich am nächsten Tag genauso fühlt wie am Vorabend, ist er glücklich … Wenn man sich den Ausgleich versagt, ein kleiner Aufsteiger ist, wie du, oder ein Mystiker oder Liebender, und stur seinen Weg verfolgt, leidet man wie ein Witwer oder eine Waise, aber man weiß nicht, warum man leidet, weil man die Ausgleichsmöglichkeiten vergessen hat; also verflucht man das, was man liebt, oder man glaubt, es verloren zu haben; und das bezeichnen du und deinesgleichen dann als ‹vertrocknen› …»

«Ob er eine Beichte ablegt?», fragte sich Crouzon. Aber Boutin war mit sich im Reinen; die Dämmerung brach an, selbst die Luft schien hier im Umland frisch und sauber; von den Blättern an den Bäumen fiel ein unmerklicher, süßer Sprühregen.

«Mein Abendessen weiß ich aber durchaus zu genießen, wirst schon sehen», sagte Crouzon nach langem Schweigen. Doch kaum hatte er diese Worte ausgesprochen, klangen sie in seinen Ohren falsch. Nein, das wäre kein Ausgleich. Jedes Mal, wenn er seine neue Persona vor Boutins Augen zusammensetzte, sie sortierte, empfand er abwechselnd Unbehagen und Genugtuung.

Zwei oder drei Tage später fiel ihm auf einer Hochzeit, der Crouzon im Auftrag seiner Zeitung beiwohnte, eine

Frau auf, noch frisch und kräftig, die mit dem Rücken zu ihm stand und sich natürlicher und ansprechender als ihre Nachbarinnen gebärdete. Sie drehte sich um: Die breiten Wangenknochen, die einen Hauch zu dick und zu kurz geratene Nase, der kleine Mund mit den wulstigen Lippen ließen sie wie eine Exotin wirken, doch die Stirn war hoch und hell, die grauen Augen funkelten fröhlich. Er schätzte sie auf fünfunddreißig, bei näherer Betrachtung noch etwas älter. Als er sie sprechen hörte, gefiel ihm die Stimme besser als alles andere. Es war weder Liebe noch Begehren, das spürte er deutlich; dennoch richtete sich seine Aufmerksamkeit auf diese Frau. Da antwortete ihr eine andere Frau und nannte sie beim Namen: Madame Rougeau. Er dachte an die alte Jungfer und ihre Vorhersage, dass er sich gut mit ihr verstehen würde. Aber wie sollte er auf sie zugehen, sie ansprechen, ohne missverstanden zu werden? Er wartete zwei, drei Stunden ab; beim Empfang bekam er Gelegenheit, sich neben sie zu stellen.

Er erkundigte sich nach dem Beruf ihres Mannes und den marokkanischen Wollsorten; ihre Antworten waren kurz und von einer Präzision und Gleichgültigkeit, die ihn entzückten. Sie trank den Tee in langen Schlucken, äußerte sich mit ein paar wohlwollenden Worten über gemeinsame Bekannte, doch in einem derart achtlosen Ton, dass er dachte: Sie spottet. Er wollte über Politik sprechen – sie schnitt ihm das Wort ab, mit einem kurzen Zungenschnalzen und einer kleinen Handbewegung, die bedeutete: «Wir wollen uns doch nicht langweilen.» Seine Verwirrung entging ihr nicht.

«Es heißt, Monsieur Crouzon, Sie seien ein Experte in Küchenfragen?»

«Ich kenne nur ein paar Rezepte.»

«Bitte behalten Sie auch diese für sich.»

Crouzon hatte sich schon fast damit abgefunden zu schweigen, denn er war so gut wie überzeugt, ihr Missfallen erregt zu haben.

«Erzählen Sie mir lieber vom Schwimmen, das ist reinlicher.»

Er ließ sich darauf ein, doch nach ein paar Minuten unterbrach sie ihn, sichtlich gelangweilt: «Verzeihen Sie, aber Sie reden zu schnell, und wie eine Zeitung. Dafür können Sie wohl nichts. Sind Sie schüchtern?»

«Eingeschüchtert», räumte er lachend ein. «Das war mir gar nicht bewusst, aber nun stoßen Sie mich darauf.»

«Ich bin es auch», sagte sie leise. «Darum habe ich Sie geneckt. Nun, da wir es zugegeben haben, müsste es eigentlich vorbei sein … aber nein …»

Sie waren beide leicht errötet; sie lachten. Um sie herum lärmte die Hochzeitsgesellschaft, klirrte das Geschirr.

«Werde ich die Ehre haben, Sie wiederzusehen?», fragte Crouzon.

«Ich gehe kaum aus, und ich habe keinen Jour fixe. Aber kommen Sie doch morgen nach dem Abendessen. Gehen Sie durch den Garten, um bei meinen Nachbarn kein Aufsehen zu erregen.»

Am folgenden Abend betrat Dieudonné, den diese Heimlichtuerei reizte, mit leisen Schritten Madame Rougeaus Garten. An Liebe dachte er nicht; er führte das Leben eines Asketen und fürchtete jede neue Liebe, die ihm Kräfte rauben könnte. Dennoch hatte er Herzklopfen wie ein Einsiedler, der auf einer Insel dem ersten menschlichen Wesen entgegengeht.

Madame Rougeau selbst öffnete ihm die Tür, führte ihn in einen weißen, kargen Salon; er streckte sich auf dem Diwan aus und hatte den Eindruck, zur Ruhe zu kommen, sämtliche Gliedmaßen zu entspannen, was ihn zunächst vom Sprechen abhielt: Er fühlte sich fern seiner selbst und, bei völlig klarem Kopf, von einem leichten nächtlichen Rausch eingelullt.

«Na, Monsieur, schlafen Sie etwa ein? Ich werde Ihnen einen türkischen Kaffee machen.»

Sie brachte ihm den Kaffee; ihre Unterhaltung verlief ruhiger als am Vortag; bald berichtete Crouzon ihr von seiner Tätigkeit. Schon am zweiten Abend erzählte er ihr von dem hässlichen Zwischenfall, den Verdächtigungen, den Seelenqualen, die ihn von Paris in die Provinz geführt hatten. Noch länger sprach er über die Hoffnungen, die er sich machte.

Madame Rougeau (ihren Vornamen sagte sie ihm nicht) streckte sich, sobald sie den Kaffee serviert hatte, auf einer Chaiselongue aus, die an der Wand stand, im rechten Winkel zum Diwan; sie konnten einander nicht sehen und drehten nur selten den Kopf, um sich anzublicken. Sie sprach zunächst über Kinder: Sie hatte selbst keine bekommen und verwöhnte die Kinder der anderen. Ihr Mann bedeutete ihr nichts mehr; sie hatte «jemanden» in Paris, teilte Crouzon jedoch in schroffem Ton mit, dass sie darüber niemals mit ihm reden würde. Sie erzählte recht anschaulich und ohne groß nachzudenken von dem, was sie tagsüber erlebt hatte, weil sie es so intensiv erlebte; dank ihres Elans verschönerte sie sich das Leben bei allem, was sie tat. Sie verrichtete die Gartenarbeit so kraftvoll wie ein Mann, wobei ihr der Obstgarten und die Bienen lieber waren als das Gemüse. Diebische Vögel schoss sie mit einem kleinen Jagdgewehr, sie beseitigte Ameisenhaufen und übergoss Ameisen und Larven mit kochendem Wasser. Weder ihr Zimmermädchen noch ihre Köchin übernachteten im Haus: Beide hatten eine eigene Familie zu versorgen. Höhepunkt des Tages war ein Imbiss, den sie für einige Schulkinder und Gymnasiasten ausrichtete; sie kannte nicht einmal die Eltern ihrer Schützlinge. Es wurde ausgelassen gespielt und getobt, manchmal kam es zu Auseinandersetzungen, bei denen sie einschritt: «Je größer, desto gemeiner. Ab und zu muss ich dem einen oder anderen den Hintern versohlen.»

«Früher», erklärte sie dann, «hätte ich nie ein Tier töten können, aber seit ich Kinder lieben gelernt habe, liegt mir nichts mehr an Tieren.»

Wenn es um Bücher ging, war ihr Urteil klar, aber knapp und bodenständig; allein ihre Leidenschaft für Reiseberichte, geografische Abhandlungen und Atlanten fand Crouzon bemerkenswert.

«Hat Marokko Ihre Neugier entfacht?»

«Keineswegs. Ich habe schon als junges Mädchen eine Weltkarte aus hochflorigem Teppich geknüpft.»

Das waren ihre Vorlieben; dafür wollte sie weder gelobt noch getadelt werden. Diese Freiheit billigte sie auch anderen zu. Und so traute sich Crouzon, ihr alles zu sagen. Weder sein Hass auf Paris noch sein Hass auf Châteauroux befremdeten sie. Wie gut man sich ihr anvertrauen konnte! Wenn sie zuhörte, war sie vollkommen still, sodass Crouzon manchmal glaubte, sie wäre eingeschlafen; er hielt inne, und sie stellte ihm dann mit ruhiger Stimme Fragen, nahm Bezug auf einen bestimmten Punkt, bündig, sachlich wie in einem guten Bericht. (Was würde sie für eine ausgezeichnete Sekretärin abgeben … Aber hier ist das undenkbar.) Diese überaus freundliche Anteilnahme war für ihn besser als Zärtlichkeit: Er konnte sich gehen lassen, ohne dass es wirkte, als heischte er Mitleid oder Trost. Tatsächlich war diese Stille, die es ihm ermöglichte, sich selbst zu trösten, besser, ja erfrischender, als wenn er seine glühende Stirn in den Wind gehalten hätte – bei dieser Frau, die selbst so frisch war, hinter diesem Garten, den der erste Nachttau benetzte. Er traute sich, ihr von seinen Plänen zu erzählen, und sobald er sie in ihrem Beisein ausgesprochen hatte, spürte er, wie die Pläne sich in ihm verfestigten: Nun waren es keine hohlen Träumereien mehr und auch keine entsetzlich niederträchtigen oder unbilligen Vorhaben. Oft schlief Crouzon weniger, um Madame Rougeau aufzusuchen, denn die Zeitungsarbeit fing zuweilen vor Sonnenaufgang an. Er bereute es aber nie, weil er nach ausgiebigem Schlaf längst nicht so erholt und so rege war wie nach einem Besuch bei ihr.

«Wie seltsam, dass ich nicht in sie verliebt bin … Warum sollte ich sie nicht lieben? Liegt es vielleicht an ihrer Gleichgültigkeit? Sobald ich da bin, legt sie ihr Buch aus der Hand und hört mir zu, gerade als ob ich auch nur ein Buch wäre … Doch solange ich ihr alles anvertrauen kann, dürfte ich ohne Liebe auskommen …» Diese geistigen Ergüsse reichten zwar nicht an die Liebe heran, aber sie waren zu dieser Zeit genauso notwendig, fielen ihm leichter und ließen keine Reue aufkommen.

«Weiß diese Frau um ihren Einfluss? Ist sie wirklich gleichgültig?» Darüber sollte er bald Gewissheit erlangen. Aufgrund von einigen Worten, die sie in einem der hiesigen

Salons aufgeschnappt hatten, glaubten sie, dass man ihre Freundschaft erahnte und beargwöhnte. Crouzon bot ihr an, seine Besuche einzustellen.

«Nein, ich bin Ihnen nützlich», antwortete sie gelassen; um sich nicht als Beschützerin aufzuspielen, fügte sie hinzu: «Außerdem habe ich Freude an diesen Besuchen.»

«Im Grunde», dachte Crouzon eines Tages, als Madame Rougeau nach Paris gefahren war und er einen tristen Abend daheim verbrachte, «hilft sie mir, an mich selbst zu denken, vor allem aber hindert sie mich daran, so mit mir selbst zu sprechen, wie ich es zum Beispiel heute Abend tue. Denn wenn ich allein bin, schlage ich mir gegenüber einen zynischen oder harten Ton an oder weine verlorenen Tugenden nach. Wenn ich bei ihr bin, gehe ich schonend mit mir um.»

Sie hatte ihm die Gesellschaft von Châteauroux nähergebracht – welche Familien miteinander verbündet waren, welche Freundschaften oder Feindschaften unter Industriellen oder Kaufleuten mit hineinspielten. Diese Bourgeoisie pflegte nur widerwillig Umgang mit den Großgrundbesitzern der Provinz und gab vor, sie – manchmal sogar die Adligen – mit den Viehhändlern zu verwechseln. Die Schwester und der Schwager von Madame Rougeau sorgten sich um ihre Tochter Anne-Marie, die einen jungen Offizier heiraten wollte, ihren Cousin siebten Grades, Sohn eines mittellosen Junkers. Das führte zu Komplotten, regelrechten Belagerungen. Die beiden jungen Leute hatten versucht, Madame Rougeau auf ihre Seite zu ziehen, im Namen der Liebe. Madame Rougeau, die den Verehrer nicht mochte, verhielt sich neutral ... Wenn sie Crouzon Châteauroux erläuterte, die Intrigen, die geheimen Strukturen oder die Feindseligkeit, die ein gewisser Flayel, seines Zeichens Feuerwehrhauptmann, gegen die Rougeaus hegte, erlebte sie oft, wie er erstarrte, den Hals reckte, mit nervösen Fingern irgendwelche imaginären Knoten knüpfte oder Fechthiebe ausführte, dann hörte sie auf zu erzählen: «Aber jetzt sollten Sie reden; Sie sind im Moment alles andere als entspannt.»

Hätte sie seine Lebensgeister nicht wiedererweckt, wäre er im täglichen Einerlei von Châteauroux verknöchert oder bei der nächsten Herausforderung zusammengebrochen.

Wieder ans Werk

Mitte November berechnete Crouzon den Zuwachs seines Anzeigengeschäfts und seiner Provisionen beim «Département de l'Indre» und wäre, entgegen aller Gewohnheit, zufrieden gewesen, als Léveillé ihn und den anderen Anzeigenleiter zu sich zitierte. Im mageren, einfältigen Gesicht des Direktors arbeitete es; wie üblich suchte er nach Worten, zugleich schien er mit der Zunge in seinen Backen nach einem Obstkern zu fischen: «Wie Sie wissen, meine Herren, bin ich in Sachen Werbung mit einer Pariser Agentur im Geschäft. Gestern habe ich eine Abordnung der Händler von Châteauroux empfangen; ich glaube, sie wurden vom ‹Bazar› und von den ‹Confections› angestiftet; was soll's; jedenfalls halten sie mir alle vor, dass die Anzeigen aus Paris – Kaufhäuser et cetera – ihren Anzeigen Konkurrenz machen. Aber wie dem auch sei, ich habe meine Berechnungen angestellt, ich habe mit Paris telefoniert, dort sichert man mir täglich achthundert Zeilen mehr zu. Also werde ich, angesichts dieser Konditionen, nicht wahr, die lokale Werbung drangeben, vom nächsten Monat an, mit Ausnahme der Kleinanzeigen. Das wär's.»

«Und die Politik?», fragte Crouzon. «Wird das der Zeitung nicht schaden, hier in Châteauroux?»

«Ich habe mir darüber Gedanken gemacht», sagte Léveillé und gab sich ganz pfiffig. «Aber weder der ‹Bazar› noch die ‹Confections› finden überall Zuspruch; und ich weiß, dass einige Pariser Kaufhäuser hier Filialen eröffnen und Einheimische beschäftigen wollen. Meinen Verlust auf der einen Seite wiege *ich* durch Gewinne auf der anderen wieder auf.»

Als er dieses «Ich» hörte, dachte Crouzon: Dich mache ich fertig, mein Lieber!

Ihn traf es am härtesten; sein Kollege behielt immerhin die Kleinanzeigen. Sobald er seine Arbeit erledigt hatte, ging er nach Hause: Um vor sich hin zu leiden, glaubte er. Aber dann fing er an nachzudenken: «Hätte ich eine andere Zeitung, könnte ich die komplette Werbung auffangen, die jetzt verloren geht ... Es gibt aber keine. Und der stumpfe Laphin kommt erst recht nicht in Frage ... Dabei sind diese Leute brennend an einer Lösung interessiert, sonst hätten sie sich nicht zusammengetan. Ich müsste doch in der Lage sein, aus diesem brennenden Interesse Kapital zu schlagen ... Habe ich denn gar nichts gelernt ...»

Er ließ seine Gedanken schweifen, rief sich barsch zur Ordnung: «Halt. Versuchen wir es mit einer anderen Methode.»

Auf ein großes Blatt Papier notierte er als Überschrift:

EINEN WERBEAUFTRAG ÜBERNEHMEN

Darunter fächerte er den Begriff *Werbung* auf: mündliche Werbung, Werbeschilder, Prospekte, Annoncen in Zeitungen, Zeitschriften, Büchern, Plakate, Werbung über Prämien und Preisausschreiben. Anschließend strich er *mündlich, Prospekte, Schilder, Prämien und Preisausschreiben* durch: Das alles warf praktisch nichts ab. Zeitungen und

Zeitschriften: Daran war nicht zu denken. Bücher? Bücher und Werbung? Ein *Almanach*. Vier Wochen für Erstellung, Anzeigenakquisition, Druck: Das war gerade noch zu schaffen. Diese Vorstellung des *gerade noch* versetzte Dieudonné in solche Erregung, dass er drauf und dran war, sofort mit der einst so verhassten Akquisition anzufangen. Er zwang sich, wieder Platz zu nehmen, das letzte Wort zu betrachten, das noch auf seiner Liste stand: *Plakate*.

Einige Geschäfte – wie der «Bazar», die «Confections» – konnten sich Plakate leisten, aber dafür brauchten sie Crouzon nicht. Die kleinen konnten sich das nicht leisten. Sollte er diejenigen ansprechen, die für ihre Anzeige eine ganze Zeitungsseite buchten? Und was war mit dem Hutmacher Vivien, der oft eine halbe oder Viertelseite nahm?

Ein halbes Plakat? Ein Viertelplakat? Da hatte Crouzon die zündende Idee: Er würde die großen und die kleinen Anzeigenkunden in Gruppen zusammenfassen und ihnen entweder Plakatserien oder Plakatsegmente anbieten.

«Aber zuerst der Almanach.»

Er erzählte von den Filialen der Pariser Kaufhäuser und stachelte jene Anzeigenkunden an, die für seine Zeitung nicht allzu viel übrig hatten – so heimste er binnen zwei Tagen Aufträge im Wert von fünfzehntausend Franc ein. Einen Teil seiner Nächte brachte er damit zu, die einfachsten Rubriken für seinen Almanach zu erstellen: Regionales, Sport. Unterdessen hatten auch die zaghafteren Händler die Zeichen der Zeit erkannt und gaben ihrerseits Anzeigen auf: Bei gleichem Format mussten sie das Doppelte des Zeitungstarifs bezahlen; Crouzon konnte ihnen vermitteln, dass ein Buch, das man nicht wegwirft, sondern behält, so viel wert ist wie eine wiederholt abgedruckte Anzeige in der Tageszeitung; er hatte nun Aufträge im Wert von zweiunddreißigtausend Franc angehäuft, als Léveillé ihn zu sich zitierte.

«Was muss ich hören?»

«Ich habe die ‹Publicité³⁰ berrichone› gegründet», antwortete Crouzon. «Das verstößt weder gegen unsere Vereinbarungen noch gegen Ihre Interessen.»

«Aber Sie sind bei mir für die Anzeigen angestellt, also sollte ich …»

«Glauben Sie?», sagte Crouzon kühl. «Versuchen Sie's nur. Oder ist es Ihnen lieber, wenn ich kündige?»

«Das habe ich nicht gesagt», entgegnete Léveillé tumb, mit gekünsteltem Lächeln.

«Macht nichts, dann sage ich es eben …» (Verdammt! Hier spricht wieder der alte Crouzon.)

Er erblasste und fuhr in sanfterem Ton fort: «Entschuldigen Sie. Also, ich habe etwas Geld geerbt, ja, von einem Onkel; rund dreißigtausend Franc. Darum wollte ich etwas Eigenes auf die Beine stellen.»

«Ach, tatsächlich? Das ändert natürlich alles, und nun verraten Sie mir …»

Doch Crouzon fiel ihm ins Wort: «Wollen Sie zehn- oder zwölftausend Franc verdienen?»

«Da sage ich nicht Nein, vorausgesetzt, das Geschäft ist solide.»

«Zahlbar in drei Raten, bei Auftragserteilung, bei Lieferung und einen Monat später.»

«Na! Sehr anständig.»

«Drucken Sie meinen Almanach. Ich zahle den Preis, den Sie für Großaufträge berechnen; ich kann Ihnen auch ein gutes Dutzend Ihrer Druckplatten abnehmen …»

«Ich lass es mir durch den Kopf gehen.»

Crouzon hatte in sechs Monaten fast siebentausend Franc zurückgelegt. Er konnte Léveillé also bezahlen. Die einzige Schwierigkeit bestand darin, seinen Almanach mit hundertfünfzig unterhaltsamen Seiten auszustatten. Er hatte Koch- und Kosmetikrezepte zusammengetragen – «alle aus naturreinen Kräutern» –, Zug- und Busfahrpläne, die Kirmes- und Markttermine der Region – sämtliche brauchbaren Informationen, die die Landbevölkerung zum Kauf eines Buches verleiten können. Zwei Erzählungen, eine englische und eine französische, beide gemeinfrei, waren nicht dafür gedacht, in Châteauroux und bei den Anzeigenkunden Eindruck zu schinden: Sie zielten auf die kleinen Arbeiterinnen. Und jetzt noch etwas Humoristisches, Herrgott, was niemandem wehtut … Eines Morgens rief er schließlich Boutin an, den er aus dem Schlaf riss und der zunächst nur Bahnhof verstand: «Humor? Vom Feinsten? So gut wie noch nie dagewesen? Der dich keinen Sou kostet? Mit dem jeder etwas anfangen kann? Ach, das ist am heikelsten: Da müssen wir uns auf Louis-Philippe[31] und das *Second Empire*[32] beschränken. Da kommen die Legenden der Zeichnungen von Gavarni[33], Daumier[34] und ein paar anderen infrage … Komm her, um dir in der Nationale[35] die Illustrierten dieser Epoche kopieren zu lassen …»

«Du bist Gold wert, Boutin, pures Gold.»

Crouzon war begeistert, verblüfft, es war ihm ein Rätsel, wie dieser kontemplative Schöngeist ebenso schnell und methodisch hatte reagieren können wie er selbst. «Hätte es ihn selbst betroffen, wäre ihm das nie eingefallen: Es war ein reiner Freundschaftsdienst …»

Richtig: Boutin hätte jederzeit eine Geschäftsidee, eine

Militärstrategie und eine Liebesintrige ausklügeln können, solange es einem anderen zugutekam, solange er seiner Fantasie freien Lauf lassen durfte und sich nicht auf sein tollpatschiges Selbst besinnen musste.

Drei Tage Paris, in denen sie einander kaum zu Gesicht bekamen; an Dieudonnés Abreisetag aßen sie gemeinsam zu Mittag: «Weißt du was, Boutin? Dein Rat ist noch viel wertvoller, als ich zunächst dachte. Er passt hervorragend zu den Gegebenheiten in Châteauroux. Vielleicht lebt heutzutage ja jede Provinz in einer anderen Epoche. Momentan lebt Châteauroux in der Epoche von Louis-Philippe: ordnungsliebende, dickbäuchige Bürger, mit einer Neigung zu romantischem Schwulst, klassisch ausstaffiert … Darum kann ich ihre Gedanken ebenso gut erraten wie ich ihre Vorlieben bedienen kann. Während ich mir Paris ansehe, fühle ich mich als Prophet von Châteauroux.» Damit glaubte er zu scherzen, wie früher ein Gedankenfeuerwerk abzubrennen; ihm war nicht bewusst, wie sehr die letzten Monate ihn gelehrt hatten, mit banalen Wahrheiten zu operieren. Um der provinziellen Eitelkeit zu schmeicheln, hatte er die erste Seite mit dem Text[36] einer Zeichnung von Daumier versehen, die einen Pariser auf dem Land zeigt, hinter einem Baum zitternd, weil er oberhalb der Hecke ein Paar Hörner erblickt: «Wenn es Hörner hat, ist es bestimmt ein Stier; wenn es ein Stier ist, ist er bestimmt wild, und wenn er wild ist, bin ich bestimmt verloren.» Einen Tag nach Erscheinen des Almanachs machte dieser Scherz in ganz Châteauroux Furore.

Der Druck hatte bis Mitte Dezember gedauert; Crouzon verteilte seine «Almanachs berrichons» nach und nach, sobald die jeweiligen Exemplare broschiert waren. Obwohl es im Vertrag nicht vorgesehen war, schenkte er jedem Kunden zehn Stück pro gebuchter Anzeigenseite, unter der Bedingung, dass diese Exemplare nicht einfach weiterverschenkt, sondern verkauft oder als Prämie beziehungsweise Neujahrsgabe überreicht wurden. Den Endkunden bot er, zum Preis von drei Franc fünfzig, einen vierhundertachtzig Seiten starken Oktavband[37], der zur Hälfte aus Anzeigen bestand; vom Kaufpreis überließ er den Verkäufern allerdings einen Franc fünfzig; recht bald hatte er dreitausend Exemplare verkauft, weil viele Händler nachbestellten, nachdem sie ihre Freiexemplare abgesetzt hatten: Sie hatten Crouzons Rat befolgt und recht detaillierte Anzeigen aufgegeben – der «Bazar» und die «Confections» buchten jeder zwanzig Seiten, vor lauter Unmut über Léveillé –, sodass der Almanach ihnen mehr oder weniger als Katalog diente. Nachdem Crouzon fünftausend Franc für den Druck und siebentausend Franc für das Papier bezahlt hatte, blieb ihm also ein Gewinn von vierundzwanzigtausend Franc. Das stieg ihm zu Kopf: Er kündigte bei Léveillé.

Er hatte in der Stadt dieselbe Geschichte mit der Erbschaft in Umlauf gebracht, die er Léveillé erzählt hatte: So kamen die Einheimischen nicht auf den Gedanken, dass dieser Fremde auf ihre Kosten lebte; er war so umsichtig, die Verhandlungen für den Almanach des Folgejahrs fast unverzüglich aufzunehmen. Als er Léveillé aufgesucht hatte, um ihn zu bezahlen, musste er einigen Fragen ausweichen, die seine Geschäfte betrafen; der Zeitungsdirektor konnte ihm die Idee zwar nicht unter seinem eigenen Namen abspenstig machen, aber Crouzon kam seinem Strohmann schnell auf die Schliche – es war einer seiner ehemaligen Kollegen beim «Berrichon républicain». Ob seine beiden früheren Chefs sich im Groll gegen ihn verbünden würden?

«Jedenfalls kann ich bei keinem von ihnen mehr drucken lassen. Bleibt nur die kleine Druckerei des Père Bompret, aber die Ausrüstung taugt nicht viel, außer für die Plakate. Seine Flachdruckmaschine muss repariert werden, und seine Lettern sind veraltet: Er druckt höchstens noch Prospekte. Außerdem würde Bompret niemals den Kampf gegen sie aufnehmen; er begnügt sich mit dem, was die anderen ihm übrig lassen; dabei können sie ihn unterbieten und ihn seiner ganzen Kleinaufträge berauben, Prospekte, Briefköpfe, Plakate, bis hin zum Butterpapier. Die Geschäfte des Alten scheinen nicht besonders gut zu laufen: Er will sein großes Haus samt Garten vermieten; wahrscheinlich bezieht er dann das Zimmer über seiner Druckerei. Warum nicht sein Haus mieten? Damit hätte ich ihn in der Hand.»

Er mietete es bereits ab Januar an, und niemand bezweifelte mehr, dass er eine Erbschaft gemacht hatte. Er traute sich nicht, das Haus richtig einzurichten: ein Bett, zwei Tische, ein paar Stühle; es spielte ohnehin keine Rolle, weil er keine Besucher empfangen würde. Er fing an, mögliche Kunden für die Gemeinschaftsplakate anzusprechen. Er wusste um den maßgeblichen Einfluss des Konkreten und Anschaulichen auf die Provinzbewohner. Die ersten Plakate entwarf er selbst, mit Zirkel und Reißschiene. Die Angst vor den Filialen großer Kaufhäuser trieb die Händler nach wie vor um. Der Bruch mit Léveillé machte ihnen das Leben schwer, er hinderte sie daran, ihre neue Ware anzukündigen, ihre Sonderangebote an Markttagen, ihre Saisonschlussverkäufe. Bald schon betrauten sie Crouzon mit kleinen Plakaten für Châteauroux, Déols und der näheren Umgebung. Bompret erklärte sich bereit, die Plakate zu drucken, besser gesagt, seine Druckerei dafür herzugeben, denn Crouzon übernahm den Satz und oft sogar den Druck sämtlicher Exemplare. Aber die Hilfsbereitschaft drohte nachzulassen, brachte der erste Monat doch nur ein paar Hundert Franc ein.

Da kaufte Crouzon einen Lieferwagen, nahm sich einen Chauffeur und fuhr den gesamten Landkreis ab, denn er kannte die Händler in Le Blanc, La Châtre, Issoudun noch nicht. Er mietete zu einem Spottpreis günstig gelegene Wände und Mauern an: Die Dorfbewohner waren entzückt von der Vorstellung, diese unnützen Flächen ein wenig zu versilbern. Sobald er sich achtzig Standorte gesichert hatte, machte er seinen Kunden ein neues Angebot für die Plakatwerbung: Er gewährte ihnen zum Grundpreis einen Monat und brachte gegen einen geringen Aufpreis wöchentlich wechselnde «Falter» an, Banderolen, mit denen Schlussverkäufe, Novitäten, Preisnachlässe angekündigt wurden.

Zunächst machte er Verluste; der erste Monat lief schlecht, der zweite noch schlechter; Wind, Regen und auch Kinder lösten die Plakate ab; er brachte neue an, wenn er die Banderolen austauschte; die Touren waren kostspielig. Die Händler stellten aber fest, dass die Waren, die Crouzon bewarb, tatsächlich von den Männern in Arbeitskitteln nachgefragt wurden: Die Werbung hatte wieder einmal ihr absurdes Wunder vollbracht, war in ihrer Wirkung so zuverlässig wie ein Barometer, wahrlich einer der triftigsten Gründe, die Menschen zu verachten und Crouzon zum Lachen zu bringen.

Sämtliche Händler verlängerten ihre Aufträge, und Crouzon führte ein Abonnementsystem mit leicht reduzierten Preisen ein; es kamen neue Kunden hinzu; als ein gewichtiger, trinkfreudiger Eisenwarenhändler seinen Umsatz wachsen sah, erzählte er es überall herum; sogar die Apotheken schlossen sich an. Oft setzten sich Handelsreisende an den Restaurantstammtisch, an dem Crouzon aß; er bot ihnen an, in jeder Gemeinde anzuschlagen, an welchem Tag und um welche Uhrzeit sie dort vorbeikommen würden; das war vorteilhaft für alle, die ihre Waren vorführen oder Muster verteilen wollten; für den Drucker bedeutete das einen erheblichen Aufwand, aber es verringerte die Gemeinkosten der Touren. Im April erstellte Crouzon seine Preisliste und machte im Mai binnen eines Monats alle Verluste wieder wett. Die Händler von Châteauroux waren begeistert, als sie bei den ersten Frühlingsausflügen sahen, dass ihre Namen die gesamte Gegend so üppig zierten wie die Blüten den Lenz.

«Damit haben Sie eine Möglichkeit, sich gegen die Werbung aus Paris zu behaupten», erklärte ihnen Crouzon. Er schürte das regionale Denken, ahnte, wie viel sich aus dieser gegenwärtigen Strömung herausschlagen ließe. Um nicht gegen die republikanischen Prinzipien zu verstoßen, die er im Vorjahr vertreten hatte, verkaufte er diesen Regionalismus als Kampf der «Kleinen» gegen die «Mächtigen».

«Ach, diese Castelroussins, die glauben, sie verstünden alles», lachte er in sich hinein und fing sich rasch wieder: «Vorsicht, sobald ich mich freue, droht wieder eine Katastrophe. Ich habe mich über Laphin gefreut und dann über Léveillé: Ich habe meine Lektion gelernt.»

Wachstumszwang

Und tatsächlich, eines Tages, als er Bompret eine Prospekt-
bestellung übermittelte, die ihm selbst nichts einbringen
würde, weil sie von einem von dessen Kunden stammte,
und dem alten Drucker riet, seine Lettern durch neue zu
ersetzen, schüttelte dieser den kahlen, fettigen Kopf: «Hören Sie, Monsieur Crouzon, Sie haben mir in den letzten
fünf oder sechs Monaten viele Aufträge verschafft. Einige
Leute meinen aber, dass sich das jederzeit ändern kann;
ich vernachlässige mein Tagesgeschäft, mit Ihren Plakaten
nehmen Sie den ganzen Platz weg, meine Arbeiter murren,
weil sie nichts mehr zu tun bekommen, und eigentlich ist es
doch unter Ihrer Würde, ihnen den mageren Stundenlohn
vorzuenthalten. Und sie haben ihren Stolz: Wir glauben
nun einmal, dass wir unser Metier ganz gut beherrschen.
Und anscheinend kommen Sie manchmal ja sogar nachts
her, um zu arbeiten. Ich fürchte, für mich verheißt das alles
nichts Gutes. Aber ich bin zu alt, um mich in Abenteuer zu
stürzen …»
   Er redete weiter und Crouzon dachte: Ich hätte mich vor
drei Monaten an seinem Geschäft beteiligen und einen geeigneten Weg finden müssen, um ihn hinauszudrängen –
ihm seinen Anteil am Gewinn überlassen; dafür ist es nun
zu spät. Bleibt nur noch die Einschüchterungstaktik, also
los: «Na hören Sie, Père Bompret, wir werden uns doch

jetzt nicht streiten, da wir nur noch einen Monat zusammenarbeiten.»

«Nur noch einen Monat? Wieso denn?»

«Tja, ich richte mir selbst eine Druckerei ein. In Paris bietet man mir gebrauchte Maschinen an, die mir einen hervorragenden Eindruck machen. Warten Sie's ab. Einen passenden Ort habe ich bei der Hand, dort kann ich auch wohnen: So wird sich niemand mehr daran stören, wenn ich nachts arbeiten gehe.»

«Dann sind Sie also bloß zu mir gekommen, um mir den Broterwerb zu nehmen ... ein feiner Kunde und Mieter sind Sie. Und ein feiner Republikaner, ha, alles nur Gerede ...»

«Nun regen Sie sich doch nicht auf, Père Bompret. Sie wissen schließlich, wie Ihre Geschäfte vorher liefen. Und Sie wissen auch, dass Sie nicht jünger werden ... Warum verkaufen Sie Ihre Druckerei nicht an Cri-Cri Laphin oder an Léveillé?»

«Als würden die beiden sich darum reißen», entfuhr es dem Alten. Er verstummte. Schweiß perlte auf seiner Stirn, er wurde rot. Dann fuhr er fort: «Laphin hat mir gesagt, er kauft nur neue Geräte, und Léveillé will mir weismachen, er hat kein Geld. Als ginge es nur um die Geräte! Und was ist mit dem Geschäft?»

«Oh, ohne mich würden sie Ihnen die Kunden abjagen, wenn sie nur wollten», sagte Crouzon mit seiner sanftesten Stimme. Er wandte sich ab, als wollte er gehen. «Binnen zwei Monaten wird ein hübscher Konkurrenzkampf entbrennen, und zwar *unter uns vieren*; da muss man gut aufgestellt sein ... Ach, Père Bompret», fuhr er kurz vor der Tür fort, noch schleppender, dumpfer als zuvor, «mein alter Papa Bompret, das alles ist Ihre Schuld. Als ich erfahren habe, dass Sie mir Ihre Plaudereien mit diesen *wackeren Gesellen* verschweigen, dachte ich mir: Dieser brave alte Mann will mir das Genick brechen. Was hätten Sie denn an meiner Stelle gedacht?»

«Aber nein, das stimmt nicht, Monsieur Crouzon, ich will es Ihnen erklären …»

«Na kommen Sie», sagte Crouzon im selben schleppenden Tonfall und ließ Bedauern anklingen, «als wüsste ich über die Hintergründe nicht besser Bescheid als Sie! Die beiden wollten Sie bloß über den Tisch ziehen. *Die* haben mir damit einen Gefallen getan: Ich hätte mich vielleicht gern an Ihrem Geschäft beteiligt oder Ihnen die Druckerei gleich ganz abgekauft – auf diese Weise erspare ich mir eine Fehlinvestition. *(Nicht so geschäftsmäßig enden; schnell noch ein herzliches Wort.)* Nicht zu fassen übrigens, dass ausgerechnet Sie, Papa Bompret, ein verdienter Arbeiter, mir vorwerfen, dass ich abends arbeite!» Dann ging er.

Ein paar Tage später bot Bompret ihm die Druckerei von sich aus an: Crouzon lehnte ab. Die Ausrüstung für Plakate konnte er sich selbst beschaffen und seinen nächsten Almanach zur Not in Issoudun drucken lassen. Madame Rougeaus Ehemann hielt sich gerade in Châteauroux auf; er würde den ganzen Juli und einen Teil des Augusts hier verbringen; Crouzon konnte nur noch in der Öffentlichkeit mit seiner Vertrauten sprechen, und er litt unter dem Verlust der gewohnten Ruhepausen. Weil seine strenge, mühselige, arbeitsreiche Lebensweise jedes natürliche Maß überstieg, rächte sich die Natur mit Migräneattacken, schlaflosen Nächten, Gallenbeschwerden und langen Überdrussphasen. Zum Glück gediehen die Plakatierungen seiner «Publicité berrichonne» weiterhin wie von selbst.

In der feinen Gesellschaft von Châteauroux, bei der er nach wie vor ein und aus ging, hatte ihm die angebliche Erbschaft zu höherem Ansehen verholfen. Nach dem Abendessen unterhielt er sich zuweilen mit wichtigen Leuten über Geschäftliches; seine juristischen Kenntnisse machten ihn zu einem gefragten Ratgeber. Niemand wusste, dass es sich dabei um sein ursprüngliches Fachgebiet handelte; und so galt dieser Sachverstand bei einem Werbeunternehmer und Journalisten als Zeichen eines intellektuell überlegenen Geistes. Über Intellektuelles ließ er sich niemals aus: Man hätte ihn verachtet. Diese juristischen Ratschläge zeugten jedoch, so nüchtern und praktisch sie waren, unabsichtlich von Weltoffenheit und Weitblick, und er nannte hohe Summen, ohne mit der Wimper zu zucken. Die Provinzbewohner konnten sich eine solche Wortgewandtheit nur dadurch erklären, dass er den Umgang mit Reichtum oder mächtigen Persönlichkeiten gewohnt war. Crouzon erklärte äußerst vage, zeitweilige Probleme hätten ihn nach Châteauroux geführt. Die unbedeutendsten unter den großen bürgerlichen Sippen fingen an, ihn für ihre Töchter in Erwägung zu ziehen. In den Salons, in denen er bisher nur von alten Damen empfangen worden war, begegnete er nun jungen Mädchen, Töchtern des Hauses, die ihm den Tee servierten; und die Mädchen dieser Region sind hübsch. Doch Crouzon, der seit einem Jahr zu Eis erstarrt war, glaubte, diese Erstarrung würde ewig währen. Seine Migräneattacken und schlaflosen Nächte machten ihn schweigsam.

Da er sich nicht mit Madame Rougeau treffen konnte, traf er sich etwas häufiger mit dem alten Docteur Loubin, im Café oder bei ihm zu Hause. Dieser behandelte ihn immer sehr freundlich, war aber ebenso wortkarg; er starrte trübsinnig in sein Glas.

Crouzon hatte Bompret schon mehrmals abgewiesen, als er ihn eines Tages in Begleitung von Docteur Loubin auf sich zukommen sah. Es hatte keinen Sinn, sich der Diskussion zu entziehen: Er hörte dem alten Drucker zu, der mit dem Preis immer weiter herunterging; wenn man an einem Geschäft wirklich jedes Interesse verloren hat, befindet man sich in der denkbar günstigsten Verhandlungsposition. Crouzon schätzte den Wert dieser Druckerei samt Ausrüstung, mit der Bompret im Durchschnitt einen Jahresgewinn von rund zwanzigtausend Franc erwirtschaftete, auf rund hunderttausend Franc. Bompret verlangte nur noch achtzigtausend; mit gelangweilter Miene bot Crouzon ihm vier Ratenzahlungen über einen Zeitraum von sechs Jahren an; der Drucker zögerte. Crouzon plauderte ungerührt mit Docteur Loubin; der Alte nahm das Angebot schließlich an; sie vereinbarten einen Termin beim Notar. Der Abschluss verlief reibungslos.

Danach machte sich Crouzon, den seine Widersacher in diese Position gedrängt hatten, mit demselben kühlen Furor, den er für alle Dinge aufwendete, an die Arbeit. Angst, Argwohn und Kampfgeist trieben ihn beinahe gegen seinen Willen auf den Weg, den die Amerikaner dank ihrer Geschäftstüchtigkeit beschritten hatten. Er kontrollierte alles, was mit seinem Gewerbe zusammenhing: Druck, Transport, Werbeflächen, Plakatkleber; er handelte jedes Geschäft selbst aus, ohne Makler und Maklergebühren, stellte einen *vertikalen Trust* zusammen.

Um dem Angriff von Laphin und Léveillé zuvorzukommen, senkte er sofort sämtliche Druckpreise für Kunden, die ihm übers Jahr gestaffelt regelmäßig Aufträge erteilten. Er sorgte für eine bessere Ausstattung und sammelte in Châteauroux und Umgebung wie besessen Kleinstaufträge. Briefköpfe, Familienanzeigen, Visitenkarten, alles war ihm recht: Er zeigte jedem Interessenten die Lettern, aus Paris führte er Luxuspapier für die private Korrespondenz ein – farbiges Vergé und Velin; er machte alten Damen bei Bedarf bereitwillig Geschenke; er brachte sogar autografische[38] Einladungskarten in Mode. Etliche Musik- und Sportvereine, die republikanischen Veteranen, eine große Anzahl von benachbarten Gemeinden, deren Honoratioren er kannte oder denen er als Plakatunternehmer bekannt war, vertrauten ihm die Ankündigung ihrer Feste an, ihrer Vorschriften und Dekrete.

Grollend mühte er sich mit diesen Brosamen ab und korrigierte die sprachlichen Fehler; aber die Geschäfte liefen gut, Laphin und Léveillé wollten ihm keineswegs Konkurrenz machen, sondern überließen ihm aus reiner Unachtsamkeit die kleinen Fische. Wenn Crouzon an den Fortgang seines Unternehmens dachte, rechnete er immer mit dem Schlechten oder Mittelmäßigen. Er verließ sich nicht darauf, dass ihm irgendjemand Wohlwollen entgegenbrachte. Diese gleichgültige, träge Welt betrat er mit der Härte eines Exilanten oder Rebellen.

Er glaubte nicht, in dieser Stadt Verbündete zu haben. Die Freunde von Biotte, die ihn vernachlässigt hatten, als er beim «Département» arbeitete, kamen nun, da er eine

Druckerei besaß, wieder auf ihn zu. Biotte hingegen blieb Châteauroux fern, in der Überzeugung, dass die Abgeordnetenkammer[39] die Bezirkswahl wieder einführen würde: Er suchte sich Verstärkung in Issoudun. Hamet und Serlanges nahmen sich die Wahlbezirke von Le Blanc und La Châtre vor, aber sie fuhren gelegentlich in die Kreisstadt, zum *Conseil général*[40] oder um dem Präfekten einen Besuch abzustatten. Gegen Ende August besuchten sie Crouzon und behandelten ihn ausgesucht höflich. Ihr Bündnis mit Laphin war aufgelöst. Laphin hegte noch immer einen Groll gegen seine Mitstreiter, die mehr Glück gehabt hatten als er. Vermutlich sahen sie in einem Drucker und Besitzer eines beachtlichen Plakatunternehmens, den sie als fähigen Mann kannten, einen möglichen Verbündeten. «Vor der nächsten Wahl», dachte Crouzon, «werden sie mich bitten, eine Zeitung herauszugeben.»

Anne-Marie

Nach der Abreise ihres Mannes konnte Madame Rougeau
Crouzon zwar wiedersehen, aber die Abgeschiedenheit in
ihrem Haus nicht wiederherstellen. Die Geselligkeit ihres
Mannes, der zwischen zwei längeren Aufenthalten in Marokko dem mondänen Leben von Châteauroux mit Begeisterung frönte, hatte dafür gesorgt, dass sie noch einige Ge-
geneinladungen aussprechen musste. Sie kam auf die Idee,
am Tag der Jagderöffnung ein Mittagessen für Damen
und junge Männer zu veranstalten: Die Herren gesetzteren
Alters waren alle seit dem Morgengrauen auf der Pirsch.
Crouzon ging mit ein paar Sportkameraden hin.
Er war mager, agil und sehnig und Meister im Hochsprung. Einladungskarten und Prospekte für Sportereig-
nisse druckte er gratis; die jungen Männer mochten ihn. Er
war der einzige ihrer Altersgruppe, der in Châteauroux etwas Neues geschaffen hatte, der einzige Chef, der in kurzer
Hose Seite an Seite mit seinen Angestellten lief, der einzige
Mensch, der ihnen Lebenszuversicht vermitteln konnte: Sie
erkannten weder seinen Hass noch seine Niedergeschla-
genheit noch sein verbissenes Ackern. Die alten Frauen
mochten ihn ebenfalls: war er doch der einzige Mann,
der sich mit ihnen unterhielt, der ihnen den Hof machte.
Mademoiselle Seillon nahm bei diesem Mittagessen neben
ihm Platz und verriet ihm, dass er allgemein hoch geschätzt

wurde, seinen Einstellungen zum Trotz. Er wurde zu Paris befragt, zur Politik, zur Kochkunst; die ganze Tischgesellschaft schwieg andächtig und wandte sich ihm zu; er spürte die mütterliche Rührung der alten Frauen, er sah die Augen der jungen Männer leuchten und konnte sich darauf zunächst keinen Reim machen. Über seine Vorhaben sprach er nicht – andere taten es an seiner Stelle: «Zu viel des Lobs: Sie haben mich wohl gehasst.» Er ahnte, ohne es recht glauben zu können, dass Menschenherden sich instinktiv um die jungen Leithammel scharen; dass Stärke die Schwachen tröstet und beruhigt und gern gesehen wird, solange sie niemanden kränkt. An diesem Tag gab er sich sogar einer Art Hoffnung hin.

Nach dem Dessert begab er sich zu Madame Rougeau in den Salon. Neben ihr erblickte er ein ausgesprochen schönes Mädchen, das ihn anlächelte.

«Meine Nichte Anne-Marie kennen Sie anscheinend noch nicht?»

Crouzon, überwältigt, verneigte sich; die junge Frau stand auf, um ihm den Kaffee zu servieren: Sie war genauso groß wie er. Die Finger, die sich um die Tasse schlossen, wiesen eine gleichmäßige, makellose Sonnenbräune auf, sie waren so zart und fest wie die von Crouzon, die ihre am Unterteller streiften. Diese Ähnlichkeit ließ ihn erschauern, und er fing an, nach Unterschieden zu suchen: «Ihr Haar ist aber nicht so dunkel wie meins: vielmehr ein kräftiges Kastanienbraun, mit Mahagonischimmer, im Grunde fuchsrot. Ihre Nase ähnelt der von Madame Rougeau, ist aber erheblich feiner: Die Nasenflügel sind durchsichtig … Ich darf nicht länger hinsehen: Ihre großen kalten Augen blinzeln und blicken erstaunt drein … Ah, dieses offene

Fenster könnte mir als Spiegel dienen. Ich stelle meine Tasse auf der Brüstung ab … Und da spiegelt sich tatsächlich die Nichte. Warum erscheint sie so hochmütig? Der dunkle Teint? Die schattigen Grübchen in den Mundwinkeln? Nein, dieser Mund mit den weit auseinanderstehenden Zähnen wirkt eher kindlich. Der lange Hals? Ja, und auch diese ebenmäßige und reglose Wange mutet herablassend an … Hier kommt die Tante.»

«Nein, bleiben Sie, wo Sie sind», stieß Madame Rougeau zwischen den Zähnen hervor. «Reichen Sie mir einfach nur Ihre Tasse. Und seien Sie artig, in Ihrem eigenen Interesse.»

(Sie durchschaut alles: Ob sie wohl eifersüchtig ist? Nein, gewiss nicht. *Eifersüchtig* – wie komme ich überhaupt darauf? Das ist beunruhigend. Dieses Mädchen kommt für mich doch nicht infrage. Selbst wenn sie arm wäre, käme sie für mich nicht infrage. Sie liebt diesen Cousin. Seltsam, dass sie verliebt ist und dabei so kühl wirkt … Na so was, jetzt kommt sie auf mich zu! Dann ist sie also keine Landpomeranze?)

«Monsieur Crouzon, dürfte ich Sie um etwas bitten?»

Er verneigte sich, als junger Chef krauste er beim Wort «bitten» jedoch aus Gewohnheit die Stirn.

«Es ist nur eine Kleinigkeit, und ich hätte meine Tante fragen sollen, ob sie die Bitte für mich vorträgt …»

(Sie ist nicht eingeschüchtert: Sie gibt mir zu verstehen, dass sie nicht betteln will …)

«Sofern es in meiner Macht steht, ist es schon so gut wie vollbracht, Mademoiselle.»

«Nun ja, es geht darum, eine Stelle zu finden, ach, egal welche, für einen anständigen Burschen, der sich hier in der Gegend niederlassen will …»

«Ausgezeichnet. Wo kommt er her? Was kann er?»

«In ein paar Tagen schließt er seinen Militärdienst ab. Von seinen Vorgesetzten wird er wärmstens empfohlen.» (Der Offiziersbursche des Cousins, Donnerwetter. Den verschlägt es ja nicht oft nach Châteauroux: Sie brauchen einen Verbindungsmann. Was soll's, ich habe ihr mein Wort gegeben.) «Dann machen wir aus ihm einen Plakatkleber, Mademoiselle. Ich kann bereits absehen, dass ich noch einen brauchen werde.»

Sie bedankte sich förmlich; ihre Stimme hörte sich schon wieder gleichgültig an.

(Aber sie hat ja meine Stirn, dachte Crouzon, die gleiche empfindliche Stelle zwischen beiden Augenbrauen; die einzige empfindliche Stelle in diesem dunklen Gesicht. Wie sehr mich diese Ähnlichkeit irritiert …)

In der Gewissheit, dass der junge Mann Wort halten würde, verließ Mademoiselle Anne-Marie voller Hochmut (wobei ihre Rückenansicht deutlich stärker an eine Landpomeranze erinnerte) den Salon; sie tat so, als wollte sie im Garten spazieren gehen, und entwich durch das Türchen, das Crouzon für seine abendlichen Besuche benutzte. Er trat in den Garten und spazierte an der Buchsbaumhecke entlang.

Der bittere Geruch dieser Buchsbäume, aufdringlich und der Stille verwandt, flößte ihm Empfindungen, Gefühle ein, die gewöhnlich bei Einbruch der Dunkelheit auftreten, und scharfsinnige, gefährliche Überlegungen; seine Gedanken scheuten, glitten weg, eilten davon.

«Nein, sie kommt für mich nicht infrage: Diese dunklen, unbewegten Wangen behagen mir nicht; wenn ich mich

verliebe, bin ich verloren ... Bestimmt hasst auch sie ganz
Châteauroux. Und weil sie eine Frau ist, dürfte sie sich
durch Liebe rächen – so wie ich mich als Mann durch Ehrgeiz räche. Ich kann sie nicht lieben: Das wäre so stumpfsinnig und brutal wie Inzest. Nein, ich muss aufhören ...
In letzter Zeit leide ich ein bisschen zu sehr, und das führt
mich in die Irre. Ich konnte die gute Rougeau nicht besuchen; was wird es bei den nächsten abendlichen Treffen
für eine Flut von Geständnissen geben! Das wird mich wieder aufrichten. Ich habe die Druckerei zu früh übernehmen
müssen; und weil ich diese Leute verabscheue, verabscheue
ich inzwischen sogar die Aufträge, die sie mir erteilen; das
bekommt mir nicht. Ich habe diese acht oder zehn Halun-
ken aus Paris fast vergessen, die mir meine Jugend geraubt
haben, meine behagliche kleine Zukunft, meine Frau ...
Und was ist aus meiner Rache geworden? Ich habe zweihunderttausend Franc – oder nichts, je nachdem, ob meine
beiden Unternehmungen gelingen oder scheitern ... Noch
kann ich ihnen nichts entgegensetzen. Nächstes Jahr vielleicht ... Da wird die *Sperberin* bereits verheiratet sein, sie
werden sie ‹Madame Aubrain› nennen ... Mit einem stol-
zen schönen Mädchen wie dieser Anne-Marie hätte ich
kontern können ... Sei lieber still und geh nach Hause, arbeiten ...» Er empfahl sich.

In seinem Garten entfernte er mit der Hacke das Unkraut
von den Wegen, bis ihm der Rücken wehtat. Er musste
sich hinlegen und schrieb im Bett Briefe. An diesem Tag
und den folgenden fand er keine Ruhe, bis er Anne-Maries
Schützling empfangen hatte.

Dieser entlassene Soldat, Roger Lejars, stellte sich am
Ende der Woche bei ihm vor; ein junger Bauer, der größer,

stämmiger war als Crouzon; seine Haltung und sein Gang hatten etwas Sprödes an sich, das sich schlecht mit dem erschreckend biegsamen Rückgrat vertrug. (Wo hat er das Buckeln gelernt? Bei der Kartoffellese oder beim Stiefelwichsen? Und wer von uns beiden würde dem anderen bei Gelegenheit eine Tracht Prügel verpassen? Es ist, als könnte er meine Gedanken lesen: Er mustert mich eindringlich mit seinen kleinen, gelben Augen.)

Lejars streckte ihm einen Brief hin: «Das ist der anständige Bursche, von dem ich Ihnen erzählt habe. Ich danke Ihnen für das, was Sie mir so freundlich zugesagt haben und was Sie für ihn tun werden.» (Diese lang gezogene Schrift gefällt mir: wirklich elegant.) *Anne-Marie D.* (Sie hat nur mit ihrem Vornamen und einem Buchstaben unterschrieben: kokettes Wesen!) Zunächst muss ich ihren *anständigen Burschen* loswerden: «Ausgezeichnet. Morgen früh fangen Sie mit der Arbeit an, schlag sieben Uhr dreißig; Sie bekommen einen Kittel gestellt. Vergessen Sie Ihre Papiere nicht. Auf Wiedersehen.» (Keine Frage, die Tracht Prügel würde ich ihm verpassen, diesem ungehobelten Klotz ... aber was für ein Einfall! Wie kann ich an Kampf denken, angesichts eines Mannes, den eine Frau mir ans Herz legt? Ein Zeichen von Verliebtheit, mein Junge: Das kannst du in deinen Almanach setzen.)

Er las den Brief noch einmal. Unnötig, gefährlich gar, ihn zu beantworten: Die Eltern wussten nichts von der Initiative ihrer Tochter. Crouzon rechnete sich nicht die geringste Chance auf ein Wiedersehen aus und dachte: «Ich werde gegen meinen Willen vor ihr bewahrt.»

Er hatte Lust, Madame Rougeau von Neuem sein Herz auszuschütten – «der Tante Rougeau», wie er sie inzwischen für sich nannte. Schließlich waren es diese Geständnisse, die ihn vor der Liebe bewahrt, die ihn beschäftigt, entlastet hatten, so wie ein Kiesel im Mund vom Durst ablenkt. Er erzählte von seinen Geschäften, und dann, schon am ersten Abend, weil er dieser Frau niemals etwas verheimlichte, wagte er, ihr anzuvertrauen: «Diese Nichte verwirrt mich. Da kann ich mir noch so oft sagen, dass hinter ihrem geheimnisvollen Blick Leere lauert, dass sie teilnahmslos ist und in eine närrische Liebe verstrickt, sie lässt mich trotzdem nicht los …»

«Die anderen Geständnisse tun Ihnen gut», sagte Madame Rougeau so ruhig wie immer, «diese hier nicht. Sie merken wohl selbst, wie Ihre Stimme zittert. Seien Sie besser still.»

«Ha, Sie tun mir weh mit Ihrer Gnadenlosigkeit, Sie Amselmörderin. (Er versuchte zu lächeln.) Dabei glaubte ich, dass Sie mit Kindern Nachsicht haben …»

«Nein, wenn es sein muss, versohle ich sie ordentlich. Sie ahnen doch, dass Anne-Marie für Sie nicht die Richtige ist. Bevor sie sich letztes Jahr in ihren Cousin verliebte, hielt ich sie für eine große Faulenzerin, eine träge Egoistin, eine törichte Person. Mittlerweile habe ich eine etwas höhere Meinung von ihr, auch wenn ich ihrer Familie bei der Unterbindung dieses Liebesverhältnisses behilflich bin, aber Fortschritte dieser Art bringen Sie nicht weiter. Sie müssen an sich denken; das Leben, das Sie führen, ist eine Belastung und wird Sie zu Dummheiten verleiten. Es wird Ihnen nicht schwerfallen, etwas Besseres zu finden als meine Nichte. Wenn man sich schon einen künstlichen Ehrgeiz zurechtschustert, wie Sie es getan haben, kann man sich auch eine Liebe zurechtschustern …»

«Nein, ich kann mich auf kein einfältiges Mädchen einlassen, das mir von den Eltern angeboten wird. Und noch weniger auf eine Frau, die etwas taugt: Sie wäre eine *Gegnerin*.»

«Sie sind zuweilen ein Tor oder aber noch unglücklicher, als Sie zugeben wollen.»

Er schwieg, seine Gedanken spielten verrückt; er konnte nicht mehr sprechen. Alles, was ihm seit seinem Weggang aus Paris widerfahren war, lastete auf seinem Herzen. Er war nun antriebslos: Er spürte, dass ihm der Hass abhandenkam und glaubte wieder, dass es ihm an Liebe fehlte.

«Ich muss etwas tun», sagte sie, «und dabei dachte ich schon, ich wäre müde. Bleiben Sie auf dem Diwan liegen, aber drehen Sie sich zu mir.»

Sie setzte sich neben den Kopf des jungen Mannes und nahm ihn zwischen ihre schönen, derben Hände; sie rieb ihm die Schläfen, drückte ihm am Kieferansatz mit den Fingern zwischen die Wangenknochen: Er riss die Augen auf, das Wasser lief ihm im Mund zusammen; Dieudonné stieß einen Seufzer aus, dann lächelte er. Sie saß im Damensitz, legte den Kopf des jungen Mannes auf ihr angewinkeltes Knie, küsste ihm die Stirn und die Augen; danach legte sie ihm zwei Finger auf die Augenlider, um sie geschlossen zu halten …

«Verzeih, dass ich es bin», sagte sie leise. Sie küsste ihn auf die Wangen und wiegte ihn langsam, während sie ihm die Augen zuhielt. Der Körper des jungen Mannes entspannte sich und schwebte auf dem Diwan, von Kopf bis Fuß, im sanften Rhythmus der Wiegenden.

Freudlose Erfolge

Im Herbst dieses Jahres 1925 verdüsterte sich Crouzons Stimmung zunächst. Die ersten stürmischen Winde, die ersten Regenschauer, die ihn aus seinem Gärtchen vertrieben, kamen ihm vor wie neue Feinde. Gallenbeschwerden fesselten ihn ein paar Tage ans Bett, ohne anderen Beistand als den seiner Zugehfrau und Docteur Loubins, der nicht imstande war, ihn zu kurieren und seinen Patienten vor lauter Mitgefühl gegen sich aufbrachte. Sobald es ihm schlecht ging, verzichtete Crouzon auf jegliche Nahrung, als wollte er sich bestrafen. Abgezehrt und federleicht machte er sich wieder ans Werk; auch in der Provinz wurde allmählich dieses Investitionsfieber spürbar, das Frankreich in jenen Jahren umtrieb: Man wollte keine Barmittel horten, das Geld zirkulierte schnell, war in rasendem Umlauf.

Die Plakatwerbung florierte weiterhin, ohne ernstzunehmenden Konkurrenten in einem Umkreis von zehn Meilen. Crouzon setzte außerdem Ausrufer mit Trommeln ein und ließ in den Dörfern Prospekte verteilen. Seine Männer waren bis über beide Ohren mit Arbeit eingedeckt, weil er aber zum Tageslohn zusätzlich einen Tätigkeitslohn zahlte, beklagten sie sich nicht. Crouzon dachte daran, seinen Kunden die großen Pariser Leuchtschilder anzubieten, aber er ahnte, dass die Stromkosten sie abschrecken würden. Er ließ über seiner Druckerei ein glitzerndes Schild anbringen, dessen Lettern aus geklebten Glasstückchen zusammengesetzt waren und bei der geringsten Lichteinstrahlung wie Strass funkelten. Dieser Einfall kam gut an, bald konnte er das als Produkt anbieten, in Zusammenarbeit mit einem Glas- und Spiegelfabrikanten, der die Lettern nach Crouzons Entwürfen herstellte und setzte. Er bereitete seinen nächsten Almanach vor, mit den gleichen Mitteln und Quellen wie beim ersten, und rechnete mit einem vergleichbaren Gewinn. Für den «Bazar» kam er auf die Idee, mit Zinnsoldaten, Puppen, Schweizer Miniaturchalets und Spielzeug illustrierte Prospekte zu drucken. Des Weiteren schlug er dem «Bazar» vor, Pappspielzeug herzustellen, das die Sehenswürdigkeiten oder Panoramen von Paris, New York und vor allem von Marokko zeigte, wo Abd al-Karim[41] gerade Krieg führte, sodass das Land in aller Munde war. Er druckte die Bilder, die von Arbeitern auf Pappmodelle geklebt wurden. Crouzon hatte sich dafür eine Gewinnbeteiligung gesichert und seinen Kundenkreis über die Grenzen des Departements hinaus erweitert. Die Händler konnten den Kindern die günstigsten Spielzeuge als Dreingabe schenken. Crouzons Plakatierwagen hatten überallhin Musterexemplare gebracht. Mehrere Gemeindeverwaltungen, denen er Rabatt gewährte, weltliche und katholische Schirmherren bestellten sein Geschenkbuch für die Weihnachtstage. Es war mit Reproduktionen alter Buchmalereien und volkstümlicher Bilderreigen illustriert, die vom 15. Jahrhundert bis zum «Journal des Demoiselles»[42] des *Second Empire* reichten. Die Ringelreime, Anekdoten und Erzählungen hatte Boutin aus der alten französischen Folklore zusammengesucht, während

Crouzon den Liederschatz Zentralfrankreichs durchforstet hatte; Boutin steuerte einige Apologe[43] aus dem Fernen Osten sowie ein paar Geschichten aus Gallands[44] alter Adaption von «Tausendundeine Nacht» bei; Crouzon hatte den köstlichen Abbé Blanchet[45] wiederentdeckt, den Anatole France[46] bereits vor ihm geplündert hatte; Madame Rougeau fügte einige Reiseberichte hinzu.

Die beiden Almanache brachten insgesamt sechsunddreißigtausend Franc ein; am Druck hatte Crouzon nicht sparen wollen; er hatte sein Bestes gegeben, ein hochwertigeres Papier genommen, um für sich selbst Werbung zu machen. Er wusste, dass Léveillé nach einigen Bemühungen im Oktober ein ähnliches Projekt hatte aufgeben müssen. Niemand in ganz Frankreich erbrachte für weniger Geld eine bessere Leistung. «Ich werde den Pariser Verlagen meine Preisliste schicken», dachte Crouzon.

Am 5. Januar, als der Erfolg bereits überwältigend war, erhielt er eine Einladung der Familien Aubrain und Mallat: die Hochzeit der *Sperberin*. «Das wird mich zerstreuen», sagte er zu Madame Rougeau. «Wie fern mir das alles vorkommt …»

«Es wäre mir lieber, wenn es Ihnen ein wenig Kummer bereiten würde.» Denn er verlor kein Wort mehr über Anne-Marie, hatte sie jedoch bisweilen auf der Straße oder in einem Salon gesehen und war jedes Mal geflüchtet. Der Anblick von Madame Rougeau oder des Plakatklebers Lejars erinnerte ihn jeden Tag an sie.

In Paris suchte er zunächst Boutin auf; der teilte sich mit einem jungen Astronomen eine Wohnung in der Rue Guénégaud. Als er Crouzon sah, wurde er bleich: «Ach, mein armer Freund, du musstest also unbedingt kommen, trotz allem. Ganz der Alte … Wie sollte ich dich davon abhalten?»

Crouzon, zunächst verärgert, hielt es für angebracht, seine schmerzlichen Gefühle noch einmal aufleben zu lassen: «Wie geht es ihr? Macht sie einen glücklichen Eindruck?» «Sie wirkt zufrieden. Ich glaube, einen wie dich hat sie nicht verdient.» «Weißt du, ob sie mit mir rechnen? Nein, wie auch. Lass uns einfach hingehen, wir werden ja sehen.» «Dass du mir nicht die Nerven verlierst.» Sie trafen in der Kirche ein. Nein, diese junge Frau in Weiß löste bei Dieudonné Crouzon keinerlei Empfindungen mehr aus. In der Sakristei erschien sie ihm schön, ihr Teint belebt, die Lippe ein wenig glänzend; er spürte die Hand der Braut in seiner zittern, doch die Regung, die diese Ergriffenheit bei ihm weckte, war keine Liebe mehr, sondern ein abgründiges, von Sarkasmus durchsetztes Verlangen. Der Groll gegen diese Jungs erwies sich als hartnäckiger als die Liebe zu dieser Frau. Er schleifte Boutin, der von der Zeremonie ganz erschlagen war und ihn immer noch wegen eines entschwundenen Gefühls bemitleidete, zum Empfang bei den Eltern der *Sperberin*.

Aubrain schien selig zu sein. (Vor Glück? Nein, er führt den Vorsitz, und das erfüllt ihn mehr als alles andere, dachte Crouzon. Gehen wir zu ihm: Er tut ja geradezu so, als würde er mir eine Audienz gewähren!)

«Ich habe von zwei Abgeordneten viel Gutes über dich gehört», sagte Aubrain, «Hamet und Serlanges, ausgesprochen kultivierte Burschen.»

Crouzon war das Lachen nicht mehr gewohnt, sonst hätte er seinem Rivalen ins Gesicht geprustet. Der dicke Louviers drückte ihm die Hand und fragte ihn so wohlwollend wie unverfroren: «Läuft es dort einigermaßen? Was machst du eigentlich? Aha, eine Druckerei? Meinst du, das hat Zukunft? Na, umso besser, viel Glück.»

(Ach, alles, was ich bisher geschafft habe, ist noch gar nichts, dachte Crouzon; ich hatte die Jungs vergessen, meine Wut hatte sich beinahe gelegt; ich muss es noch schaffen, dass sie mir Anerkennung zollen und staunen, wenn ich schließlich zu ihnen zurückkomme. Ihr satten Hunde, ihr kleinen Hofschranzen einer Handvoll Mächtiger, ihr schlaft am Morgen, doch im Grunde wartet ihr auf mich, ohne es zu wissen. Ihr glaubt, ehrgeizig zu sein bedeutet, dass man im Rauchsalon Minister duzt und sich von ihnen als Nachfolger bestimmen lässt? Alles spricht dafür, aber nur Geduld. Hass ist das Einzige, was einen schlagartig geduldig macht.)

Hastig trank er den Champagner aus und ging mit Boutin weg. Dieser bemerkte endlich Dieudonnés verschwundene Liebe und wunderte sich über dessen Unrast. Er traute sich nicht, ihn danach zu fragen. Der eine angespannt, der andere linkisch, überwanden sie stumm einen dieser Momente greifbarer, absurder Unstimmigkeit, in denen der kleinste Anlass zum Zerwürfnis führt. Crouzon erkannte das, atmete durch, beruhigte sich; er mochte Boutin, er versuchte, wieder zu dem zu werden, was sein Freund wahrscheinlich in ihm sah: «Hübsch, nicht wahr, unsere *Sperberin* selig? Ich frage mich, warum sie sich nach unserem letzten gemeinsamen Tag so schnell … Ach, davon weißt du ja gar nichts …»

Er erzählte, was sich auf dem Fluss abgespielt hatte, erinnerte sich dabei an mehr Einzelheiten als angenommen.

Diese Erinnerungen waren ihm zuwider; er passte sie der Reihe nach ab, spießte sie auf und hämmerte sie mit einer spitzen Bemerkung in seinen Bericht: «Es war ein Fehler, sie in aller Bescheidenheit zu lieben: Sie dachte, sie wäre frei; ich hätte sie dreist belagern sollen, und Aubrains Überheblichkeit ist wirksamer als meine sanfte Zurückhaltung. Doch jetzt wird er einen Fehler begehen; er wird seiner Gattin *Würde verleihen*, dabei sollte er sie besser wie eine junge Stute mit der Peitsche traktieren.»

«Wahrscheinlich hattest du recht», sagte Boutin. «Ich beurteile die Liebe wie ein Kunstwerk, aus der Ferne, und auf Grundlage dieses mystischen Glaubens, zu dem man sich nur bekennt, wenn er der Schönheit gilt ... Und ich für meinen Teil glaube, wenn du sie wirklich in aller Bescheidenheit geliebt hättest, ohne Unterlass, ohne Abstriche, hättest du dein Ziel erreicht.»

«Es war beinahe so; dennoch kehren wir nicht von meiner Hochzeit zurück.»

«*Beinahe.* Du hast sie zwischendurch vergessen, oder vernachlässigt, oder gegen etwas anderes abgewogen, oder du hast gleichzeitig an sie gedacht und an etwas anderes ... Betreibst du deine Geschäfte genauso?»

«Nein, da lasse ich mich vom Arbeitseifer mitreißen, aber Leidenschaft bringe ich dafür nicht auf.»

«Sagen wir besser, dir ist diese Leidenschaft gar nicht bewusst. Wenn sie sich bemerkbar macht, wird sie fast schon als störend empfunden. Du wirst irgendwann einsehen, dass du sie nicht genug geliebt hast.»

«Nicht genug geliebt? Aber wenn ich sie *genug geliebt* hätte, wäre ich froh, dass sie ihr Glück gefunden hat, auch bei einem anderen, und hätte dann kein bisschen gelitten.»

«Richtig, sobald man es mit der Liebe wirklich ernst meint, leidet man nicht mehr», sagte Boutin. «Ich habe hin und wieder geliebt, meine Liebe wurde nicht erwidert. Es hat mir kaum etwas ausgemacht.» «Sollte das also das erhabenste Gefühl sein?», sagte Crouzon und schob sich in die Drehtür eines Cafés. Auf der anderen Seite blieb er unvermittelt stehen, und zwangsläufig musste auch Boutin stehen bleiben, dem die Tür in die Ferse stieß. «Es ist nur das Beste. Und nicht einmal das; man muss an sich denken, und ich glaube nicht an das, was ich da sage. Über die kleine Mallat spreche ich besser als über die Liebe. Die Liebe ist für mich die Erinnerung an die *Sperberin* und auch eine Art Angst ... Wenn ich nicht mehr klar denken kann, spreche ich oft umso schneller, ganz als würde ich in einen Fehlertaumel geraten. Schweigen wir lieber ...»

Um aus dieser Reise *Nutzen zu ziehen*, legte er seine Preisliste für Druckerzeugnisse einigen Verlegern vor, die wissenschaftliche Arbeiten und Bücher «auf Kosten des Autors» veröffentlichten. Viele Studenten, Gelehrte, Wichtigtuer und Amateure bezahlen, um gedruckt zu werden; unter ihnen gibt es Geizkragen und säumige Zahler. Crouzon hatte für reiche Studenten Dissertationen geschrieben und drucken lassen; er kannte die Mechanismen dieses Schacherns. Den Verlegern bot er an, ihren Kunden für den Druck eine detaillierte Rechnung zu schicken, sich von ihnen direkt und im Voraus bezahlen zu lassen und den Verlegern eine Rückvergütung von fünfundzwanzig Prozent auszuzahlen. Sogar, wenn er das als Aufschlag mit einkalkulierte, stimmten seine Preise mit denen von Pariser Druckern überein: Seine detaillierten Rechnungen würden sich überprüfen lassen, ohne dass es etwas zu beanstanden gäbe. Plakate sind für Druck und Typografie eine hervorragende Schule: Die Exemplare, die Crouzon vorlegte – Verlautbarungen von Gemeinden und Behörden, Satzungen von Sportvereinen und sein Almanach für Kinder –, zeugten wirklich von erstklassigem Handwerk. Die Unzulänglichkeiten seiner Arbeiter, insbesondere seiner Arbeiterinnen, machte er durch präzise Anleitung und unablässige Überwachung der Abläufe wett. Er pflegte zu sagen, dass der Schriftsetzer, der die beste Leistung erbringt, in der Regel weiblich und ausgesprochen hässlich sei. Er hatte Glück: Er kehrte mit einem ersten Auftrag nach Châteauroux zurück, zwei Dissertationen im Fach Geschichte.

Bisher hatten ihm seine Untergebenen, die Fahrer und Kleber seines Plakatunternehmens, die Setzer seiner Druckerei, kaum Scherereien gemacht. Ihm drohten keine Streiks, weil er nach dem regional üblichen Tarif für Drucker bezahlte, mit einer zusätzlichen Vergütung für Nachtarbeit oder Überstunden. Wenn Crouzon abwesend war, führte sein Faktor[47] die Aufsicht.

Bei seiner Rückkehr aus Paris stieß er zu seiner Überraschung auf mürrische Mienen. Als er eintrat, verstummten alle. Sobald er seinen Arbeitern den Rücken zukehrte, wurde wieder getuschelt. Er versuchte es noch einmal, sprach fast jeden Mitarbeiter an: Seit dem Pariser Drama hatte er das schmerzliche Bedürfnis, sämtlichen Befürchtungen auf den Grund zu gehen. Er erteilte Ratschläge, gewährte hier und da ein Lob, entdeckte aber in jedem

Gesicht, das nun gezwungenermaßen zu ihm aufsah, Missmut. Er fragte den Faktor, der ihn verdrossen anblickte: «Was ist, Gibault, seid ihr mir etwa böse?»

«Keineswegs, Chef, keineswegs. Aber da ist etwas …»

«Gehen wir hinauf in mein Büro.»

Mit gewundenen Sätzen erklärte der Faktor, dass es im Umkleideraum zu Diebstählen gekommen war. Die Schwarzkittel aus der Druckerei beschuldigten die Weißkittel, die die Plakate klebten und zu unregelmäßigen Zeiten im Umkleideraum ein- und ausgingen, manchmal früher, manchmal später als die Setzer …

«Aber wen habt ihr nun in Verdacht, Gibault?»

«Das würde ich Ihnen nur ungern sagen.»

Crouzon zählte die Namen sämtlicher Plakatkleber auf. Als er Lejars' nannte, zuckte Gibault unmerklich zusammen und hüstelte, um das zu überspielen.

«Ach, Lejars also?»

«Ich habe doch nichts gesagt.»

«Verdächtigen ihn Ihre Kameraden vielleicht, weil er nicht aus der Gegend stammt?» (Das ist der Kerl, den Anne-Marie mir empfohlen hat und den ich von ihrem Galan geerbt habe: ein schönes Geschenk!)

Crouzon bedankte sich bei Gibault, der sich beim Hinausgehen am Kopf kratzte, knurrig und gravitätisch wie die meisten Faktoren.

(Polizei?, dachte Crouzon. Unsere ach so gerissenen Spürhunde von Châteauroux? Das regele ich lieber selbst.)

Noch am selben Abend nahm er den Umkleideraum unter die Lupe. Eine verriegelte Tür ging zum Garten hinaus, sie wurde von einem Schrank verdeckt, der zurzeit nicht belegt war. Crouzon entfernte die Rückwand des Schranks und entriegelte die Tür, ölte bei beiden die Angeln und das Schloss. Er machte im Umkleideraum eine Lampe an: Durch einen Spalt konnte man vom Schrank aus den ganzen Raum überblicken.

Als er am nächsten Tag seine Lastwagen heranfahren hörte, begab er sich unverzüglich in das Versteck. Er beobachtete die Männer, die sich die Hände wuschen, ihre Jacken nahmen, über ihn lästerten. Am Abend war er wieder zur Stelle. «Dabei habe ich die Polizei immer verabscheut! Was soll dieses kindische Detektivspiel? Wahrscheinlich ist der Hang, auf eigene Faust zu ermitteln, eine verborgene, etwas verspieltere Art von Ehrgeiz.»

Gerade, als er sein Versteck nach dem vierten oder fünften Überwachungsversuch verlassen wollte, sah er Lejars allein in den Raum treten. Der Anblick des kraftvollen und verschlagenen Bauerntölpels weckte in Crouzon von Neuem diesen Hass, der nur unter Männern herrscht und den er vom ersten Tag an für ihn empfunden hatte. Lejars behielt die Tür auf der anderen Seite im Auge und öffnete einen Spind. Crouzon spürte sein Herz pochen; das rhythmische Stampfen der Druckmaschinen hämmerte gegen eine Wand.

Crouzon richtete seine Gesten und Schritte nach diesen Geräuschen aus, verließ sein Versteck, trat vor; als er noch zwei Schritte von dem Mann entfernt war, setzte er zum Sprung an und versetzte ihm einen solchen Fußtritt, dass er mit der Nase gegen die Tür schlug, die er gerade schließen wollte. Der Mann drehte sich um, aber Crouzon duckte sich, stützte sich auf die Hände und stellte ihm schwungvoll ein Bein. Lejars ging zu Boden; Crouzon war bereits hochgeschnellt und ließ ihn nicht aus den Augen: Er kam ihm zuvor und verdrehte ihm mühelos den Arm, danach zog er ihn an der anderen Hand hinter sich her und schleifte ihn auf Knien in die Druckerei.

«Haltet die Maschinen an! Gibault, Cucheval, kommen Sie her!»

Es wurde ganz still. «Cucheval, durchsuchen Sie mir diesen Kerl: Ich habe ihn erwischt, als er in Ihrem Spind wühlte … Kommen Sie schon, keine Angst, ich halte ihn fest.» Cucheval fand seine kleine Brieftasche und seinen Tabakbeutel in den Taschen von Lejars. Sofort stand die ganze Belegschaft auf und schrie los. Man hätte den Schuldigen verprügelt, der von Crouzon niedergehalten wurde, wenn er seine Arbeiter nicht beiseitegeschoben hätte. Die Freude, die er verspürte, war so unbändig, dass er endlich wieder lachen konnte, aber plötzlich wurde sie durchkreuzt, zerstört von einer Erinnerung: Wie sehr das Schicksal dieses elenden Kerls doch seinem eigenen glich! Nein, keine Polizei, kein Prozess: Man musste ihn wieder ins Leben entlassen. Die Hand, deren drei letzte Finger er brutal verdrehte, zitterte und schwitzte in der seinen. Angewidert ließ er sie los: «Steh auf, aber keine falsche Bewegung, sonst brech ich dir die Pfoten. Wir werden jetzt zusammenrechnen, was du abgestaubt hast.»

Es gab drei Bestohlene. Crouzon behielt Lejars' Lohn ein und ergänzte den fehlenden Betrag aus seiner eigenen Tasche. Danach brüllte er mit derselben Stimme, die er zwei Jahre zuvor bei den Wahlversammlungen eingesetzt hatte: «Freunde, ich bin dafür, dass wir diese schmutzige Angelegenheit unter uns klären. Ein Prozess wäre schlecht für den Ruf der Druckerei. Ihr wurdet entschädigt, der Kerl hat eine tüchtige Abreibung bekommen. Ich schlage vor, dass wir ihn vor die Tür setzen: Er soll Châteauroux noch heute verlassen. Aber ich will niemanden nötigen: Was haltet ihr davon …?»

Alle schlossen sich Crouzon an. Alle gelobten Stillschweigen.

Am Abend erzählte er die Geschichte einzig und allein Madame Rougeau; er bat sie, ihrer Nichte nichts zu verraten. Verlorene Liebesmüh: Als er am nächsten Abend in die herrlich frische Nachtluft trat und den Garten durch das Gattertürchen verließ, traf er auf dem Weg Mademoiselle Anne-Marie an, noch immer hochmütig, aber auch verstört. «Ach, Sie sind's?», sagte sie und er entgegnete: «Wollten Sie zu mir? Womit kann ich dienen?»

Kaum hatte sie den Namen Lejars' ausgesprochen, erzählte er ihr die Geschichte.

«Das ist mir sehr unangenehm», sagte sie. «Ich habe so etwas geahnt. Er ist doch tatsächlich zu mir gekommen und hat um Geld gebeten. Ich konnte es ihm nicht verweigern, er hat mir gesagt, er wolle zu meinem Cousin zurückkehren.»

«Ja, ich verstehe, Sie *konnten* es ihm nicht verweigern.»

«Machen Sie sich nicht über mich lustig, seien Sie nicht gemein. *(Sieh an, jetzt wird sie fast anschmiegsam …)* Ich bin darüber sehr unglücklich. Ich hatte bereits einige Ausgaben, von denen meine Eltern nichts wissen …»

Sie verstummte. Crouzon betrachtete sie voller Begierde: Sie war ihm nun kein Rätsel mehr, wurde fast menschlich.

«Ich kann das gern *in Ordnung bringen*», sagte er mit schleppender Stimme. «Aber dann bitte ich darum, dass wir das morgen Abend *in Ordnung bringen*, im Beisein Ihrer Tante …»

«Oh, dann ist es zu spät, und meine Tante kann mich nicht leiden. Sie trauen sich nicht das Geringste ohne ihren Rat, Sie vergehen ja vor Ehrfurcht ...»

Sie hielt inne, gab den Tonfall eines enttäuschten Kindes auf, wurde wieder hochmütig: «Sie sind wohl ihr Liebhaber?»

«Ich schwöre Ihnen, dass das nicht der Fall ist», sagte Crouzon kühl. «Und sollte ich das jemals von einem Mann hören, würde ich ihm eine noch viel schlimmere Tracht Prügel verpassen als diesem Klotz von Lejars.»

(Nichts als männliche Prahlerei, nein, ich mag diese redliche Rougeau einfach viel zu gern, um solchen Unsinn zu dulden ... Jetzt kann mich das Mädchen bestimmt gar nicht mehr ausstehen.) Anne-Marie nahm ihn aber beim Arm: «Monsieur Crouzon, ich habe mit Ihnen noch mehr zu besprechen. Bei Ihnen ist doch niemand. Würden Sie mich zu sich einladen?»

«Gewiss, Mademoiselle.»

Er fing an zu zittern. Er dachte nicht etwa, dass sich hier die Gelegenheit für einen Eroberungsversuch bot, dass er sich, selbst wenn er respektvolle Zurückhaltung übte, Anne-Marie ein gutes Stück annähern könnte: Er fürchtete um dieses junge Mädchen – sah den schmalen Grat, auf dem es balancierte – oder vielmehr das Traumbild, das er sich von dem Mädchen machte. Was würde er wohl in einer Stunde über sie denken müssen? Wie banal es auf einmal wäre, dieses große Mädchen, sobald es sein Geheimnis preisgegeben hätte ...

Doch Anne-Marie nahm in seinem Büro Platz – einem kalten, kargen Raum, in dem akribische Ordnung herrschte. Und sie schwieg, in aller Gelassenheit, als wäre es an ihm, das Gespräch zu beginnen – als würde er den Gesprächsbeginn hinauszögern. «Nun, worum geht es eigentlich, Mademoiselle?», sagte er mit seiner Bürostimme – einer geschäftsmäßigen Stimme, gewichtig und kühl.

«Das habe ich Ihnen bereits gesagt.»

Wieder herrschte Stille. Crouzon zögerte: (Immer noch linkisch, dachte er; sie wird mein Zögern für Geiz halten.) Er holte ein Bündel Scheine aus seinem Tresor, reichte es der jungen Frau mit den Worten: «Nehmen Sie sich, was Sie brauchen: das oder auch mehr …»

Zunächst nahm sie zwei Tausend-Franc-Scheine, besann sich eines Besseren, nahm noch einen dritten, gab ihm den Rest zurück und stand auf. Er glaubte schon, sie würde grußlos gehen. Aber sie setzte sich wieder hin, aus demselben Gefühl für Anstand, das einem verbietet, sich gleich nach dem Essen von seinen Gastgebern zu verabschieden.

«Ich habe sagen hören, dass Monsieur Léveillé großen Groll gegen Sie hegt. Seine Pariser Kunden haben die Preise gedrückt unter dem Vorwand, dass ihre Waren in der Region weniger nachgefragt werden; er hat versucht, die hiesigen Händler zurückzugewinnen, aber sie haben ihn alle abblitzen lassen. Jetzt möchte er ein Werbeunternehmen wie das Ihre gründen, aber unter dem Namen von Flayel, dem Feuerwehrhauptmann, der mit unserer Familie zerstritten ist. Flayel und Léveillé erzählen in ganz Châteauroux herum, dass Sie der Liebhaber meiner Tante sind …»

(Sie lässt mich wirklich erstarren, dachte Crouzon, und zugleich betört sie mich. Das Geheimnisvolle ist wieder da. Das Geld, das ich ihr gerade gegeben habe, wird bestimmt für eine Überraschung sorgen: Daran denkt sie jetzt, und an ihre Liebe … Wäre sie nicht so schön, würde mich ihre geheimnisvolle Aura nicht überzeugen; ich lasse mich ganz gern hinters Licht führen. Warum nicht auch mal ein bisschen Theater spielen.)

Er holte Portwein, etwas Gebäck, wies dem jungen Mädchen einen Platz am Kaminfeuer zu: «Ich empfange selten Besucher; ich esse oder trinke ein wenig, wenn ich nachts arbeite ... Ach, das ist gar nicht so schwer; man muss es nur schön warm haben, die Augen ab und zu mit lauem Tee abtupfen und sich die Schläfen mit Kölnischwasser einreiben. Falls Léveillé mir Ärger machen will, werde ich bestimmt die Oberhand behalten: Nachts arbeitet er nicht.»

«Man sagt, Ihre Stärke sei, dass Sie so tüchtig sind ...»

«Es gibt nur eine wahre Stärke, und zwar die Geduld; das wissen junge Mädchen wie Sie nicht. Wenn man den Kindern Vorbilder nennt, aus der Geschichte Frankreichs oder der eigenen Familiengeschichte, erzählt man ihnen binnen einer Stunde, was sich über einen Zeitraum von dreißig Jahren abgespielt hat, und die Kinder vergessen, wie wichtig die Geduld ist. Sogar ein Soldat zeichnet sich durch Geduld noch mehr aus als durch Tapferkeit ...»

Sie schenkte diesem Vergleich zwischen Crouzon und ihrem Liebsten keine Beachtung: «Aber Sie sind bestimmt stark, wenn Sie diesen Lejars niedergerungen haben ...»

(Wie schmeichlerisch sie klingt ... Das ist es also, was dein Liebster gern hören würde? Du armes Mädchen, was ist das bloß für ein Mann, den du liebst! Wenn ich dich doch nur in deiner ganzen Einfalt sehen könnte – aber dieses lodernde Feuer lässt dein Haar so prächtig schimmern, es haucht deinem kalten Blick Leben ein, und die Schatten umspielen so schön deinen Hals; ich sollte dich nur im Traum lieben, du Hochnäsige, und jede Nacht von dir träumen …)

«Ich werde Sie nach Hause begleiten, Anne-Marie. Immer noch besser, als wenn man Sie alleine sieht. Aber wir werden ohnehin niemandem begegnen. Ich weiß, dass Sie jemanden lieben; ich denke, Sie haben soeben Ihre Pläne geändert. Ich frage nicht nach, aber ich brauche Ihnen wohl kaum zu sagen, dass ich das, was ich weiß, für mich behalten werde. Sollten Sie etwas benötigen, eine Gefälligkeit oder einen Ratschlag, können Sie sich ruhig an mich wenden …»

(Oh, meine Stimme wird schleppend, *meine Worte ergreifen mich*; es ist geschafft, bringen wir es zu Ende:)

«Sollten Sie Schwierigkeiten bekommen, Enttäuschungen erleben und einen Freund brauchen, denken Sie an mich. Auch dann können Sie sich auf mich verlassen.»

Sie sah ihn aufmerksam an und wirkte beinahe gekränkt. Dann hob sie beide Hände: die eine auf Höhe seiner Schulter, die andere auf Höhe seiner Lippen; diese Hand küsste er, während die andere ihn auf Abstand hielt.

Er begleitete sie ohne Zwischenfälle nach Hause und erfuhr am nächsten Tag von Madame Rougeau, dass sie verschwunden war.

Die Flayels frohlockten: Diese Eskapade zog den Spott der ganzen Stadt auf sich.

Der Kummer und die Kühnheit

Anne-Maries Fortgang, sein Drang, dieses große, herablassende Mädchen zu lieben, lösten bei Crouzon erneut eine Phase des Widerwillens gegen seinen Werdegang aus, eine Phase der radikalen Verdrossenheit. Er litt, und sein Kummer erlaubte ihm nicht, sich dem Erfolg zu überlassen und an seinen guten Stern zu glauben. Er sammelte einen neuen Vorrat an Hass gegen sein Umfeld an, nahm neue Aufgaben in Angriff.

Die beiden Dissertationen, die binnen weniger Wochen gedruckt, von ihm korrigiert und frei von groben Fehlern waren, brachten ihm weitere Aufträge ein. Gegen Mitte des Jahres 1926 erhielt er den Zuschlag für den Druck von zwei Fachzeitschriften – eine juristische, eine naturwissenschaftliche: monatlich fünfzehntausend Franc Auftragswert, Sonderdrucke und Versand eingerechnet. Die alte Linotype, die sein Vorgänger vor dem Krieg gebraucht gekauft hatte, reichte nicht mehr aus. Crouzon sträubte sich inzwischen gegen den Handsatz, dagegen, dass man die Lettern nach dem Druck wieder in die Fächer des Setzkastens *ablegen* musste. Ob er eine neue Lanston kaufen sollte – eine tadellose Setzmaschine, die Korrekturen leichter machte und sich besser für Bücher eignete – oder eine Linotype, die ihm zu gegebener Zeit den Druck einer Zeitung ermöglichen würde?

«La Capitale», eine Pariser Zeitung mit eigener Druckerei, war infolge verschwenderischer Ausgaben gerade bankrottgegangen und veräußerte ihr Material. Crouzon setzte alle seine verfügbaren Geldmittel frei und fuhr nach Paris, um mit dem Liquidator der «Capitale» zu sprechen und sich die Maschinen anzusehen: Zum Glück war der Andrang nicht groß. Fast alle Pariser Zeitungen hatten sich mit deutschen Maschinen ausgestattet, als die Mark gefallen war; es wurden keine neuen Zeitungen mehr gegründet nach dem ungeheuren Boom neuer Blätter, der von 1915 bis 1924 angehalten hatte. Er konnte sechzig Prozent Rabatt auf den Neupreis bekommen. Doch um die Maschine samt Schrifttypen, Letternmetall und Hilfswerkzeug zu erwerben, fehlten ihm hundertfünfzehntausend Franc. Es war heller Wahnsinn, denn er war sich fast sicher, mit einer Zeitung mindestens achtzehn Monate lang Geld zu verlieren. Und er wäre zum ersten Mal in Geldnot, wäre den Bürgern von Châteauroux gegenüber in einer unterlegenen Position, wenn er sich von ihnen Geld liehe.

Er zögerte einige Tage lang. Zu diesem Zeitpunkt war Anne-Marie bereits seit vier Monaten weg und der Ekel vor seinem neuen Leben dauerte an. Da dachte er: alles oder nichts.

Er bot seinen wichtigsten Kunden einen neuerlichen Rabatt an, wenn sie ihm die Aufträge, die für das ganze Jahr absehbar waren, binnen der nächsten drei Monate vergüteten: Das hieß, dass er an diesen Aufträgen gar nichts mehr verdienen und sieben Monate lang ohne Gewinn arbeiten würde. Seinen Lebensunterhalt und die Bezahlung seiner Arbeiter würde er nur noch aus dem Tagesgeschäft und den Bestellungen aus Paris bestreiten können. Der Franc fiel gerade – und während seine Kunden auf diese Weise keine Preissteigerungen zu befürchten hatten, musste Crouzon ein weiteres Risiko auf sich nehmen. Man erteilte ihm Aufträge – für Plakate, Prospekte und den Almanach für 1927 – im Wert von rund achtzigtausend Franc. Nun musste er die letzten fehlenden Gelder auftreiben. Er organisierte ein Treffen mit Biotte, Hamet und Serlanges; Biotte hatte er bereits im Vorfeld eingeweiht.

«Freunde, ich möchte mir von niemandem Geld leihen und auch keine Aktiengesellschaft gründen, weil ich ein Geheimnis wahren will, das unser aller Geheimnis ist. Sie wissen, dass Cri-Cri Laphin 1928 Ihre Kandidatur nicht mehr unterstützen wird. Dann könnte ich eine Zeitung gründen. Meine Plakatkleber, meine Lastwagen, meine Druckerei können sich im Zusammenspiel als nützlich erweisen. Es wird Ihre Aufgabe sein, sich gegen Léveillé zur Wehr zu setzen. Die republikanischen Komitees habe ich bewusst nicht aufgesucht, weil man dort so geschwätzig ist. Ob Listen- oder Bezirkswahl, Sie müssen sich auf einen vierten Mann einigen, den Kandidaten für Châteauroux.»

«Gut», sagte Biotte. «Entweder Desroques oder Flayel.»

«Lieber Flayel», sagte Hamet.

«Richtig», sagte Serlanges.

«Desroques ist Kaufmann im Ruhestand, er hat keine Feinde», sagte Crouzon. «Flayel ist in Châteauroux nicht beliebt. Er ist der Strohmann von Léveillé, der sich mit seiner Hilfe den hiesigen Händlern wieder annähern will …»

Serlanges und Hamet schwiegen. Biotte sprach aus, was Crouzon hören wollte: «Eben, durch Flayel hätten wir uns

Léveillés Neutralität sichern können.» So plauderte er, scheinbar versehentlich, das Geheimnis seiner Mitstreiter aus.

«Schade», sagte Crouzon. «Dann muss ich eben selbst antreten. Das tue ich nicht gern, wohlgemerkt. Es würde meinen Interessen schaden. Ich habe Ihnen gute Dienste geleistet, und in dieser Gegend weiß man Treue zu schätzen. Wir finden bestimmt einen Weg, uns zu einigen.» Hamet und Serlanges hatten weiterhin Bedenken. Flayel bedeutete für sie nicht nur das Wohlwollen von Léveillé, er wäre auch der neue Kandidat, der sich von den etablierten Abgeordneten unterstützen lässt und im Gegenzug den Löwenanteil der Wahlkampfkosten übernimmt. Bestimmt hatte Desroques ihnen da weitaus weniger Großzügigkeit signalisiert.

«Was schlagen Sie vor?», fragte Serlanges plump.

«Folgendes: Sie erteilen mir den Auftrag für die Kampagne. Ich garantiere jedem von Ihnen Plakate, Broschüren, Prospekte, Zeitungsausgaben im Wert von zwölftausend Franc, zum selben Tarif wie Laphin – wenn Sie mir sofort zehntausend Franc zahlen, die ich für meine Maschinen benötige.»

«Nein», sagte Biotte. «Sie müssen schriftlich erklären, beispielsweise in einem Brief an Serlanges, dass Sie in zwei Jahren nicht antreten werden.»

«Bestehen Sie darauf?», sagte Crouzon.

«Unbedingt», sagte Serlanges.

«Und wir wollen nicht sofort zahlen, und auch nicht direkt an Sie. Serlanges wird einen Teil Ihrer letzten Rate begleichen.»

(O weh, von Vertrauen keine Spur.)

«Und wir wollen Ihre Geschäftsbücher einsehen», sagte Biotte. «Eine Druckerei ist summa summarum so viel Wert wie ihr Jahresumsatz. Bis Sie die versprochenen Leistungen für uns erbracht haben, nehmen wir eine Hypothek auf Ihr Haus auf. Die zweite Hypothek, denn Sie schulden Monsieur Bompret wohl noch Geld?»

«Zwei Raten: vierzigtausend Franc», sagte Crouzon. «Ich werde Ihnen meine Geschäftsbücher und Kontenabschlüsse zeigen.»

... Aufträge im Wert von einundachtzigtausend Franc im vergangen Monat. Siebenundsiebzigtausend im Monat davor. Biotte setzte sich mit der Einschätzung durch, dass «die Firma» samt Ausstattung und Räumlichkeiten etwa achthunderttausend Franc wert war.

Crouzon hatte ihm die Prüfung der Geschäftsbücher nahegelegt, staunte dann aber selbst über den Wert seines Unternehmens. Wenn er ihn im Stillen einschätzte, rechnete er seinen persönlichen Einsatz nicht mit ein – aber ohne seine dreizehn Arbeitsstunden am Tag wäre alles in sich zusammengebrochen.

Er bestellte die Maschinen und vertraute auf einen glücklichen Zufall, um die paar Tausend Franc aufzutreiben, die noch fehlten. Notfalls könnte er sie sich von Madame Rougeau leihen. Drei Tage nach dem Kauf wurde er jedoch zu Docteur Loubin gerufen. Der freundliche alte Säufer hatte einen Anfall erlitten; er konnte sich nicht bewegen und kaum sprechen, das Gesicht war völlig verzerrt. Dennoch hellte es sich auf, als er Crouzon erkannte: Mit der einen – zitternden, bereits bleichen – Hand, die er noch zu bewegen vermochte, drückte er den Kopf des jungen Mannes an seine von fettigem, kaltem Schweiß bedeckte Stirn.

Und dann verfiel diese lebendige Leiche in große Hektik; er brachte es fertig, die Pflegerin wegzuschicken, damit sie den Arzt holte; als er mit seinem Schützling allein war, deutete er auf eine Schublade, der Crouzon einen Umschlag und ein Päckchen entnahm. Daraufhin beruhigte sich der alte Mann wieder. Crouzon versuchte es mit den üblichen Ermunterungen. Loubin winkte verschmitzt ab. «Ich weiche nicht mehr von Ihrer Seite», sagte der junge Mann. Er ließ sich die Korrekturfahnen seiner beiden Fachzeitschriften aus der Druckerei bringen – sein Arbeitspensum für die Nacht. Er setzte sich in Reichweite der Medikamente; bisweilen blickte er auf, sagte dem Sterbenden ein paar Worte und erhielt zur Antwort ein Brummen oder ein Lächeln. Sonst war nur die Pflegerin da und döste.

Crouzon weckte sie, als das Röcheln einsetzte. Docteur Loubin starb gegen drei Uhr morgens. Sobald man die Familie benachrichtigt hatte, begab sich Crouzon mit den Fahnen unterm Arm wieder in die Druckerei. Nachdem er die Arbeit verteilt hatte, die an diesem Tag anfiel, ging er in sein Zimmer hinauf, und erst dort öffnete er das Päckchen und den Umschlag.

Im Päckchen steckten eine Uhr von Bréguet und eine Notiz mit der Anweisung, sie an Madame Damia zu schicken. (An Damia, die ich lieben sollte, wenn es nach ihm gegangen wäre? Wohl als Platzhalter für den armen Greis.) Crouzon bekam tatsächlich feuchte Augen, als er die altehrwürdige Taschenuhr verpackte und mit der Adresse der Künstlerin versah. Der Umschlag enthielt zehn Tausend-Franc-Scheine: «Für meinen Adoptivsohn, um ihm für die freundliche Behandlung eines alten Säufers zu danken, zur Erinnerung an seinen unwürdigen Vater.» Zu den Scheinen gab es eine alte, vergilbte Fotografie – auf der Crouzon einen strahlend jungen, kaum dreißigjährigen Docteur Loubin erkannte, mit einem Gewehr in der Hand und einer umgehängten Jagdtasche; auf der Rückseite standen noch ein paar Worte: «Das dürfte eine schönere Erinnerung abgeben als mein runzliges Antlitz; weine mir nicht allzu viele Tränen nach, mein Kleiner.»

Dem Trauerzug am übernächsten Tag schloss sich ein großer Teil der Stadtbewohner an. Laphin drückte Crouzon die Hand, der inmitten einiger Händler aus seinem Kundenkreis einherging. (Sucht er nach einem Verbündeten? Nein danke.) Am Abend suchte Crouzon Madame Rougeau auf, um ihr von Loubins Uhr und dem Umschlag zu erzählen: Sie war die Einzige, die sich nicht darüber mokieren würde.

«Ein altes Menschenherz voller Irrtümer», sagte Crouzon. «Darum hat er mich gemocht. Ich war sein letzter Irrtum.»

«Diejenigen, die bereits resigniert haben, setzen ihre Hoffnungen in andere», sagte Madame Rougeau. «Wenn ich Kinder hätte, wenn ich im Leben meines Mannes eine Rolle spielte, würde ich Ihnen wohl kaum den Abendkaffee kredenzen und gelegentlich Ihren Migränekopf auf meinen Knien wiegen. Vielleicht tut Ihnen die Freundschaft, die ich für Sie hege, nicht gut; ich sage Ihnen immer alles, was ich Ihnen verheimlichen sollte. Dass Sie leiden, macht mich keineswegs unglücklich; ich sehe Ihnen gern beim Leben zu, und Sie reißen mich aus dem Dämmerschlaf von Châteauroux ... Übrigens fahre ich morgen weg, um meine Nichte zu holen, mit ihrem Cousin kann sie nicht mehr zusammenleben, sie hat mir geschrieben.»

Crouzon schwieg.

«Offenbar bin ich Ihres Vertrauens nicht mehr würdig. Bin ich für Sie nur noch eine Angehörige von Anne-Marie, zählt die Kameradin nicht mehr?»

Er betrachtete die breiten, exotischen Wangenknochen, den energischen Mund – die Frau war unter ihrer Sonnenbräune rot geworden. Wie konnte sie das Feingefühl einer Freundin derart preisgeben? Betraf ihre offensichtliche Eifersucht Anne-Marie oder diesen armen Loubin? Das alles schwirrte Crouzon im Kopf herum, während er gleichzeitig mit zusammengebissenen Zähnen gegen den aufwallenden Kummer ankämpfte. Sie hörte nur sein leises Schnauben.

«Ich werde nie begreifen, warum Sie sie lieben. Schwören Sie mir, dass Sie meine Nichte niemals heiraten werden, ansonsten dürfen Sie nie wieder einen Fuß in dieses Haus setzen.»

«Ach, glauben Sie, dass man sie mir überlassen würde? Obwohl, jetzt vielleicht schon …»

«Wie feige Sie sind – Sie sind wohl auch nicht besser als die Leute hier? Sie wissen, dass dieses Mädchen Sie nicht liebt, und wollen davon profitieren, dass sie die Engstirnigkeit der Provinz gegen sich hat?»

«Ich liebe sie», sagte Crouzon leise. «Ich kann nichts dagegen machen. Ich habe ihr das Geld für ihre Flucht gegeben (ja, ich). Ich möchte sie doch nur beschützen. Sie ist kaltherzig? Das weiß ich. Im Grunde einfältig? Das weiß ich. (Sieh an, sie schüttelt den Kopf: was für ein Glück). Zurzeit entehrt? *Da muss so einiges unternommen werden*; die Lage ist schwierig; das reizt mich umso mehr … Ja, das ist eine Strafe für meinen Ehrgeiz; ich muss büßen für das Leben, das ich führe, dabei ist dieser Ehrgeiz fehlgeleitet, absurd. Habe ich etwa Zeit, in Herzensangelegenheiten Vernunft zu zeigen, liebe Freundin? Wollen Sie mir aufgrund meiner Stärke Ihr Mitgefühl versagen?» Sie bettete seinen Kopf auf ihre Knie. «Sie werden mich brauchen», sagte sie. «Besuchen Sie mich öfter.»

In dieser Nacht nahm er seine Maschinen in Augenschein, die tagsüber eingetroffen, aber noch nicht montiert waren. Einen Moment lang dachte er, dass all das, diese Bemühungen, dieses neue Risiko, nur dazu diente, Anne-Marie zu erobern. Dann rief er sich jene andere Frau in Erinnerung, die Sperberin, die ihm abhandengekommen war, weil er sich nicht genügend auf sie konzentriert hatte. Er dachte an die fünf oder sechs Pariser Wohnungen, in denen seine einstigen Gefährten lebten – an dieses einfache Leben –, daran, dass sie ihn vergessen oder für Châteauroux nichts als Verachtung übrig hatten. Anders als sonst stärkten diese Gedanken seinen Mut nicht.

Ein dicker Wälzer, dessen Manuskript er samt Druckauftrag am nächsten Morgen mit der Post erhielt, bereitete ihm nicht die geringste Freude. Die Monteure der neuen Ausrüstung trafen ein und machten sich langsam ans Werk. Gibault, der Faktor, sagte zu ihm: «Sie sehen nicht gut aus, Chef. Haben Sie wieder die Nacht durchgearbeitet?»

«Schon gut, Gibault, wird nicht das letzte Mal gewesen sein … Ein Glück, dass die neue Maschine nicht über dem Keller aufgestellt wird, sonst hätten wir den Boden von unten abstützen müssen … Teilen Sie dieses Buch unter vier Setzern auf; ich habe die Seitenzahl überprüft, es geht genau auf. *Schriftgrad zehn, Zeilendurchschuss zwei Punkt.*

Was erledigt wurde, mit Bleistift markieren, für das Korrekturlesen eine Klammer verwenden. Vor ein paar Wochen hat mir wieder irgendein Schweinigel die Seiten oben eingerissen …»

Ein Tag, eine Nacht voller Arbeit: Nach Mitternacht hatte er selbst angefangen, auf seiner alten Linotype zu setzen, denn das Eintreffen der neuen hatte bisher lediglich für eine Verzögerung der Arbeitsabläufe gesorgt.

Und nach einem Bad in eisigem Wasser ein weiterer Tag: Er kam nicht zum Essen. Gebäck und Portwein erinnerten ihn an den merkwürdigen Besuch jener Anne-Marie, die gerade heimkehrte. Bestimmt würde sie bei Madame Rougeau wohnen, die nachsichtiger sein dürfte als ihre Eltern – und deren Haus weniger zentral lag. Noch heute Abend …

«Nein, ich sollte zwei, drei Tage warten, bis sie die erste Langeweile verspürt …»

Zum Glück war er allmählich am Ende seiner Kräfte, und so konnte er zwei Nächte tief und traumlos durchschlafen. Und als seine Kräfte wiederhergestellt waren, wartete er – klug oder schüchtern – noch ein paar Tage. Wieder sprach man in ganz Châteauroux von Anne-Marie; so erfuhr er, dass sie in der Tat bei ihrer Tante wohnte. Manche bemitleideten sie: Ihr Cousin habe sie angeblich sitzen lassen, als ihnen das Geld ausgegangen war. Die Familie Flayel machte aus ihrer Schadenfreude keinen Hehl.

Endlich stand er Anne-Marie gegenüber, bei Madame Rougeau, die sich zurückgezogen hatte, um sie miteinander allein zu lassen. Er sagte ihr, was ihm gegen seinen Willen seit einigen Tagen im Kopf herumging, ohne ein einziges Wort ändern, ohne ihr in die Augen blicken zu können.

Denn inzwischen hatte er den Makel vieler Menschen, die methodisch vorgehen: Er war nicht mehr fähig, spontan zu handeln.

«Ich weiß nicht, was Sie jetzt vorhaben, Anne-Marie; ich erwarte nicht, dass Ihre Gefühle sich so bald ändern werden. Ich habe Ihnen gesagt, dass Sie auf mich zählen können wie auf einen Kameraden ... Ob Sie wohl bereit wären, meinen Namen anzunehmen – um sich gegen diese dumme Stadt, gegen Ihre Eltern zu wappnen? Ich versichere Ihnen, dass Sie damit keinerlei Verpflichtung eingehen.»

Außerdem bot er ihr Bedenkzeit an, auch um sich mit anderen zu beraten ...

«Nein, es hat keinen Zweck zu warten», sagte sie. «Ich bin einverstanden.»

Sie ergriff Crouzons Hand mit beiden Händen, sah ihm ins Gesicht: Er glaubte, sie hätte doch ein Herz und dass sie ihn umarmen, mit ihm sprechen, ihn kennen und vielleicht lieben lernen wollte.

Aber sie ließ seine Hand wieder los, mit einem halb entschuldigenden, halb verdrießlichen Lächeln.

Die Angst

Die Eltern von Anne-Marie hatten nicht so schnell mit
einem Anwärter für ihre Tochter gerechnet. Dieser Crouzon war ein Geschenk des Himmels, das ihnen ganz un-
verhofft gemacht wurde. Als Dieudonné ihnen in Begleitung von Madame Rougeau, die ihm nun resigniert half,
den ersten Besuch abstattete, ließ man ihn warten, um die
Schutzhüllen im Salon zu entfernen. Der Vater, Monsieur
Durfeuil, war dermaßen überwältigt, dass er Crouzons
Hand gar nicht mehr loslassen wollte; um das zu überspielen, zog er ihn an besagter Hand zu einem Zweisitzer
und wies ihm den Platz neben sich zu. Das Sofa war nicht
eben breit und der ausladende Greis bedrängte die Ober-
schenkel seines Nachbarn. Crouzon war der Körperkon-
takt mit diesem Mann äußerst zuwider; selbst das sanft
gewellte weiße Haar, die schlaffe Nase, die zarten, blauro-
ten Äderchen im gutmütigen Gesicht kamen nicht gegen
diese männliche Feindseligkeit an. Die Mutter, eine lange,
graue Gestalt mit magerem, gleichmäßigem Gesicht, war
das Ebenbild ihrer Tochter, in einer Räucherkammer kon-
serviert. Es blieb lange still.

Madame Rougeau gab sich jede erdenkliche Mühe, bat
Crouzon aufzustehen, um ihm die Ahnenporträts zu zeigen, und fragte ihn dann, wie seine Geschäfte liefen. Dieses Gesprächsthema ärgerte ihn: Musste er den Nachweis

erbringen, dass er eine gute Partie war? Später erklärte sie ihm den Grund: Die Durfeuils waren aufgrund seiner Pläne, und mehr noch, weil er um die Hand eines entehrten Mädchens anhielt, beunruhigt und hegten den Verdacht, er wäre ein wenig verrückt. Crouzons juristische Kenntnisse, seine Gewandtheit, sogar die Langeweile, die er sich durchaus anmerken ließ, zeigten, wie besonnen er war.

Es gelang ihm, diesen Besuch und die folgenden abzukürzen: «Und wenn Sie mich nun entschuldigen wollen, ich muss achtunddreißig Leute zur Arbeit anhalten.»

Anne-Marie warf ein: «Es heißt, dass Sie vorbildliche Disziplin walten lassen.»

Die Mutter runzelte die Stirn.

(Was meint sie damit? Will sie mich mit ihrem Cousin vergleichen oder den Grad ihrer künftigen Knechtschaft ermessen? – Du darfst nicht zu früh erraten, wie sehr du über mich herrschen kannst. Das wird uns beide ins Unglück stürzen, du großes Mädchen, das sehe ich klar und deutlich.)

Man erlaubte ihm, die Durfeuils regelmäßig zu besuchen, lud ihn zum Abendessen ein. Doch gemäß den alten Gepflogenheiten wechselte er kaum ein Wort mit seiner Verlobten und sprach mit den Eltern über Geschäftliches – vor allem im Zusammenhang mit den Staudämmen der Creuse.

Der Erfolg des Staudamms von Éguzon, der ein Wasserkraftwerk speiste, hatte die hiesigen Begehrlichkeiten geweckt, die früher nur schwach ausgeprägt gewesen waren. Nun wollte man in Éguzon-le-Petit unterhalb des ersten Staudamms einen weiteren errichten. Dafür war eine Aktiengesellschaft gegründet worden, an der die Durfeuils und etliche Händler von Châteauroux beteiligt waren. Die Pläne waren fertig ausgearbeitet; man zog sogar die Herstellung von Stickstoffdünger in Betracht, um den Überschuss an Energie zu nutzen. Die Anteilseigner beschworen den Fortschritt, forderten die Elektrifizierung der örtlichen Eisenbahnstrecken.

Die Aktiengesellschaft von Éguzon-le-Petit hatte ihr Vorhaben allerdings zu früh enthüllt. Sie hatte die Grundstücke, die der neue Staudamm unter Wasser setzen sollte, nicht rechtzeitig erworben. Einige Großgrundbesitzer hatten nun mit dem Aufkauf dieser Ländereien begonnen.

Nachdem Monsieur Flayel mehrere vergebliche Anläufe unternommen hatte, um auf dem Gebiet der Werbung mit Crouzon zu konkurrieren, hatte er sich nun an die Spitze der Spekulanten gesetzt; Léveillé und das «Département» halfen ihm unter der Hand; die Prinzipien richteten sich eben auch nach den Interessen. Das «Département» berichtete über die Flurbereinigung im Tal der Creuse, die Gefahr eines Dammbruchs, die Notwendigkeit, die Bauern auf ihrem Land zu halten. Es behauptete sogar, dass Kunstdünger den Pflanzen schade, und stellte sich ausnahmsweise so geschickt an, dass die chilenische Salpetergesellschaft[48] Anzeigen im großen Stil schaltete. Unterdessen waren die Preise für die Grundstücke im Bereich des künftigen Staudamms gestiegen; die wenigen Bauern, die ihre überschwemmbaren Höfe nicht an Großgrundbesitzer verkauft hatten, waren einer «Genossenschaft für das Creuse-Tal» beigetreten, die ihnen das Recht auf Stierhaltung in Aussicht stellte, den reibungslosen Vertrieb ihrer Milch und weitere Albernheiten. Für den Fall, dass der neue Staudamm staatliche Förderung erhielte, wollten die Spekulanten jeden Anschein von Preistreiberei vermeiden. Derweil mussten die Anteilseigner erleben, wie ihr Geld brachlag, in immer neuen Vorhaben, Plänen, Anträgen versickerte; das «Département» stichelte gekonnt; sie machten sich zunehmd Sorgen.

Diese Auseinandersetzung betraf die Interessen von höchstens zwanzig Familien. Doch jeder, der in irgendeiner Verbindung, und war sie noch so schwach, zu einer dieser Familien stand, ergriff Partei. Und der Rest der Stadt schwieg über die Angelegenheit oder sprach nur im Flüsterton darüber. Weil wegen der Durfeuils eine der «Staudamm-Familien» entehrt war, drohten alle anderen Schaden zu nehmen: Die Entscheidung des *Conseil général*[49] konnte unter Umständen davon abhängen.

Also gaben die Durfeuils so schnell wie möglich die Verlobung von Anne-Marie mit Crouzon bekannt. Der junge Drucker stärkte sie; Léveillé mochte ihn nicht.

Sobald die Verlobung bekannt gegeben wurde, hörte Flayel auf, Crouzon zu grüßen. Er sprach weiterhin schlecht über die junge Frau, aber es kam zu keinem öffentlichen Eklat, der Crouzon erlaubt hätte, ihn herauszufordern. Die meisten jungen Sportler, die zu seinen Anhängern zählten, hörten bei der Feuerwehr auf.

«Da ist er wieder, dieser gute alte Hass, der sich ganz offen zeigt», sagte er zu Madame Rougeau. «Wie sehr der einen wachrüttelt: Ich war schon drauf und dran, mich in Träumen zu verlieren.»

«Sie machen mir Angst», erwiderte sie. «Sie versuchen nicht einmal, meine Nichte kennenzulernen oder zu erobern. Und dabei habe ich bei all Ihren Unterfangen auf Ihren Erfolg vertraut ... Mein Bruder und meine Schwägerin haben recht: Sie sind verrückt ...»

«Ich weiß ja, wie ich es am besten hätte anfangen sollen: Ich hätte sie in Ihrem Beisein bei Ihnen zu Hause aufsuchen, von dem bisschen Ansehen profitieren sollen, das ich hier genieße, und dem bisschen Schmerz, das ich anderswo nicht empfinde … Ich meine zwar, dass man sein Schicksal selbst bestimmt, aber ich bin nun mal ihrem Bann erlegen. Hier kann ich nur warten und mich in mein Schicksal fügen. Denn ich finde, dass ich in meinem Leben bisher zu planvoll gehandelt habe und dass es meiner nicht würdig ist, auch in diesem Fall planvoll vorzugehen.»

«Sie reden wirres Zeug.»

«Ja, das ist der Taumel, der mich erfasst, wenn ich falsche Schlüsse ziehe, mir dessen bewusst bin und trotzdem weitermache.»

Es war Madame Rougeau, die ihn wieder mit Anne-Marie zusammenbrachte; bis zur Hochzeit blieben ihnen nur noch ein paar Wochen. Wie ein Narr begann er das Gespräch mit einer Entschuldigung: «Ich habe Sie nicht oft besucht. Ich hätte Ihnen nicht viel zu sagen gehabt. Ich dachte, Sie haben den Schmerz noch nicht verwunden. Ich warte und werde so lange zuwarten, bis Sie ihn verwunden haben …»

Sie neigte den Kopf, wieder hochmütig geworden, und drückte ihm die Hand. All diese Worte, all diese Vorbehalte fasste sie als Versprechen auf, die sie zu gegebener Stunde für sich nutzen wollte. Diesmal war er sich fast sicher, es mit einer Verstimmung zu tun zu haben, einem stummen und hartnäckigen Widerstand. Währenddessen plauderten die Notare miteinander, denn Crouzon hatte sich ebenfalls einen nehmen müssen. Anne-Maries Mitgift belief sich auf hunderttausend Franc; er sprach ihr zweihunderttausend zu. Die Durfeuils konnten ihm allerdings von Nutzen sein: Die Anteilseigner des Staudamms, fast alle hohe Tiere der republikanischen Partei, sprachen bereits davon, eine Zeitung zu machen, und Laphin kam dafür nicht infrage. Sie schlugen vor, für die Gründung einer neuen Zeitung Aktien auszugeben – tausend Stück à fünfhundert Franc. Crouzon sprach sich dagegen aus.

Er bot ihnen an, sechs Monate lang eine Zeitung herauszugeben: Sie sollten sämtliche Kosten übernehmen, für Papier, Druck, Transport, und würden im Gegenzug den Verkaufserlös bekommen. Er würde sich um die Redaktion kümmern und dafür die Einnahmen aus dem Anzeigengeschäft behalten. Dass die Zeitung nicht von Dauer sein sollte, kam ihrer Knauserigkeit entgegen, und so akzeptierten sie die ziemlich harten Bedingungen, die Crouzon ihnen diktierte. Sie mussten noch einige Wochen warten: Crouzon wollte einen Papiervorrat für sechs Monate anlegen und sogleich bezahlen, damit niemand einen Rückzieher machen konnte. Er heckte bereits eine Kampagne aus, um das Staudammprojekt erfolgreich abzuschließen, aber er konnte nicht einmal mit seinen Freunden oder Schwiegereltern in spe darüber reden. Er fürchtete ihre Schwatzhaftigkeit und verachtete ihre Vorsicht. Die Druckerei wurde in aller Eile ausgebaut. Mit jedem Tag wurde ihm seine Stärke mehr bewusst – und an jedem Abend seine Schwäche.

Zehn Tage vor der ersten Ausgabe heiratete er. Die Durfeuils scheuten die besseren Kreise von Châteauroux. Die standesamtliche Trauung fand am frühen Morgen statt, dank des Entgegenkommens des Bürgermeisters. Man begab sich zu Fuß in die Kirche, die Braut im Schneiderkostüm, Crouzon im Straßenanzug in Begleitung von Boutin, dem Einzigen aus Paris, den er benachrichtigt hatte. Die Heiratsanzeigen hatte er selbst gedruckt. Da er nicht gravieren konnte, hatte er ein typografisches Meisterwerk vollbracht, in zwei – recht gedämpften – Rottönen auf kaiserlichem Japanpapier. Während dieser stillen Geduldsarbeit hatte er seine Knechtschaft sehr wohl gespürt. Die Hochzeit fand in derselben Kapelle statt, in die er drei Monate zuvor Loubins Sarg geleitet hatte. Anne-Marie kniete sich neben ihn, zugleich hochmütig und niedergeschlagen. Die wenigen Augenpaare, die sie von hinten betrachteten, störten ihn mehr als eine große Menschenmenge. Er versuchte, leise mit ihr zu sprechen, doch sie antwortete ihm nicht, war mehr auf die Zeremonie bedacht als er. In der Sakristei wisperte Madame Rougeau ihm zu: «Sie sind blass. Reißen Sie sich zusammen.»

Er gab sich große Mühe, achtete auf seine Haltung und Mimik; jedes Mal, wenn er einen verstohlenen Blick auf diese schöne, stumme junge Frau warf, ahnte er aufgrund der heftigen Regungen, die ihn erschütterten, wie viel blasser er wohl noch geworden war. Sobald er sie nicht mehr ansah, sobald er nicht mehr litt, kam er sich bei seiner eigenen Hochzeit so unbedeutend vor wie bei der Hochzeit der *Sperberin*. «Ob ich schnell ein langes Gespräch mit Boutin anfangen soll? Boutin versteht gar nicht, was hier vor sich geht, er kann keine Gesichter lesen; erst das Gesprochene lässt ihn weise und scharfsinnig werden.»

Wer seinen Freund gut kennt, muss ihn nicht einmal einweihen oder befragen, damit er seinen Rat erteilt; er hat das Bild, das Verständnis, das ihm in früheren Gesprächen vermittelt wurde, dermaßen verinnerlicht, dass sie mit seinen eigenen Geheimnissen zusammenwirken und, sobald sie aufgerufen werden, genau das preisgeben, was der Betreffende nicht hören oder sich selbst nicht eingestehen will.

«Sie ist beeindruckend, deine Angetraute; sie wirkt stolz und sanft.» Mehr sagte Boutin nicht.

Aber Crouzon hörte einen hellsichtigeren Boutin sagen: «Du hast in deinem Leben alles auf eine Karte gesetzt, du hast der Natur oder deiner Seele Gewalt angetan, und jetzt holt die Natur dich ein, mit Haut und Haar, und setzt alles auf eine andere. Die geballte Kraft, mit der du dich seit zwei Jahren vor deinem Herzen abgeschottet hast, wirst du jetzt in deinem Herzen zu spüren bekommen.» Selbst wenn Boutin es gedacht hätte, hätte er es Dieudonné nicht gesagt. Wie sehr dieser doch zitterte, als er sich allein mit seiner Frau auf den Weg machte.

DRITTER TEIL
Der Preis der Stärke

Crouzons Hochzeitsnacht

Das Schlafzimmer ging zur einen Seite auf ein Boudoir mit Frisiertisch, zur anderen auf das Badezimmer hinaus; die drei Türen zum Flur standen offen. Sobald sie allein waren, hatte Anne-Marie den Arm weggezogen; beide warfen einen Blick in das Zimmer – und traten jeweils in einen der angrenzenden Räume.

Crouzon, schon zum Schlafengehen bereit, hörte leise Schritte in dem neuen Zimmer – das für ihn so fremd, so bedrohlich war wie für die junge Frau; er drückte die Tür auf und trat behutsam ein.

Anne-Marie erblickte ihn im Spiegel, drehte sich jäh um und ging in Abwehrhaltung; Dieudonné blieb stehen, nur drei Schritte von ihr entfernt, und versuchte zu lächeln. Sie war genauso groß wie er, dabei blass und unnahbar, und erwiderte dieses armselige Lächeln nicht.

Er hielt das Spiel bereits für verloren: «Keine Sorge; Sie müssen nicht befürchten, dass ich mir irgendwelche Rechte anmaßen will.»

«Aber warum haben Sie mich dann geheiratet? Warum haben Sie mich nicht links liegen lassen? Haben Sie wirklich geglaubt, ich könnte heute Abend hier glücklich sein?»

Anne-Marie lehnte sich, blass im weißen Morgenmantel, an die marineblau tapezierte Wand; ihr Gesicht wurde vom gedämpften Licht einer Lampe auf einem niedrigen Tisch erhellt, das durch einen hohen Strauß aus fünf roten Lilien fiel. Inmitten der freien Fläche stand Crouzon zögernd da, er schwankte, wusste nicht, wie er zurückweichen oder seine Hände verstecken sollte, damit diese Frau sich weniger ängstigte.

Sie setzte ihr weibliches Jammern und Fragen fort, Worte, denen man zum Schein lauschen muss, auf die man aber nur Koseworte erwidern darf. Dennoch trafen sie ihn; er schenkte ihnen Glauben, gegen seinen Willen; er presste die Lippen so fest zusammen, dass es zum Schaudern war.

«Tun Sie, was Sie wollen, Anne-Marie», sagte er dann. «Ich dachte, ich hätte Ihnen kameradschaftliche Hilfe angeboten; ich dachte, Sie würden diese Hilfe annehmen; Sie hätten Ihre Freiheit ganz offen einfordern, Ihre Bedingungen nennen sollen; wenn Sie mir im Vorfeld gesagt hätten, dass Sie mich vor die Tür setzen würden ...»

«Wie gemein Sie sind, haben Sie denn gar kein Mitleid ...»

(Was, ich sehe sie nicht mehr, ich wanke ... ich muss mich setzen ...)

Er nahm sich einen Stuhl; sie ahnte, dass er immer noch zu fallen drohte, machte zwei Schritte auf ihn zu. Schon war der Schwindel vorbei; sie setzte sich neben ihm aufs Bett. Mit leiser Stimme fuhr er fort: «Bleiben Sie – ich werde nicht mal Ihre Hand anfassen. Ich kann Sie voll und ganz verstehen, ich weiß, dass es mir immer an Charme gefehlt hat ...»

Mit der Zungenspitze fuhr er sich über die Lippen, die Anne-Marie zuvor so grausam erschienen waren, arme Lippen, rissig vor Durst: «Wenn Sie sich mit mir nicht abfinden können, brauchen Sie keine Angst zu haben: Nach ein paar Monaten, die Sie hier zubringen werden, ohne mich je zu Gesicht zu bekommen, werde ich Ihnen in Paris ein unabhängiges Leben ermöglichen, das Ihrer würdig ist.» Er hatte sich vorgebeugt; seine Hände hingen von seinen Knien, so entspannt, dass die pulsierenden Zeigefinger sie in leichte Schwingung versetzten. Sie antwortete zunächst nicht, weinte still, gleich würde sie sprechen … leise sagte sie: «Ich bitte Sie, lassen Sie den Kopf nicht hängen, sehen Sie mich an.»

Langsam hob er den Kopf, als hätte er Mühe, ihn zu bewegen – mit der Beherztheit des Unterlegenen; in den Augenwinkeln brannten ihm beharrlich zwei Tränen.

Sie stand auf und trat vor ihn.

«Sie dürfen nicht weinen.»

Die zwei Tränen flossen. Sie setzte sich noch näher zu Crouzon, legte den Kopf an seine Brust und nahm ihn in die Arme, wusste ihn zu wiegen – wie eine Frau. Als Crouzon ihr Haar küsste, wäre er vor Eifersucht schier ohnmächtig geworden; trotzdem führte er den Kuss sanft zu Ende. Ohne diese Eifersucht hätte er niemals den Mut gehabt «meine Frau» zu sagen. Sie antwortete: «mein Mann», und weil sie eine Frau war, fand sie wieder die Kraft zu lächeln. Er löschte das Licht, fühlte sich trunken vor Kummer, Müdigkeit und Nacht; dachte weder an Vergangenheit noch Zukunft; dieses bisschen Zärtlichkeit genügte vorerst. Alles erfüllte sich, und der erste Moment von Liebe, den sie gemeinsam erlebten, war wie das Innehalten während einer Trauer.

Am nächsten Morgen stand Crouzon wie gewohnt früh auf; aus Umsicht oder Angst ließ er die junge Frau weiterschlafen. Die Arbeiter, die am Vortag frei bekommen hatten, waren noch nicht eingetroffen. Er sah sich seine neuen, endlich montierten Maschinen an, die sie gerade für einige Aufträge mit hohen Auflagen ausprobierten. In acht Tagen erschien seine Zeitung; das würde ihm guttun, dieser erbitterte Kampf, um die Arbeit zu bewältigen; er hatte alles vorbereitet; mit welcher Kampagne sollte er beginnen, wo er doch zugleich die für den Staudamm in Angriff nahm?

Plötzlich fiel ihm ein, was Boutin gesagt hatte, als es um die *Sperberin* ging; er habe sie verloren, weil er sich gleichzeitig anderen Dingen hingegeben hatte. Was machte er hier, fern seiner Anne-Marie? Er kehrte in das große Zimmer zurück und fand sie weinend vor. Er setzte sich neben sie auf den Boden, ein Bein angewinkelt, und küsste ihr lange die Hände. Er traute sich nicht, ernsthaft mit ihr zu sprechen: «Hatten Sie denn keinen Hunger, Anne-Marie? Warum haben Sie nicht geklingelt?»

«Ich habe mich nicht getraut, so ganz allein …»

Er spürte den Vorwurf und klingelte, ohne darauf zu antworten. Er brachte es nicht über sich, Anne-Marie in die Augen zu sehen. Die seinen hielt er gesenkt und betrachtete unwillkürlich ihre beiden, beinahe identischen Paar Hände auf dem Tablett – seine Faust war lediglich eckiger. Er nahm die Dinge in die Hand, schälte sorgsam eine Orange für sie: Die Frucht öffnete sich, vier Viertel auf den vier Vierteln der Schale, die am Boden noch verbunden waren; das ergab eine Art schwere und köstliche Blüte. Die junge Frau lächelte; sie sahen einander an, ohne den Kuss zu wagen, der sie von Zweifel und Kummer befreit hätte. Crouzon blieb bei ihr, beflissen und stumm, bis es im Untergeschoss überall betriebsam zu brummen begann.

Sobald er in der Druckerei alles erledigt hatte, wollte er wieder hinaufgehen, fürchtete dann jedoch, Anne-Marie bei ihrer Toilette zu stören. Er ging in sein Büro, diesen schmucklosen Raum, öffnete ein paar Kästen an der Wand, eine der Schreibtischschubladen. All diese säuberlich abgelegten Akten und Karteikarten – er wusste im Vorhinein, was dort zu lesen war. Er konnte jedes beliebige Schriftstück binnen drei Sekunden wiederfinden. Diese Ordnung, diese Gedächtnisleistung verliehen der ganzen Arbeit, die sich in seinem Büro angesammelt hatte, eine furchterregende *Präsenz*.

Fast widerwillig nahm er die Tätigkeit wieder auf, die er zwei Tage zuvor unterbrochen hatte, beendete sie schlag zwölf Uhr; ihm war, als wäre er aus einem Traum erwacht: Wo war sie? Müsste er nun mit ihr unter vier Augen speisen? Das traute er sich nicht zu, er schrieb ein flehentliches Briefchen an Madame Rougeau und ließ sie holen.

Zum Glück kam sie in ihr allzu kahles Wohnzimmer, in dem die Möbel zu dicht an die Wand gerückt und nach provinziellen Maßstäben zu niedrig waren und Dieudonné sich wortlos einer stummen Anne-Marie näherte.

Madame Rougeau übernahm die Rolle der Hausherrin und munterte sie auf, erzählte ihnen Anekdoten von ihrer Hochzeit. Ihr entging nicht, wie sie zusammenzuckten, wenn sie die beiden «meine Kinder» nannte. Dennoch blieb sie heiter und unbeschwert. Als Crouzon sie zur Tür brachte und sich ihr anvertrauen wollte, legte sie ihm ihre langen, kühlen Finger auf die Lippen.

«Nein, auf keinen Fall, Sie müssen sie ablenken, nicht zu ernst werden. Denken Sie lieber nicht zu viel nach.»

Crouzon spürte sehr wohl, dass seine Freundin recht

hatte; aber warum konnte sie nicht für immer bei ihnen bleiben, diese Amselmörderin? Welche Art von Frohsinn könnte der großen Anne-Marie gefallen? Während er am Abend noch zögerte, als sie an einem etwas zu feierlich gedeckten Tisch Platz nahmen, sah er, dass Anne-Marie Tränen in die Augen traten. Fassungslos bot er ihr Wein an, mal beschwingt, mal väterlich im Ton, wollte sie mit Süßspeisen und Früchten füttern: «Dieses Kleid, das Sie jetzt tragen, gefällt mir; aber hätten Sie nicht gern auch ein neues Morgenkleid, aus einem schönen, etwas rauen Stoff, und dazu einen feinen Pullover? Und ein Schneiderkostüm in einem schönen Grauton, ich habe den Schnitt schon vor Augen ... Einverstanden? Ein Kostüm von Chanel für den Vormittag, ein Kleid von Lelong. Und für abends ...?»

«Aber ich weiß doch, dass Sie nett sind», antwortete sie – und ihre dumpfe Wut erstaunte ihn. Nach dem Abendessen standen sie auf, Crouzon führte die junge Frau ins Schlafzimmer und sagte: «Legen Sie sich hin.» Sie gehorchte ihm wie einem Arzt, fügsam und mechanisch. Er benetzte ihr die Augen, legte ihr die Hände auf die Schläfen, auf das Haar; ohne sich ihrem Gesicht zu nähern, sprach er von ihrer Schönheit, sacht und mit einer Stimme, die ihm selbst entrückt vorkam.

War sie zufrieden? Mit den Fingern umfasste sie Crouzons Handgelenke. (Kalte Hände ... nein: Mir ist heiß). Er verstummte, beinahe glücklich. Dann verzerrten sich die Züge dieses schönen, zurückgelegten Kopfes; die keusche, unbekümmerte Verbindung der Hände löste sich, Anne-Marie verbarg ihr Gesicht und weinte.

«Wollen Sie mir denn gar nichts sagen?», fragte Crouzon linkisch. Und als wäre er an diesen Tränen schuld, bat er sie leise um Vergebung, während er ihr übers Haar strich. Dann befiel ihn wieder der Wahn des unsterblich Verliebten: Er wollte zunächst die Seele erobern. «Darf ich nicht einmal zu Ihrem Vertrauten werden?» Anne-Marie schluchzte auf, erhob sich, lief davon. Crouzon zauderte, dann riss er eine Seite aus seinem Notizbuch und hinterließ eine Nachricht auf dem Kopfkissen: «Das Zimmer gehört Ihnen; Sie sind frei.»

In seinem Büro warf er sich auf den schmalen Diwan, ohne sich die Mühe zu machen, ihn schon an diesem Abend zu einem Bett umzubauen. Der dürre Kummer, grausamer als Tränen, quälte ihn in kurzen, heftigen Schüben, unterbrochen von müßigen Träumereien; jedes Traumbild trug ihn für die Dauer eines Atemzugs zum Glück empor und warf ihn zurück in die Glut. Er stand auf, spritzte sich kaltes Wasser ins Gesicht, dehnte die rechte Seite und arbeitete dann bis zum Morgengrauen.

Als er Madame Rougeau am nächsten Tag sein Herz ausschüttete, zuckte sie mit den Schultern. «Diese Närrin hätte sich einfach ausweinen müssen: Danach wären Sie am Zug gewesen.»

Die Kraft der Trägheit

Weder am nächsten Tag noch an den folgenden stellte Crouzon sich geschickter an. Ein bedrückendes Gemisch aus Machtlosigkeit und gutem Willen, doch vor allem die Müdigkeit setzten ihm zu. Er rief Madame Rougeau zu Hilfe, die für sich selbst und Anne-Marie eine vierwöchige Reise organisierte. Ein paar eigenartige Bemerkungen, die er hier und da aufschnappte, zeigten ihm, dass die Provinzler scharfsinniger waren als gedacht und sein Unglück erraten hatten. Sogar seine Freunde waren davon gebannt.

Bei ihrer Abreise sagte Anne-Marie wie eine Rekonvaleszentin zu ihm: «Ich hoffe, dass ich bei meiner Rückkehr genesen bin und nichts Schlimmes mehr zwischen uns steht.»

«Sie machen mir wieder Mut», sagte Crouzon – wagte jedoch nicht, sie seinen Überschwang spüren zu lassen, von einem Kuss auf beide Hände abgesehen. Dann ging er zurück an die Arbeit. Er stürzte sich mit Haut und Haar in die Staudammangelegenheit, außerdem sollte in drei Tagen seine Zeitung erscheinen.

«Ich drucke diese Zeitung für mich allein: was für ein Käseblatt – und nur noch zwei Tage; nur noch ein Tag ... Besser als die andere? Keineswegs ... Mehr Agenturmeldungen, vielleicht, vorab geschriebene Artikel ... Ein fulminanter Eugène Sue[50], der in neuem Glanz erstrahlen wird, und meine bereits ausgearbeiteten Kampagnen; leider nicht mehr als vierzig ehrenamtliche Korrespondenten; in jedem Kanton einer, das wird nicht reichen; allerdings werden die Gendarmeriestationen, die Bürgermeister, die Sportvereine von sich aus anrufen. Wollen doch mal sehen!»

Am ersten Tag hatte er fünfzehntausend gedruckt und nur zehntausend verkauft; in den Tagen darauf verkaufte er nur noch sechstausend. In Paris bleiben die unverkauften Exemplare, die *Remittenden*, eine Zeit lang beim Kurierdienst liegen; man erhält ein paar Tage Gnadenfrist. Crouzon, der den Vertrieb mit eigenen Lastwagen übernahm, wurde noch am selben Abend damit konfrontiert. (Dabei sollten sich doch alle für meine Kampagnen interessieren ... Ach, dieser provinzielle Trott ... Bisher habe ich bei jedem Einzelnen Überzeugungsarbeit geleistet, habe jedem gegeben, was er brauchte ... Aber in einer Gegend voller Gewohnheitsmenschen ist Konkurrenz ... Jetzt muss ich mich erst mal um den Absatz kümmern ...)

Jeden Morgen ließ er die Lastwagen mit Plakaten bekleben, die das Ereignis oder die Kampagne des Tages ankündigten. Er verteilte die Plakate an alle Händler, alle Straßenverkäufer. Vor dem «Département de l'Indre» hatte er ein bis zwei Stunden Vorsprung, die aber in die allgemeine Arbeitszeit fielen, während der in der Provinz also fast nichts verkauft wurde. Je nach Kanton las man die Zeitung mittags, um vier Uhr nachmittags oder abends. Er verschob den Erscheinungstermin um eine Stunde – auf halb elf statt wie bisher um halb zehn –, richtete ein etwa sieben- bis zehnminütiges Telefonat mit Paris ein, das ihm ein paar zusätzliche Nachrichten und vor allem eine Presseschau von zwei- bis dreihundert Wörtern brachte, die er flugs stenografierte. Das «Département» zitierte immer nur die Zeitungen vom Vortag oder Lokalausgaben.

Nach vierzehn Tagen beschloss er, auf allzu ausgedehnte Recherchen zu verzichten; aus den Debatten des *Conseil général* suchte er die Themen heraus, die für diesen oder jenen Kanton von Interesse waren. Welche Freude, wenn der Verkauf im betreffenden Kanton um hundert Exemplare stieg! Die Fahrer prahlten bei ihrer Rückkehr. Diese Steigerung ging jedoch um die Hälfte zurück, sobald der «Avenir berrichon» sich den Belangen eines anderen Kantons widmete. Crouzon setzte sich mit seiner Berichterstattung für bessere Räumlichkeiten von Schulen, für die Organisation von Preisverleihungen ein, was ihm die Sympathie der Lehrer eintrug. Die Montagsauflage konnte er problemlos steigern, weil sie wegen der Sportseite von allen jungen Leuten gekauft wurde.

Als die vierte Woche anbrach, war er am Ende seiner Kräfte: Über die vorab geschriebenen Hintergrundberichte hinaus musste er jeden Tag Artikel von insgesamt dreihundert Zeilen verfassen – die diktierte er seiner Stenografin –, außerdem gut hundert Zeilen, um seine Pariser Presseschau einzuleiten; er besorgte selbst den kompletten Umbruch, für die Meldungen, Artikel, Korrespondentenberichte, Sonntagsturniere bis hin zu den Anzeigen. Er hatte einen Vorrat an rechtefreien Romanen und Erzählungen angelegt, der für mehr als ein Jahr reichte; zum Glück bewährte sich Gibault als Faktor. Dennoch brauchte Crouzon Verstärkung, um sich seinen anderen Aufgaben zuwenden zu können.

Trotz allem hegte er für dieses Versinken eine gespenstische Zuneigung. Um fünf stand er auf, nahm Milch und Obst zu sich, brach die schon fertigen Zeitungsabschnitte um – die letzten drei Seiten. Um sieben traf die Stenografin ein; eine halbe Stunde brachte er mit Diktieren zu, verteilte die Aufgaben in der Druckerei und an seine Plakatkleber. Danach korrigierte er das Diktierte, manchmal erst in den Fahnen; er machte die restlichen Überschriften fertig, die Schlagzeilen, sichtete die telefonisch übermittelten Agenturmeldungen, die letzten Nachrichten aus Paris. Dann gab er den Druck frei, setzte das Plakat und verteilte die Zeitungspakete auf seine Lastwagen, je nachdem, welchen Kanton er gerade vorrangig erreichen wollte.

Anschließend berichtete ihm Cucheval über die Arbeit in der Druckerei, bevor Crouzon mittags wieder in sein Büro hinaufging; die Sekretärin hatte inzwischen die Post geöffnet. Er diktierte ein paar Antwortschreiben, die wichtigsten behielt er sich für den Nachmittag vor.

Nach einem schnellen Mittagessen traf er sich mit seinen wichtigsten Anzeigenkunden, entweder bei ihnen im Geschäft oder im Café. Wie mühsam es doch war, sie zu bewegen, ihre Plakatwerbung mit einer Zeitungsanzeige zu kombinieren! Crouzon ließ sich für seine Kunden Preisausschreiben einfallen, Werbegeschenke; nur selten konnte er für die nächste Ausgabe des «Avenir berrichon» Anzeigen im Wert von mehr als zwölfhundert Franc akquirieren. Im Anschluss kehrte er in die Druckerei zurück, kümmerte sich um die Bücher, die Zeitschriften, die gerade im Druck waren, erteilte einige Anweisungen für die Werbeplakate. Um fünf kehrte er in sein Büro zurück, bis acht diktierte er seiner Sekretärin Briefe und unterschrieb sie. Abends aß er eine Milchsuppe und Obst und ordnete bis zehn seine Papiere; danach half ihm ein heißes Bad, einzuschlafen – sofern er keine neue Eingebung gehabt hatte, denn gerade bei der Ablage kam er oft auf neue Ideen. In diesen Fällen schrieb er, durch ein kaltes Bad und eine Massage mit dem Rosshaarhandschuh belebt, bis Mitternacht im Schein seiner Schreibtischlampe.

Nach acht Tagen Abwesenheit hatte Anne-Marie ihm einen recht kühlen Brief aus Paris geschickt, einen simplen Wochenablauf, unterschrieben mit «Ihre ergebene ...». Madame Rougeau hatte nur hinzugefügt: «Sie ist still und artig, seien Sie zuversichtlich.» Acht Tage später traf ein Briefchen allein von Madame Rougeau ein, die von den Museen entzückt war: Anne-Marie folge ihr überallhin, «weniger einfältig als zu befürchten war». Im Theater werde die junge Frau bewundert, manchmal werde ihr nachgestellt. Abends weine sie ab und an.

Nach drei Wochen kam eine Postkarte von Anne-Marie. Nach einem Monat ein liebenswürdiger Brief: Sie erkundigte sich nach dem Gang seiner Geschäfte, vor allem nach der Zeitung; sie bot ihm an, zurückzukehren, «aber wenn Sie uns gestatten, noch ein wenig zu bleiben, wäre ich Ihnen sehr verbunden, wenn Sie mir ein wenig Geld schickten».

Crouzon schickte sechstausend Franc: Sein ganzes Geld hatte er in den Kauf der Maschinen gesteckt, er verlor täglich dreihundert Franc, weil er ja einen Teil der Zeitungskosten selbst trug. Als verrichtete er diese viele Arbeit nicht des Geldes wegen, sondern nur, um nicht an Anne-Marie denken zu müssen. Der große Schmerz saß ihm stets im Nacken, er hätte sich nur umdrehen müssen ... Seine Zeitung erschien seit dreiunddreißig Tagen, und er hatte soeben wieder einmal den Druck freigegeben, als ihn mitten in der Druckerei die Müdigkeit überwältigte; er wollte sich hinsetzen und fiel in Ohnmacht.

Das war ihm eine Warnung; er beschloss, einen Redaktionsassistenten einzustellen. Viele ehrgeizige junge Männer aus Châteauroux hatten sich beworben, aber er entschied sich für Bouffardy.

Er war ein junger Hilfslehrer, den man kürzlich wegen Jagdfrevels verurteilt hatte, kurzbeinig, plump, mit sonnenverbranntem Teint. Gleich am ersten Tag nahm er feist zufrieden lachend an einem Tisch Platz und fing an, die Pariser Zeitungen zu zerschneiden. Er gehörte zu diesen Jungen, die es niemals eilig haben, aber genau wie die Bauersleute wissen, dass die Arbeit niemals beendet ist. Binnen vier Tagen hatte er gelernt, wie man Überschriften setzt und Meldungen einfügt, und nahm Crouzon täglich drei Stunden Routinetätigkeiten ab.

Erstaunt stellte Crouzon fest, dass er seine Arbeit mit größerem Abstand betrachten konnte. Bis dato hatte er die Kleinanzeigen in den hinteren Teil verbannt: Stellengesuche und -angebote, Gebrauchtwaren. Er teilte sie nach Kantonen auf, stellte sie zu den Lokalnachrichten und beauftragte seine Korrespondenten gegen eine entsprechende Vergütung mit der Akquise. Binnen acht Tagen hatte sich die Zahl dieser Anzeigen verdoppelt, Crouzon deckte seine Kosten, und die Anzeigen erhöhten die Verbreitung und den Verkauf der Zeitung, womit er niemals gerechnet hätte. Sie wurden nicht nur von allen gelesen, die sich davon unmittelbaren Nutzen versprachen, sondern verliehen dem

Blatt auch diesen Stallgeruch, diesen lokalen Anstrich, der auf Seite eins fehlte; Crouzons korrekte Ausdrucksweise, seine klare Logik hatten zunächst zu pariserisch gewirkt. Ab der sechsten Woche zeigte die Verkaufskurve eine Entwicklung an, die eine Bilanz nach fünf Monaten bestätigte: eine Auflage von achttausend Exemplaren. Der Konkurrent, das «Département», musste die Auflage von fünfzehn- auf elftausend senken, und der Sieger schien bereits festzustehen.

Gewalt und Zärtlichkeit

Zwei Tage nach seinem Ohnmachtsanfall wachte Crouzon gegen zwei Uhr in der Frühe auf und presste sich einen Zitronensaft. Da glaubte er, im Erdgeschoss ein leises Geräusch zu hören. Er steckte seinen Revolver in die Tasche seines Morgenmantels und ging auf leisen Sohlen die Treppe hinunter. Jemand schlich mit einer kleinen Taschenlampe in der Hand zwischen Esszimmer und Küche umher. Crouzon wartete, bis der Lichtschein sich entfernte und versteckte sich hinter der Tür. Er empfand Ruhe, keinerlei Eile, beinahe so etwas wie Glück. Er hörte ein ganz schwaches Klirren von Tafelsilber: ein gewöhnlicher Dieb; ein Augenblick Stille. Dann das fast unmerkliche Knarren der Tür, die zur Kellertreppe führte. Crouzon trat aus seinem Versteck, vollkommen lautlos auf dem Kachelboden, und blickte die Treppe hinab. Der Mann ging mit einem Sack über der Schulter die Treppe hinunter, doch er erkannte ihn: Es war Lejars, den Anne-Marie ihm empfohlen hatte, der Offiziersbursche des Cousins! Er fuhr sich mit der Zunge über die Lippen und stieg seinerseits die Kellertreppe hinunter.

Um ins Haus zu gelangen, hatte Lejars ein Knotenseil am Kellerfenster befestigt. Schon packte er mit seinen kräftigen Händen das Seil, um sich davonzumachen. Crouzon bemerkte das Messer an seinem Gürtel.

«Hände hoch, oder du bist tot», sagte er ruhig.

Lejars drehte sich um, bleich vor Schreck; er sah die Waffe in Crouzons Hand und hörte ihn lachen.

«Hat dein Hauptmann dich geschickt?»

«Ach, Monsieur, das kaum!», sagte der andere in einem grotesken Anfall von Aufrichtigkeit. «Ich habe die *beiden* seit einem halben Jahr nicht mehr gesehen …»

Crouzon lehnte an der Kellerwand und pfiff vor sich hin.

«Ich sitze in der Falle», fuhr der elende Kerl fort. «Ha, das können Sie gut, sich so hinterrücks heranpirschen … Sie wollen mich bestimmt anzeigen, oder? Aber wissen Sie was, das Gefängnis ist mir ganz lieb, dann hätte ich meine Ruhe …»

«Was hast du denn gestohlen? Die Saucieren, die Löffel oder die Gabeln?»

«Oh, steckt alles in dem Sack da; mehr ist es nicht.»

Crouzon pfiff; der andere sprach weiter: «Hören Sie, die blanke Not hat mich dazu getrieben; wenn Sie wüssten, was ich alles durchgemacht habe, *Chef*, … dann würden Sie verstehen, dass ich vor allem Mitleid verdiene …»

«Hier erkälten wir uns noch», sagte Crouzon. «Lass uns wieder hinaufgehen.»

Lejars holte den Sack, den er mit dem Ende des Seils verknüpft hatte, und kehrte zur Treppe zurück. Entgegen jeder Vorsicht ging Crouzon voran; was ihn viel stärker bedrückte als der Diebstahl, war dieser Vorwurf, er würde sich *hinterrücks heranpirschen*. Doch schon glänzten Lejars' dicke Nase und seine Augen vor Hoffnung: Würde man ihn laufen lassen? Crouzon fragte sich: Führt er die Hand zum Gürtel? Er für seinen Teil ging leichten Schrittes frohgemut voran, wie ein Seiltänzer.

«Ja, ja, ich habe viel Ärger gehabt», nahm Lejars seinen Faden wieder auf. *«Sie wissen ja, wie das ist …»* Crouzon drehte sich um, feuerte direkt in seinen Mund; der andere warf die Arme hoch wie ein Frosch, stürzte, schrammte mit Kopf und Knien über die Stufen. Der Schuss in die Stille hinein hatte Crouzon für einen Moment ertauben lassen, dann hörte er sein Tafelsilber im Sack scheppern, als der nach unten purzelte.

Er ging nach oben, hörte seine Hausangestellte, die zum Fenster hinaus schrie. Crouzon rief ihr zu: «Keine Angst, Juliette, es war nur ein Bandit, dem ich Saures gegeben habe. Allerdings ist um diese Zeit das Telefon abgestellt; Sie müssen zur Gendarmerie gehen und Bescheid geben.» Und er setzte sich in seinen Sessel, so seelenruhig, dass er einschlief.

Die Ermittlungen waren bald abgeschlossen. Das Messer auf der Treppe, das Tafelsilber im Sack waren Beweis genug. Am frühen Morgen sagten Gibault und Cucheval über die früheren Diebstähle von Lejars aus. Der dreißig Zeilen umfassende Bericht, den Crouzon mit einer winzigen Überschrift in seiner Zeitung veröffentlichte, machte in der ganzen Region viel Eindruck.

Anne-Marie kündigte ihre Rückkehr an. Just, als das Staudammvorhaben von Éguzon-le-Petit, das die Anteilseigner auf Crouzons Rat hin hatten ruhen lassen, reif für die Umsetzung war. Crouzon verordnete ihnen noch eine Woche Wartefrist.

Anne-Marie kehrte heim, liebenswürdig und gedankenfern wie eine junge Verwandte aus dem Ausland; als hätten sie es genau so vereinbart, nahm sie ihr einsames Leben wieder auf. Am ersten Tag glaubte Crouzon, er hätte sich vollends damit abgefunden. Dennoch fand er keinen Schlaf und nahm mitten in der Nacht ein Bad. Er blieb reglos in der Wanne liegen und versuchte sich zu entspannen; er blickte geistesabwesend auf den Widerschein einer Lampe, einen Lichtpunkt, der sich sanft im Wasser bewegte.

«Ich leide nicht mehr», dachte er. «Diese Gleichgültigkeit ist an sich schon eigenartig ...» Doch das kleine Licht an seiner Brust fing plötzlich an zu wirbeln und sprang hoch. Er horchte in sich hinein, sein Herz schlug und er vernahm es deutlich. Der Kummer kehrte allmählich zurück; er bemächtigte sich ganz und gar Crouzons Schwäche und seiner Müdigkeit, wurde mit jedem Blick, den Crouzon ihm schenkte, stärker, mit jeder Überlegung, jedem Entschluss, der seiner Bekämpfung dienen sollte; besser überließ man sich also diesem Kummer; das war immerhin noch leichter, als dagegen anzukämpfen; sobald man den Schmerz angenommen hatte, musste man wenigstens nicht mehr daran denken, nicht mehr darauf achten; er wurde zu einer stummen, alles überdeckenden Angelegenheit, eine Umgebung, in der sein Verstand leben und arbeiten konnte, wie er es bereits mitten in den finstersten Stunden der Nacht tat und wie er es auch im Wissen getan hätte, sein Körper wäre von einer tödlichen Krankheit befallen.

Crouzon machte sich dann tatsächlich wieder an die Arbeit, seine Stärke rührte daher, dass ihm Erfolg nichts bedeutete, dass sein Gleichmut tief verankert war, auch wenn ihn zwischendurch Weinkrämpfe packten.

In der Redaktion fragte er sich gelegentlich, wenn er den unermüdlichen Bouffardy seine Pfeife paffen sah und der ihm seine stets mittelmäßige, durch und durch zuverlässige Arbeit vorlegte: «Was habe ich mir nur eingehandelt?» Seine Ängste führten dazu, dass sein Scheitern bei Anne-Marie sich mit der Bezichtigung vermengte, die ihn aus Paris und von der *Sperberin* vertrieben hatte. Doch jetzt würde die Arbeit ihn nicht mehr reinwaschen, die Arbeit würde ihn nur halb befreien, und zwar in den Stunden, in denen er sie wirklich verrichtete. Zu Bouffardy, der über diesen Mann staunte, der ungleich emsiger war als er, diesen Chef, der sich auf die nichtigsten Aufgaben stürzte, wenn gerade keine wichtigen anfielen, sagte Crouzon mit einem Achselzucken: «Warum ich arbeite? Weil mir Müßiggang zuwider ist …»

Die Zeitung beanspruchte ihn allerdings nur noch zwei oder drei Stunden am Tag; die Anteilseigner von Éguzon-le-Petit hatten sich nach entsprechender Belehrung bereit erklärt, die Aktiengesellschaft aufzulösen und an ihrer statt eine Immobiliengesellschaft zu gründen; der Wert der neun Grundstücke, die sie nicht hatten erwerben können und die von der gegnerischen Vereinigung eifersüchtig gehütet wurden, fiel auf den normalen Stand zurück. Einem Strohmann der Durfeuils – der Schwiegereltern von Crouzon – war es schon gelungen, die drei kleinsten aufzukaufen, ohne Verdacht zu erregen. Flayel, der selbst zwei von den anderen Grundstücken gekauft hatte, hatte sich damit übernommen und suchte einen Käufer. Dank der Geschwätzigkeit eines Notargehilfen erfuhr man, dass Beauvalet, neben Flayel der reichste Mann in dieser Vereinigung, ein weiteres Grundstück verkaufen wollte. Würde man den Gegner stückchenweise aus dem Weg räumen? Das konnte noch Jahre dauern. Crouzon wollte lieber die

Verlegenheit ausnutzen, die Beauvalet zum Verkauf zwang.
Er traf sich mit ihm und sicherte ihm Vorteile zu, wenn der
sich bereit erklärte, aus dem Rest eine zusammenhängen-
de Fläche zu bilden, als glaubte Beauvalet wirklich an den
landwirtschaftlichen Modellbetrieb des Val-de-Creuse, von
dem seine Freunde sprachen.

Ein kühner Streich; zum Glück schöpften weder Flayel
noch seine Konsorten gegen Beauvalet Verdacht; Crouzon
erwarb einvernehmlich drei der Grundstücke; die beiden
übrigen, die kleinsten, wurden zu einem etwas höheren
Preis, aber recht bald vom Strohmann der Durfeuils gekauft, ehe der Feind sich wieder gefangen hatte. Die Aktiengesellschaft gründete sich erneut; eines Tages wurde
bekannt, dass dem Bau des Staudamms nichts mehr ent-
gegenstand. Zurückhaltend wie immer berichtete Crouzon von diesen Ereignissen im «Avenir berrichon», in drei
Meldungen zu je zwanzig Zeilen; danach überließ er die
Angelegenheit dem *Verwaltungsrat*. Er hatte dabei lediglich seine Zeitung gewonnen. Und die Anteilseigner, die
die Kosten für das Papier übernommen hatten, bekamen
sie jetzt durch den Verkaufserlös erstattet und würden mit
diesem Vorschuss keinen Sou verlieren. Aber wofür war
diese neue Zeitung bei dem ganzen Unterfangen überhaupt
gut gewesen? Sie fühlten sich trotzdem betrogen und betrachteten Crouzon, *diesen jungen Mann*, mit einer Bewunderung, in die sich auch ein wenig Furcht mischte.

Seit Anne-Marie zurückgekehrt war und ihr abgeschotte-
tes Leben aufgenommen hatte, war ein Monat vergangen,
als plötzlich eine Flut von anonymen Briefen bei Crouzon
eintraf. Aus Gewohnheit methodisch, und wenn er noch

so bekümmert war, versteckte er die Briefe vor seiner Frau und teilte sie in zwei Kategorien ein.

Die einen bezeichneten ihn als «Luden von Châteauroux» oder fragten: «Weißt Du, warum Du keine Kinder bekommen wirst …?» Die anderen, verfasst von «einem wohlmeinenden Freund», teilten ihm mit, dass Monsieur Flayel über ihn und seine Ehe «abscheuliche Gerüchte» ausstreute. Einmal führte der Absender sogar aus: «Am Dienstagabend hat Monsieur Flayel im Salon eines Gemeinderats gesagt, Sie hätten eine Dirne geheiratet und kämen bei ihr trotzdem als Einziger nicht zum Zuge. Er hat überdies hinzugefügt, dass er gern für Sie einspringen würde.»

Crouzon konnten diese Beleidigungen gar nichts anhaben. «Man macht mich lächerlich? Warum auch nicht? Nach den moralischen Maßstäben von Châteauroux bin ich lächerlich. Lieber lasse ich sie lachen, als mich ihren Maßstäben zu unterwerfen.» Es schmerzte ihn aber um Anne-Maries willen. Seinem Schmerz besonders zuträglich war die Vorstellung, die junge Frau wäre in einer noch nicht gänzlich erloschenen Liebe zu diesem Cousin gefangen, den sie doch bestimmt verachtete, und Gefangene eines Ehemanns, den sie nicht verstand, den sie nicht verstehen wollte. Sie weigerte sich, ihn zur Kenntnis zu nehmen, ihm Gerechtigkeit widerfahren zu lassen, denn wenn sie Crouzon Gerechtigkeit widerfahren ließe, würde sie dadurch die Erinnerung an ihren Geliebten tilgen. Wie langweilig ihr Leben sein musste; sie hatte nichts als die Musik, die Kunst- und Reisebücher, die er für sie aus Paris bestellte, die Modezeitschriften und die Besuche ihrer Tante.

Weil sie sich tagsüber nicht traute, durch Châteauroux zu bummeln, aus Angst, man würde sie schneiden, ging sie oft im Garten spazieren. Um ihr dabei in aller Ruhe zuzusehen, ohne dass sie seine Silhouette hinter den Scheibengardinen auch nur erahnen konnte, hatte er an den blickdichten Vorhängen einen beweglichen Spiegel angebracht, der den Garten zeigte. Sobald Crouzon die kleine Tür ins Schloss fallen hörte, setzte er sich zum Arbeiten unter das Fenster auf den Boden. Die vergangenen drei Jahre hatte er selbst so ausgiebig gehasst, dass er mit dem Hass von Anne-Marie Nachsicht üben konnte; inzwischen hatte er gelernt zu warten und die Geduld, die mit dem Hass einherging, für die Liebe zu nutzen. Sie aßen niemals unter vier Augen: Zum Mittagessen kamen Anzeigenkunden und andere Auftraggeber, befreundete Politiker, manchmal auch junge Sportler; zum Abendessen oft Bouffardy, den Crouzon in drei Viertel der Redaktionsarbeit einweihte, manchmal die Durfeuils, häufiger Madame Rougeau. Die arme Vertraute hatte mittlerweile weder die Lust, noch sah sie die Notwendigkeit, ihm Geheimnisse zu entlocken; sie unterhielt sich mit Anne-Marie über ihren gemeinsamen Aufenthalt in Paris oder über die Bücher, die sie gelesen hatten. Crouzon beteiligte sich manchmal an ihren Gesprächen und wurde munter; wenn er eine Geschichte erzählte, beeilte er sich, nahm sich zurück, schien alles über Bord zu werfen, was er an Kenntnissen, Geschmack und Geist zu bieten hatte; aus Angst, selbstgefällig oder schulmeisterlich zu wirken, gab er sich in Gegenwart seiner Frau linkischer, als er war.

Er beneidete die Grobheit der wahren Liebhaber, die von den Frauen bevorzugt werden. «Dabei konnte ich mich Männern gegenüber durchaus behaupten», dachte er. «Bei einer Frau hingegen darf man nicht allzu viel empfinden, wenn man das Richtige tun will – ist das vielleicht der Grund, warum sie Rüpeln zum Opfer fallen? Dennoch gibt mir sogar die liebenswürdige Rougeau die Schuld ... Sicher haben Frauen ihre eigene Feinfühligkeit, unsere kümmert sie nicht, oder sie stoßen sich eher daran als an jeglicher Derbheit ... Ob Anne-Marie überhaupt ahnt, dass meine ganze Mühe ihr gilt? Ich gebe immer mehr Geld aus; halte nur das zurück, was ich für meine Fälligkeiten brauche; 1927 wird von Anfang bis Ende ein schwieriges Jahr sein, und ich verschwende keinen Gedanken daran ... Wenn du mich nur bitten würdest, mit dir zu fliehen, mein großes Mädchen, und woanders neu anzufangen ... Aber du willst ja vor mir fliehen, und vor nichts anderem; deine Blässe rührt daher, Liebste, dass du mich hasst ...»

Die winterlichen Regenfälle hatten im Frühjahr 1927 die Pfade im Garten etwas unwegsam gemacht. An einem eisigen Märztag ging Anne-Marie nach dem Mittagessen hinunter, und Crouzon bezog seinen Posten unter dem Fenster; sie spazierte mit weiten, gemächlichen Schritten, schlenkerte unbewusst mit den Armen und versetzte dabei ihren langen grauen Umhang in Bewegung. Mit dem linken Fuß rutschte sie auf einer zugefrorenen kleinen Pfütze aus und verstauchte sich beim Hinfallen den rechten. Crouzon hörte ihren Schrei kaum; er sah, wie sie sich beim Aufstehen an den Stamm eines Kirschbaums stützte; anstatt zu rufen, blickte sie eine ganze Weile wie ein gehetztes Tier um sich.

Crouzon hastete die Treppe hinunter, riss die Tür auf, rannte in den Garten. Ohne auf Anne-Marie zu hören, die immer wieder sagte: «Nicht doch, geben Sie mir einfach den Arm», packte er sie unter den Achseln und Kniekehlen; dann trug er sie zu ihrem Bett, immer seitlich laufend, um mit der langgliedrigen jungen Frau nirgendwo anzuecken. Er rief die Dienerin Juliette, trug ihr auf, ihm heißes Wasser, Salz, Arnika und Verbandmull zu bringen. Hocherfreut, weil er nun konkret handeln konnte, beinahe lachend, schenkte er Anne-Marie kein Gehör. Er zog ihr die Schuhe aus, redete ihr mit ruhiger, warmer Stimme gut zu, während er den Strumpf abstreifte, die Verstauchung erst betastete und dann mit äußerster Behutsamkeit massierte. Damit sie einwilligte, den Fuß in das kochend heiße Bad zu tauchen, behielt er selbst beide Hände im Wasser; hinterher legte er ihr mit möglichst leichter Hand Kompresse und Verband an. Mit zwei Tränen in den Augen und vollkommen fügsam ließ sie alles über sich ergehen; dieses Moment des Vertrauens nutzte er, um sie dann auch ins Bett zu bringen.

Er holte seine Unterlagen und setzte sich neben sie auf ein Kissen. Wenn er im Bett, in seinem Sessel oder unter dem Fenster arbeitete, benutzte er meistens ein Brett, das er sich auf den Schoß legte; er brachte ihr ein Buch, dann schrieb er weiter; ab und an hob er den Blick; beflissen und stumm brachte er ihr ein kleines Lederkissen, damit sie den Kopf besser und luftiger stützen konnte als auf dem anderen Kissen. Er bereitete Tee für sie zu und stellte ihr eine Lampe hin, als es dunkel wurde. Er ging nur kurz in die Druckerei, um die Arbeit an Bouffardy zu delegieren, danach suchte er Bücher, Bilder zusammen und kehrte in das große, warme Zimmer zurück. Er wies Anne-Marie auf bestimmte Details in den Porträts hin, brachte sie zum Lächeln, als er ihr die Ähnlichkeiten mit einigen Personen aus ihrem Bekanntenkreis aufzeigte. Schließlich sprach er von ihr.

Er erzählte, wie er im Garten nach ihr spähte, und an

welchen Tagen sie besonders schön gewesen war, und wie sehr er bereute, an ihren Kümmernissen schuld zu sein, an den Ringen unter ihren schönen Augen; nach und nach hatte er sich aufgerichtet und kniete nun auf dem Kissen; sie hielt Crouzons Hand zwischen ihren Händen, die leicht fiebrig anmuteten; bald wagte er es, ihr in die Augen zu sehen, bald streifte er mit der Schläfe die Schulter der jungen Frau und hielt die Luft an, darauf wartend, dass Anne-Maries Atem über seine Stirn hinwegstrich. Sie küsste sein Haar und sagte zu ihm: «Sie sind eigenartig ...»

Nach und nach erlaubte sie ihm, sich neben ihr auszustrecken und den Kopf auf ihre Schulter zu legen. Sie sprach davon, wie sanft er sich ihr gegenüber verhalten hatte, und machte ihm gleichzeitig Vorwürfe: «Sie waren so gleichgültig – ich dachte, Sie würden mich ewig büßen lassen ...»

«Arme Freundin, zwischen uns hat es so viele Missverständnisse gegeben; aber mit Ihrer Erlaubnis werde ich sie zerstreuen. Gewähren Sie mir jeden Abend eine Stunde, um Ihnen den Hof zu machen?»

«Wie bitte, jeden Tag eine Stunde, Sie Sturkopf; lieber nicht, Sie würden mit mir spielen wie mit einem Kreisel ...»

Ihm entging, dass viel Wahres in ihren Worten steckte. Angesichts des intelligenten und starken Mannes, der sie so abgöttisch liebte, hatte Anne-Marie wie jede andere Frau Angst vor der Unterjochung, die ihr drohte, wenn sie sich auf diese Liebe einließe.

Als Madame Rougeau zum Abendessen eintraf, fand sie die beiden im Schlafzimmer vor, Anne-Marie überdies im Bett.

«Wie schön, meine liebe Nichte», sagte sie unbesonnen, «erwarten Sie ein Kind?»

Crouzon stand auf, bleich; Tränen quollen ihm aus den Augen; durch diesen Tränenschleier hindurch blickte er abwechselnd auf seine junge Frau und seine Trösterin, zögerte; schließlich lief er weg, um sich die Augen zu spülen. Dann half er der Verletzten, die Treppe hinunterzusteigen, legte für den schmerzenden Knöchel ein Kissen auf einen Stuhl. Doch das Gespräch wurde wieder so unverbindlich aufgenommen wie an jedem Abend. (Was hat sie denn so verstört? Meine Schwäche? Dass ich mich mit meinen Tränen nicht in ihren Armen verborgen habe? Aber wie hätte ich es wagen können …?)

Er half ihr wieder in ihr Zimmer hinauf; er massierte sie noch einmal, legte ihr eine frische Kompresse an. Doch Anne-Marie, die Madame Rougeau mit immer neuen Bitten vom Gehen abgehalten hatte, wollte offensichtlich schlafen. Crouzon küsste ihr beide Hände, küsste sie auf beide Wangen und brachte eine weitere schlaflose Nacht mit Arbeit zu.

Ein Brand und seine Folgen

Vollkommen mühelos hatte Crouzon wieder sämtliche Kosten und Einnahmen des «Avenir berrichon» übernommen. Dennoch schmälerte die Zeitung den Gewinn, den er mit seinen beiden Almanachen erzielte. Zum Glück dauerte die gute Wirtschaftslage zu Beginn des Jahres 1927 noch an, der starke Franc steigerte aber die Lebenshaltungskosten. Die Provinzbewohner beklagten sich über die Pariser Preise; Crouzon vermittelte seinen Kunden, sie könnten, auf Kosten von Paris, in der gesamten Region expandieren, über Issoudun und die Creuse hinaus. Die preisgünstige Kombination von Plakaten und Anzeigen, das Zusammenwirken seiner beiden Werbeangebote, wurde für Crouzons Kunden unerlässlich, wenn sie ihren Umsatz konstant halten wollten: Wer darauf verzichtete, verzeichnete binnen einen Monats Einbußen. Etliche Geschäfte – Eisenwarenhändler, Modehäuser, Verkäufer von Werkzeug oder Agrarprodukten – konkurrierten miteinander, und Crouzon war so mächtig, dass diese Konkurrenz sich bei ihm abspielte, in seinem Blatt, auf seinen Wandflächen. In diesem Jahr waren hohe Zahlungen fällig, denn die großen Anschaffungen im Vorjahr bedeuteten eine schwere Hypothek für die Zukunft. Die Durfeils könnten ihm nicht helfen, genauso wenig wie die Geldgeber aus seinem Freundeskreis: Das Staudammunternehmen von Éguzon-le-Petit gedieh zwar reibungslos, Geschäfte dieser Art erzielten jedoch erst nach vier oder fünf Jahren regelmäßige Gewinne. Durch geduldige Kleinarbeit hatte Crouzon in den Bezirks- und sogar Kreisstädten der Kantone für die jeweiligen Markttage Werbeaufträge von Hotel- und Gaststättenbetreibern bekommen. Er hatte die Gründung eines Fremdenverkehrsamts angeregt und übernahm all dessen Drucksachen, was zwar keinen Profit einbrachte, ihm aber ermöglichte, viele Bürgermeister und Hoteliers anzusprechen und sie sich gewogen zu machen. In Châteauroux wurden keine Möbel hergestellt, alles kam aus Paris. Derselbe Glas- und Spiegelfabrikant[51], der als Crouzons Geschäftspartner die Stadt mit glitzernden Ladenschildern versorgte, entwarf nun nach Pariser Vorbild *Garnituren* – samt Bettgestellen, Regalen, flachen Wandschränken im modernen Stil. Die preisgünstigen hellen Holzarten, ja sogar das Sperrholz, der Platz, den die schmalen, direkt an der Wand angebrachten und nicht weit vorragenden modernen Möbel gewährten, gefielen den jungen Ehepaaren, dem Teil der Bevölkerung, der in Geschmacksfragen *fortgeschritten* war: Das trug Crouzon noch mehr Werbung ein. Das Kino nahm an Bedeutung zu: eine weitere Einnahmequelle. Als geschickter Stratege druckte Crouzon Auszüge aus der Pariser Presse ab, in denen bereits die Filme angepriesen wurden, die man am selben Abend in Châteauroux und im Lauf der Woche in den kleineren Städten würde sehen können. Er überhäufte seine Kunden in allen Wirtschafts- und Geschäftszweigen mit Ideen und Anregungen aus Paris; sie widersetzten sich, ließen ihn spüren, wie die Kundschaft sich widersetzen würde, akzeptierten die einträglichsten Neuerungen ... Auf diese Weise hatte Crouzon die Gegend viel eingehender kennengelernt als durch die Politik; die Komitees nahmen bereits ihre Arbeit auf, er wurde von allen um Rat gefragt. Zum Glück saß sein Kummer so tief, war er wegen der anstehenden Zahlungen noch so beunruhigt, hatte er bereits so viele Verpflichtungen, dass er sich nicht auf eine gewagte Kandidatur einließ. Da immer beständig über die hohen Lebenshaltungskosten geklagt wurde, erweiterte er im Kleinanzeigenteil die Rubrik «Gebrauchtangebote» und stellte sie um. Leider hatte Bouffardy, der die redaktionelle Routine sehr gut bewältigte, vom Geschäftlichen keine Ahnung. Crouzon stellte eine neue Buchhalterin ein, sie war hässlich und umsichtig und sorgte in diesen Angelegenheiten für mustergültige Ordnung. Dennoch musste er stets und bei allem selbst die Initiative ergreifen. Deshalb konnte er zu Madame Rougeau sagen: «Ich habe in Châteauroux nie das kleinste bisschen Glück gehabt. Von Docteur Loubin abgesehen, musste ich mir alles erarbeiten, jeden Sou. Dabei hatte ich mir ohnehin nur ein einziges Glück erhofft, und das wurde mir versagt.»

Immerhin hatte er die Freundschaft seiner Frau errungen. Nun aßen sie gelegentlich allein zu Abend. Wenn er nicht zu lange in ihrem Zimmer blieb und sie nicht in seinem Büro empfing, konnte er mit ihr fast immer einen kurzen, ungetrübten Abend unter vier Augen verleben. Zunächst bedurfte es einer geistreichen Bemerkung, eines subtilen Lobs oder heiterer Gelassenheit selbst bei der banalsten Äußerung, um diesem schönen Mund mit den tiefen, verschatteten Winkeln ein Lächeln zu entlocken. Doch sobald sie einmal gelächelt hatte, konnte er die Zeit einfach fließen lassen oder sich sogar der Stille hingeben, je nachdem, welcher Art von Leere, von fehlendem Glück seine Kümmernisse gewichen waren. Die Trauer hatte ihn mit Träumen erfüllt; nun kam es vor, dass er zauderte, zitterte, keinen Gedanken fassen konnte. Und so begann er manchmal zu erzählen; von seinem Leben in Châteauroux sprach er kaum; wie hätte Anne-Marie auch annehmen können, dass es noch Geheimnisse barg? Kein Wort zum Vorfall, der ihn aus Paris vertrieben hatte; er ließ sich lediglich über seine grausame Kindheit aus: Internatsschüler, Stipendiat, der mit zwölf schon gezwungen war, Preise zu gewinnen, an sein Stipendium zu denken, an seinen Lebensunterhalt; und die Ferien bei entfernten Onkeln; die erste Begegnung mit dem großen Wald, dem Meer, den Büchern ... Von alldem erzählte er nur in wenigen Worten, mit einer schwermütigen Zurückhaltung.

Manchmal fing Anne-Marie an, von sich zu erzählen, hielt jedoch abrupt inne, wenn sie den Namen einer Freundin erwähnte, von der sie seit ihrem Abenteuer gemieden wurde; manchmal sprach sie, mit leicht belegter Stimme, mit ernstem Blick sogar von diesem Abenteuer, ihrer ersten Liebe. Im Übrigen äußerte sie sich abfällig über diese Liebe, ihren Liebsten und sich selbst. Auf die Meinung der Leute spielte sie nur mit stiller Verachtung an. Eines Tages gestand sie Crouzon, auch sie habe anonyme Briefe erhalten, die Flayels Worte wiedergaben.

Crouzon wurde von Zorn, beinahe von Scham ergriffen: Es war ihm also nicht gelungen, seine Frau zu beschützen? Da hasste er diesen Flayel seit über einem Jahr, hasste ihn mehr als jeden anderen, und hatte mit diesem Hass nichts anderes anzufangen gewusst, als ihn zu erdulden? Zu Flayels Haus gehörte ein Garten, durch den ein Ziegelweg führte; über die Fenster im Obergeschoss verlief eine Regenrinne. Crouzon dachte mehrere Wochen lang über Möglichkeiten nach, Flayel bei Nacht umzubringen: «Ich könnte wenigstens sein Haus in Brand stecken.» Er traute sich nicht, seiner Frau davon zu erzählen.

Kurz vor Ostern kündigte Boutin seinen Besuch an. Weil er viel in Italien und Spanien umhergereist war, hatte Crouzon ihn kaum zu Gesicht bekommen. Sie gingen Arm in Arm spazieren. Nun war es an Anne-Marie, vom Fenster aus in den Garten zu blicken. Sie fühlte sich ausgeschlossen, nicht so sehr aufgrund einer bestimmten Vertrautheit, sondern mehr aufgrund einer bestimmten geistigen Erhabenheit, und betrachtete diese Tuscheleien mit Eifersucht.

«Zum Jahresende hin werde ich tatsächlich Millionär sein», sagte Crouzon. «Das darfst du denen in Paris aber nicht verraten, es ist noch zu früh. Man würde mir dieses bittere, kleinliche Leben neiden, das ich geführt habe, man würde es für berechnend halten. Ist dir eigentlich klar, dass ich verrückt geworden wäre, wenn ich mich aus Streberei abgearbeitet hätte? Sicher arbeitet kein Mensch nur um der Freude willen, die Güter dieser Welt zu erwerben: Diese Freude wiegt die Mühe nicht auf, der erste Erfolg würde einem sämtliche anderen verleiden. Vielleicht muss man, wie ich, von einem ständigen Schmerz angetrieben werden, oder man hat ungeheure Rachegelüste ... Aber du glaubst mir nicht. Kann ein Dummkopf sich etwas einbilden, wenn er mehr erreicht hat als ich? Sag schon.»

Boutin ließ sich mit seiner Antwort Zeit.

«Ich glaube trotz allem», sagte er schließlich, «dass du nicht dieser Sorte angehörst. Du hast den Drang zu arbeiten, das Durchhaltevermögen. Aber du musst dir Leute vorstellen, die über diese Eigenschaften hinaus fast nichts empfinden, die völlig abgestumpft sind, die viel Bewegung, Abwechslung, sehr starke Reize brauchen: Das sind die wahrhaft Ehrgeizigen, glaube ich. Wenn sie sich nicht pausenlos anstrengten, würden sie dem Spieler oder Abenteurer gleichen; sie haben dieselben Bedürfnisse. Und ihre Ausbeute ist reicher als deine; du verausgabst dich, weil du leidest: Das verdoppelt deine Ausgaben ... Jetzt ist es aber genug, komm ...»

Boutin sah Crouzons Anspannung und Erschöpfung, er wirkte wie ein Mann, dem eine schwere Krankheit drohte. Er führte ihn zum Haus zurück; Anne-Marie öffnete die Tür. Sie gingen zu dritt in Crouzons Büro hinauf. Dort legte Boutin eine Platte auf, die er aus Spanien mitgebracht hatte: «Das ist die Niña de la Puebla[52]», sagte er, «ein blindes Mädchen; und hier singt sie ein Lied von den Inseln ...»[53]

Bald war es die Stimme einer Katze, die sich in der Sonne dehnt und streckt, bald klangen hochmütige Töne darin an, noch katzenartiger, lässig, samtig. Boutin übersetzte leise:

«Mein sind Zuckerrohr, Bananen
Kokos und Platanen ...

Mir gehören eine Negerin, hundert Neger
Und ein Sklave aus Mexiko ...

Und mein ist ein Guavenbaum
Der mir jeden Kummer nimmt ...»

Crouzon hörte zu, entspannt, den Tränen nah; seinem Gesicht war die Erschöpfung noch deutlicher anzumerken, wie es zu Beginn einer Erholungsphase durchaus vorkommen kann. Boutin, der ihn lange nicht gesehen hatte und sich selbst gut erholt fühlte, erschrak über diese Veränderung: «Du siehst nicht gut aus, mein Lieber. Ob du dir zu viel Arbeit aufgebürdet hast, ob es dir an Sonne oder Schlaf mangelt, weiß ich nicht. Aber wenn du durchhalten willst, musst du es von nun an ruhiger angehen lassen. Sonst erleidest du in sechs Monaten Schiffbruch, erst im Kopf und dann in jeder anderen Hinsicht. He, hörst du mich, Dickschädel?»

Crouzon, ergriffen von dem, was er gerade vernommen hatte, schien nicht mehr zuzuhören. Ihm war, als enthielten die Worte seines Freundes, die ihn mit dem Scharfblick und der Verschwommenheit eines Orakels erfassten, seine ganze Zukunft. Fast hätte er alles preisgeben – doch von Boutin waren keine praktischen Ratschläge zu erwarten. Er ließ den gütigen Gelehrten wieder ziehen, den Anne-Maries Schönheit und die Stille im Haus nachhaltig beeindruckt hatten.

Nun durfte Crouzon jeden Abend den Kopf auf Anne-Maries Knie legen; zunächst schwieg er und kostete ein herrliches Gefühl der Erleichterung aus; währte die Stille zu lange und dröhnte sie ihnen in den Ohren, genügten einige ganz leise gemurmelte, undeutliche Worte, eine zärtliche Litanei. Er nannte sie oft «meine Entrückte», um mit einem Wort die Seelenruhe und den Schmerz zu benennen, den er ihr verdankte. Dann überlegte er, die Augen auf die Wand gerichtet, die Schläfe auf ihren Knien ruhend, wie sie aufs Neue seine Frau werden könnte. Von Zeit zu Zeit spürte sie, wie sein entspannter Körper von einem leichten Krampf geschüttelt wurde. Bald danach ging er zu Bett und suchte einen Schlaf, der für ihn weniger erholsam war als dieses Wachen.

In einer Mainacht, kurz vor dem Sonnenaufgang, riss ihn die Feuerglocke aus seinem unruhigen Schlaf. Sein erster Gedanke galt der Berichterstattung für seine Zeitung, er zog sich in aller Eile an. Vor Kurzem hatte er einen Fotoapparat und Rollfilme bekommen; er hängte sich den Apparat um und rannte zum Brandort.

Erst unterwegs dachte er: «Wenn ich meinem Flayel doch nur eins auswischen könnte …»

Das Feuer war heftig: ein zweistöckiges Haus, im Erdgeschoss war ein Laden für Stroh und Holz untergebracht, der lichterloh brannte. Hin und wieder drückte ein Windstoß erstickenden Rauch in die Straße, große Funken, knisternde Späne; sobald der Wind sich legte, stieg der Rauch wieder auf und hüllte das Haus ein, aus den Fenstern drangen gewaltige Flammen.

Crouzon versuchte, bis in die erste Reihe durchzuschlüpfen. Das Wasser aus den Pumpen erreichte nur den Rand des Flammenmeers. Flayel bemühte sich, näher heranzurücken, und hielt seine Männer an, in den Rauch vorzustoßen. Untadelig? Als er Crouzon erkannte, ließ er ihn grob zurückdrängen, und kaum hatte Dieudonné den Mund aufgemacht, schrie Flayel: «Wir wollen hier weder Schwätzer noch schmierige *Zecken*.»

Crouzon trat einige Schritte zurück; wenn ihm in den nächsten fünf Minuten nichts einfiele, wollte er sich davonmachen.

Er ging einmal ums Haus herum: Gab es nirgends einen Zugang? Ein unmittelbar angrenzendes Haus war vor langer Zeit abgerissen worden; um die Wände der beiden Nachbarhäuser abzustützen, hatte man einen langen, grob abgevierten Balken dazwischengerammt, dessen Enden in zwei x-förmigen Holzkreuzen steckten, eines an jeder Mauer; dieser Balken reichte bis auf zwei Meter an das Dach des brennenden Hauses heran. Doch wozu …? Er fragte den Hauptmann der Gendarmerie: «Ist keiner mehr drinnen?»

Crouzon konnte seine Freude nur schlecht verhehlen, als der Hauptmann antwortete: «Psst, der kleine Hausdiener ist wohl nicht rechtzeitig herausgekommen. Dreizehn Jahre alt, ein kleines Hinkebein. Aber da ist nichts zu machen, selbst wenn wir Leitern hätten.»

Crouzon rannte zum abgestützten Nachbarhaus. Jemand rief: «Chef!»

Es war Bouffardy, der seltsamerweise mitten im Rauch seine Pfeife rauchte. Crouzon packte ihn am Arm, schubste die hemdsärmeligen Bewohner des Hauses beiseite, die es vorsichtshalber räumten, stürmte die Treppe hinauf und schrie dabei: «Weit und breit kein Feuerwehrmann! Hier entlang, Bouffardy!»

Crouzon erreichte den Dachboden, öffnete eine Luke, sprang auf das Dach, in den Rauch hinein, und kroch bis an den Rand. Er rief Bouffardy zu: «Zieh die Schuhe aus und komm her! Halt dich an die Dachziegel, halt dich gut fest!»

Von unten aus hatte er sich verschätzt: Selbst als er sich vom Dachrand herunterhängen ließ, konnte er den Balken nicht berühren, der an dieser Stelle am tiefsten hing. Er stemmte sich mit dem Knie von der Wand ab, um ihn besser zu sehen, und ließ sich auf den Balken fallen: Er gab nicht nach. Crouzon drehte sich um, ein glühendes Gestöber aus Halmen blendete ihn und raubte ihm den Atem, er musste sich gegen die Wand lehnen. Ein dämliches Unterfangen. Aber von wegen *Zecke*! Die *Zecke* wird es dir schon zeigen! Der Balken war zwanzig Zentimeter breit, sechs Meter lang; aber er war schlecht abgeviert, vom Regen verwittert; am schlimmsten waren die Rauchschwaden, die immer wieder aufwallende, enorme Hitze, die ihm den Balanceakt erschwerten. Als Crouzon sich der Wand näherte, an der unten die Flammen züngelten, glaubte er, sterben zu müssen; zum Glück kam eine Brise auf; er holte wieder tief Luft, wie ein Taucher. Das Dach bot keinen Halt: Er musste einen Ziegel herausbrechen, verletzte sich die Hand an einem Nagel, stützte sich beim Hinaufklettern dennoch auf diese Hand. Auf dem Dach fiel das Atmen etwas leichter; er entdeckte eine Luke, stieg in eine Mansarde ein. Dort herrschte Ruhe, aber die Luft war scheußlich; ein grüner, tückischer Rauch drang herein. Mit tränenden Augen, das Taschentuch gegen den Mund gepresst, öffnete Crouzon eine Tür: nichts; eine andere ging nur ein Stück weit auf, stieß an etwas Weiches; er drückte dagegen, geblendet vom beißenden Rauch, ließ sich auf ein Knie nieder, ertastete die Beine des ohnmächtigen Jungen, der in seinem Kittel auf dem Boden lag, zog ihn am Fuß heran und hievte ihn auf die Schulter.

Wenn man kaum atmen kann, drückt die Last besonders schwer. Der taumelnde Retter schleppte sich in die Richtung, aus der er den Wind spürte, und hatte beim Öffnen der Luke das Gefühl, gleich ohnmächtig zu werden.

Ein paar Atemzüge an der frischen Luft gaben ihm genug Kraft, um den leblosen Jungen aus der Luke zu schieben und nach oben zu klettern. Bevor er sich über den Rand des Dachs beugte, bevor es wieder nach unten ging, nutzte er eine aufkommende Brise und schöpfte noch einmal Luft. Er legte den Jungen an den Dachrand und kletterte blindlings nach unten, orientierte sich an der Stelle mit dem herausgebrochenen Ziegel, lehnte sich an, nahm den Jungen auf die Schultern und machte ein paar schnelle Schritte. Strohhalme wirbelten auf, er musste die Augen schließen, innehalten.

Er nahm den Jungen auf die linke Seite, um die rechte Hand wieder frei gebrauchen zu können, ging zwei Schritte vor. Mit dem rechten Fuß verfehlte er den Balken, aber es gelang ihm, sich nach links zu neigen und mit dem rechten Bein und dem rechten Arm Halt zu finden. Dabei rutschte ihm der Junge über die Schulter, baumelte unter ihm ins Leere.

Crouzon verschränkte die Füße unter dem Balken; atemlos und trotz seines zerschundenen rechten Oberschenkels versuchte er, den Jungen wieder heraufzuholen, konnte es aber mit einer Hand nicht bewerkstelligen. Er nahm den Kragen des groben Kittels zwischen die Zähne; kaum lag der Bengel auf dem Balken, würgte Crouzon wegen des Schweiß- und Rauchgeschmacks, den der Kittel angenommen hatte, heftig an bitterem Erbrochenen.

Ein Lufthauch belebte ihn aufs Neue; er hörte, wie auf der Straße gerufen wurde, man hatte ihn inmitten des Rauchs bemerkt. Er schleifte den Jungen mit, rückte rittlings vor, bis er die Wand erreichte, was eine gute Minute dauerte, weil seine Kräfte nachließen. An der Wand des brennenden Hauses ging der hölzerne Balkenträger nun in Flammen auf.

«Bist du noch da, Bouffardy?»

«Ich sehe nichts, Chef.»

«Kannst du dich vom Dachrand herunterhängen lassen, damit ich an dir hochklettere?»

«Nie und nimmer.»

«Dann legst du dich am besten hin und brichst einen oder zwei Ziegel ab, um dich am Loch festzuhalten.»

Unterdessen band Crouzon den einen Arm des Jungen an den Riemen des Fotoapparats, den anderen an die Ärmel des Kittels, den er ihm auszog: «Bouffardy, streckst du deinen Arm herunter? Ich habe hier zwei Stränge, einmal Stoff, einmal Leder. Zieh mal, und ich schiebe ... Warum hörst du plötzlich auf? Pack den Riemen mit den Zähnen, greif dir den Arm. Na los, zieh ihn zu dir heran und lehne dich zurück ... Du hast ihn! Jetzt geh zurück.»

Crouzon schlug die schmerzenden Augen wieder auf: Aus dem Andreaskreuz, das den Balken an der Wand verankerte, ragte eine Schraubenmutter hervor, die seinem Fuß Halt bot, und weiter oben entdeckte er einen möglichen Griff.

«Bouffardy, nimm meine Hand, steck sie in das Loch, wo du den Ziegel abgebrochen hast, schnell, mach schon, pack mich am Gürtel, so, und kriech zurück ...!»

Endlich sackte Crouzon auf das Dach, übergab sich, schnappte nach Luft.

Unten schrie die Menge; das ließ ihn wieder aufleben.

«Schlepp den Jungen nach unten, Bouffardy, ohne ihn allzu sehr zu zerschrammen ... Ich folge dir ... Nein, mir ist schwindlig.»

Von entsetzlichem Brechreiz geschüttelt, wartete er, bis Bouffardy zurückkam und ihn zur Luke führte. Dann stiegen sie schnell die Treppe im geräumten Haus hinunter und traten auf die Straße. Dort wurden sie mit viel Aufsehen und Geschrei empfangen.

«Apotheke ... Sauerstoff», rief Crouzon. Anschließend führte er, gemeinsam mit Bouffardy, beim Jungen die Wiederbelebung durch und zog ihm regelmäßig die Zunge heraus. Ein Arzt traf ein, danach ein Apotheker; Crouzon war starr vor Schreck: Wenn der Kleine nicht wieder zu sich kommt, ist alles umsonst.

«Da, er atmet», sagte der Arzt. Er hob ein Lid an, das Auge bewegte sich, verwirrt. Der Hauptmann der Gendarmerie, ein Freund von Crouzon, gratulierte ihm bereits, aber der strahlende *Recke* nahm seinen Arm, bahnte sich einen Weg quer durch die Menge, die ihm schon zujubelte, bis er wieder hinter Flayel stand; der erteilte seinen Leuten weiterhin Befehle. Crouzon tippte ihm auf die Schulter und schrie aus Leibeskräften: «Jetzt rede ich. Sie hatten nicht den Mut, diesen Jungen zu retten, Sie wollten nicht auf mich hören, Sie haben mich davongejagt. Tja, und dann habe ich das getan, was Sie versäumt haben, und darum nenne ich Sie einen Feigling, hören Sie mich, einen Feigling!»

Mit der Menschenmenge hinter sich hatte Crouzon das Gefühl, eine Stunde des Triumphs zu erleben, in der Ungerechtigkeiten erlaubt sind. Flayel, der seine Pflicht erfüllte, seine Uniform ein wenig angesengt hatte und sich eine Auszeichnung erhoffte, war ob dieser Attacke ganz verdutzt. Der Tag brach an. Crouzon erinnerte sich wieder an den Fotoapparat, zog ihn auf, sprang dicht ans Feuer heran, drehte sich um und fotografierte Flayel und seine Feuerwehrleute. Dann lief er davon.

Zu Hause war Anne-Marie noch nicht wach. Er nahm ein Bad, staunte, dass er keinen Bissen herunterbrachte. Die Sekretärin traf ein. Er diktierte ihr umgehend:

«ICH KLAGE MONSIEUR FLAYEL AN
Beim Brand der vergangenen Nacht gab es nur eine Schwierigkeit zu meistern: Ein Kind musste aus dem Feuer gerettet werden. Zugang hätte man sich nur allzu leicht verschaffen können: über den Balken, der das brennende Haus seitlich abstützte. Dank der Ausstattung unserer Feuerwehr wäre man mit einer Leiter problemlos herangekommen, hätte das Feuer an dieser Stelle eindämmen und für den Weg zurück ein Seil bereitlegen können.

Eine Rettungsaktion, die sehr einfach durchzuführen war. Denn Tatsache ist: Obwohl ich erst spät dazukam, ohne Rüstzeug, und mir nur ein Mitarbeiter dieser Zeitung zur Seite stand, gelang mir die Rettung ohne allzu viel Mühe.

Sie war allerdings nicht *ganz* ungefährlich. Und dieses nicht *ganz* Ungefährliche war Monsieur Flayel, dem Feuerwehrhauptmann, schon *viel zu* gefährlich ...

Wo stand Monsieur Flayel? In *respektvoller* Entfernung, so respektvoll, dass ich mich, nachdem ich getan, was er versäumt hatte, zwischen das Feuer und ihn stellen konnte, um für Sie ein Bild dieses wackeren Mannes einzufangen, wie er an der Spitze seiner Feuerwehr stand. Wir klagen nicht die Feuerwehrleute an. Wir klagen ihren Hauptmann an, der ihnen mit gutem Beispiel hätte vorangehen sollen und sie stattdessen nur daran gehindert hat, das Richtige zu tun.»

Zum Glück war die Fotografie, die Crouzon ins Entwicklungslabor gegeben hatte, scharf genug. Er ließ erst einen Abzug als Druckvorlage für die Zeitung machen – drei Spalten breit, auf Papier, das die Kontraste gut zur Geltung brachte – und dann weitere, so groß wie möglich, so viele, wie Fotopapier in der Stadt vorrätig war, um sie als Plakate anzubringen, mit der schlichten Unterschrift: «Die Vorsicht des Monsieur Flayel. Zwischen ihm und dem Feuer war Platz für den Fotografen.»

Am nächsten Tag griff er das Thema noch einmal auf und fragte in jenem polemischen Ton, wie er für Anfeindungen in der Provinz typisch ist: «Flayel: Feuerwehrmann oder Grillmeister?»

Am ersten Tag hatte er Anne-Marie nichts erzählt, und sie las keine Lokalzeitungen. Sie hörte am Nachmittag davon, durch die Gerüchte, die sich im Lauf des Tages verbreiteten, während ihr Mann arbeitete und sein Plakat im Umlauf brachte. Sie bekam ihn erst beim Abendessen zu Gesicht. Sie und Madame Rougeau waren erschüttert, fragten ihn aus. Crouzon lachte nur; fast glaubte er seinem Artikel, in dem er seinen eigenen Einsatz untertrieb, um Flayel zu vernichten. Bei Léveillés Zeitung hatte man hingegen die Notwendigkeit erkannt, *gute Miene* zu machen, und lobte ihn in den höchsten Tönen.

«Jedenfalls haben wir uns an Flayel gerächt, diesem Schurken», sagte Crouzon. «Nun dürfte sich der Arme ziemlich übertölpelt fühlen; er hielt sich schon fast für einen Helden. Aber jetzt weiß er, was ihm blüht, wenn er uns Ärger macht.»

Anne-Marie sah ihn durchdringend an – doch vor lauter Freude über seinen gelungenen Streich bemerkte Crouzon ihren Blick nicht. Er sagte: «Ein Retter? Ist lediglich jemand, der das Glück hat, jemand anderen ertrinken zu sehen.»

Nach dem Abendessen klagte Anne-Marie über Kopfschmerzen und konnte ihre Tante dazu bewegen, früh Abschied zu nehmen. Daraufhin wollte Crouzon sie ebenfalls allein lassen. Aber das große Mädchen packte ihn an beiden Schultern: «Nein, auf keinen Fall, Sie sind wirklich gemein!» Und sie warf sich ihm an den Hals.

Trotz seiner verletzten Hand, trotz seines schmerzenden Beins hob er Anne-Marie hoch wie am Tag der Verstauchung, trug sie in das Schlafzimmer hinauf: Sie verbargen sich im Dunkeln. Wenn sie Crouzons Kopf nicht gerade an ihre Lippen drückte, sprach sie leise, wie von Sinnen auf ihn ein, in einem Ton, der an eine Schimpftirade erinnerte: «Aha, du hast also geglaubt, ich würde dich niemals lieben ... Böser Junge, du hast deinen Mut verborgen, und du verbirgst deine Stärke. Ach, warum hast du mich nie geschlagen, einfach geschlagen, als ich böse zu dir war und dich nicht lieben wollte? Wäre ich doch gegangen und nie zurückgekehrt, verdient hättest du es. Warum hast du mich nie geschlagen, anstatt dich ins Feuer zu stürzen, um mir zu zeigen, was in dir steckt? Du hättest mich am Nacken packen und mein Gesicht an deine Füße pressen sollen. Du bist doch meinetwegen in diesem brennenden Haus gewesen, wegen dieser Beleidigungen, und nicht wegen des kleinen Rotzbengels, nicht wahr? Ich möchte, dass du jetzt auch an mir Rache übst, warum bist du denn immer noch so sanft?»

Er antwortete ihr nur mit stummen Küssen. Seine Zärtlichkeit hatte nichts Kühnes an sich, er brauchte Sanftheit und Zuflucht, und diese Raserei, die seinen Sieg anzeigte, weckte in ihm nur zaghafte Freude. Zum Glück brach Anne-Marie in Tränen aus, ihr großer Leib wurde geschmeidiger, er durfte sie wiegen und fand sein Glück.

Mitten in der Nacht wachte er auf; seine Hand berührte Anne-Maries zarte Schulter, er hörte sie, in einem Traum gefangen, leise stöhnen. Crouzon erkannte, dass er sich gerade von der langwierigen und dümmlichen Illusion unterwürfiger Liebe befreit hatte. Er würde nach Belieben über diese Frau verfügen können, die noch sehr jung war. Zwar hatte er das unbekannte Übel eben erst besiegt, aber sein Sieg war umso vollkommener, weil der Gegner lange Widerstand geleistet hatte. Sein ganzer Ehrgeiz zielte von nun an auf diese Frau: «Schöne Schultern, schöne Hüften, ja, du bist wirklich schön, aber wenn du wüsstest, wie schön du noch werden wirst!»

Er verspürte den Ehrgeiz eines Künstlers, eines Bildhauers, fühlte sich für die Liebe gewappnet mit all der Geduld, die er durch den Hass erlangt hatte.

Das Waisenkind macht Ferien

Bereits am zweiten Tag nach dem Brand führte Crouzon seine Frau triumphierend in die Salons der Stadt; niemand wagte, der Gefährtin des «Retters» die kalte Schulter zu zeigen. Am folgenden Samstag musste Flayel bei einer Versammlung der Feuerwehr von seinem Posten zurücktreten, und man fühlte bei Crouzon vor. Er lehnte ab, konnte auf sein Arbeitspensum verweisen, auf sein sportliches Engagement; er empfahl einen von seinen Freunden, der ohne Weiteres akzeptiert wurde.

Er wusste, in diesem Jahr sollte er besser nichts Neues in Angriff nehmen: Er musste den Zement aushärten lassen – was in der Provinz von entscheidender Bedeutung war –, akkurat arbeiten und akkurat zahlen. Er schulte seine Mitarbeiter. Nun, da Crouzon weniger schroff, weniger angespannt war, verließ er sich in der Druckerei stärker auf Cucheval: Dieser brave Brillenträger mit dem speckigen Schädel zeichnete sich durch die besessene und hingebungsvolle Akribie des guten Typografen aus. Auch Bouffardy, der höfliche, lächelnde Gewohnheitsmensch, hatte sich das Tagesgeschäft in der Redaktion angeeignet: Crouzon brauchte ihn lediglich auf das wichtigste Ereignis in Paris oder im Ausland hinzuweisen, die Auswahl der Lokalnachrichten zu überwachen und seinen Artikel abzuliefern. Von Lappalien entlastet, mit einer gut gedrillten Sekretärin versehen, konnte der *Chef*, wenn er wollte, seine Arbeit auf vier oder fünf Stunden täglich beschränken.

Und das wollte er. Er hatte sich um ein gemeinsames Leben bemüht und führte seine Frau behutsam darin ein; nach und nach gelang es ihm, dieses Zusammenleben so innig, so bestrickend zu gestalten, dass es Anne-Marie zugleich verzauberte und erschreckte.

Nun war die schöne Jahreszeit angebrochen. Jeden Morgen ging er, ohne sie zu wecken, in den Garten, um für sie die Blumen zu pflücken oder zu schneiden, die man vor Sonnenaufgang schneiden muss. Er trug ihr persönlich das Tablett mit Kaffee, Milch, geröstetem Brot und Obst ans Bett. Wenn sie spät aufwachte, brachte er die Nachrichten vom Tage. Oft gingen sie zusammen hinunter, um die Neuigkeiten zu erfahren. Während er die Aufgaben in der Druckerei verteilte, organisierte sie den Haushalt. Wie einst die puritanischen Engländerinnen räumte Anne-Marie selbst im Schlafzimmer auf, das außer ihr und ihm niemand betreten durfte.

Danach trafen sie sich im Garten, in Sportkleidung und Espadrilles; er hatte aus Paris einen vierpfündigen Vollball kommen lassen, der für sie leicht genug war; er wechselte die Einheiten alle paar Minuten ab, ließ sie verschiedene Übungen ausführen, mit Tennisbällen Geschicklichkeits- und Geschwindigkeitsspiele machen. Manchmal hielt er sie im Schlafzimmer zu Dehnübungen an. Er richtete für sie sogar einen Schießstand auf dem Dachboden ein und kaufte ihr, all ihren Protesten zum Trotz, eine schöne Pistole. «Du musst in der Lage sein, mich zu töten», erklärte er. Weil er sich nicht wie ein Schulmeister aufführen wollte, hatte er zunächst gezögert, sie in seine Arbeit einzubeziehen, aber sie lernte sehr schnell, einen Teil der Korrespondenz zu übernehmen. Das war ihre morgendliche Aufgabe, während er mit der Zeitung beschäftigt war. Anhand seiner Kartei stellte er ihr das gesamte Departement vor: alle wichtigen Persönlichkeiten, alle geschäftlichen Verbindungen. Für die Eitelkeit eines Mannes ist es das Heikelste und Grundlegendste, mit seiner Arbeit Bewunderung zu erregen, von dieser Eitelkeit könnten übrigens außer Ärzten und Künstlern noch viele andere profitieren. Um zwölf gingen sie beide in den Garten, liefen eine Viertelstunde und entspannten sich dann eine Viertelstunde vor dem Mittagessen. Die junge Frau kam allerdings rasch außer Atem, dann legte Crouzon die Arme um sie und führte sie ins Haus.

Die Geschäftsessen verbanden sie auf eine andere Weise: Fremden gegenüber fühlten sie sich wie Komplizen.

Am Nachmittag musste Crouzon allein arbeiten. Anne-Marie hingegen kümmerte sich, mit einem Pfropfmesser, einer feinen Gartenschere bewaffnet, um die Pflege und Veredlung der Obstbäume, sie las, genoss es, Bildbände zu betrachten oder Schallplatten zu hören. Ihr Mann erinnerte sie daran, dass sie auf Boutin eifersüchtig war, und sie wollte eines Tages sogar auf diesem Gebiet mit ihm gleichziehen. Später griff sie ihrerseits zum Tablett, brachte ihm den Tee. Danach arbeiteten sie noch ein oder zwei Stunden Seite an Seite, in aller Stille. Anschließend kehrten sie in das *Frauengemach* zurück, in das kleine Reich, zu dem nur sie beide Zugang hatten: Boudoir, Schlafzimmer und Bad. Er massierte sie, oft eine halbe Stunde lang, fuhr sämtliche jungen Muskeln entlang, ließ die jugendlich geschmeidigen

Gelenke spielen; halblaut und verzückt berichtete er ihr, dass sie immer schöner werde.

Ihm, nur ihm allein hatte sie es zu verdanken, dass sie binnen vier Monaten die feine, feste Form ihrer Arme, die klaren Konturen ihrer Schultern und Hüften, den Schwung ihres wohlgerundeten, gleichmäßigen Rückens erlangt hatte – den schönsten Triumph, den prachtvollsten Beweis ihrer neuen Kräfte; er brachte sie dazu, ihre Beine zu bewundern, die er gerade massierte, mit Öl eingerieben wirkten sie durch die Muskelzeichnung und die verschlankten Knöchel länger und waren nun eines Jean Goujons[54] würdig. Massagen, bei denen man seine ganze Kraft in eine Handbewegung einfließen lässt, die dabei weicher ist als ein Streicheln, ein hingebungsvolles Ritual und eine Wohltat: Daraus hatten sie ihr ureigenes Geheimnis gemacht; im Gegenzug wollte Anne-Marie – mit einer Geste, die in Châteauroux Anstoß erregt hätte – ihm die Hände massieren und pflegen.

Wenn sie allein zu Abend aßen oder nur in Gesellschaft von Madame Rougeau, trug Anne-Marie ein schlichtes weißes Kleid; damit sie niemanden rufen, niemanden sehen mussten, wurden alle Speisen im Voraus auf einem Serviertisch abgestellt; das Licht war gedämpft. Danach gingen sie schnell wieder nach oben; wenn Madame Rougeau ihnen folgte, streckten sie sich auf dem Teppich aus, den Kopf auf ein Kissen gebettet; sie hörten sich Musik an, die sie wegen ihrer Sanftheit ausgesucht hatten – oft waren es wieder und wieder dieselben Platten.

Als die Tage länger und schöner wurden, schlossen sie die Läden erst spät und streckten sich vor dem Fenster aus, um den stillen Rausch zu genießen, der sich bei Nacht einstellt, wenn diese sich allmählich ausbreitet, und die Unergründlichkeit der Sterne am Himmel, den die frische Abendluft läutert. Ob zu zweit oder zu dritt, sie tauschten sich nur noch über leise, heitere Brummlaute aus. Danach gab Madame Rougeau beiden einen Kuss und ging heim. Manchmal aßen sie bei ihr zu Abend. In ihrem eigenen Haus zeigte sie sich kühner und entschiedener, thronte inmitten ihres großen Diwans und legte ihre beiden Köpfe auf ihren Schoß.

Schließlich brach die Stunde der Zweisamkeit an; sie hatten sich beide ein ausgeprägtes Schamgefühl erhalten; sie gingen stets im Dunkeln, in aller Stille aufeinander zu, und Crouzon sah dieser letzten Stunde des Tages nie ohne ehrfürchtiges Zittern entgegen.

Inzwischen empfand er keine Müdigkeit mehr; sobald er die Augen schloss, spürte er, wie sehr ihn jede einzelne Stunde des Tages erfüllt hatte: «Sie hat mir nicht gefehlt, sie fehlt mir auch jetzt nicht.» Der Schlaf umfing ihn mit Seligkeit, es war ein warmes, seidiges Gleiten in ein wundersames Schattenreich, das er bereitwillig annahm; Crouzon spürte, dass er genauso bereitwillig in den Tod gegangen wäre.

Im Hochsommer, als die Indre warm genug war, brachte er seiner Frau das Schwimmen bei; kurz darauf schenkte er ihr einen Kanadier. Als er sich zum ersten Mal drei Tage Ferien gönnte, paddelten sie zusammen ein Stück die Creuse hinunter. Später reichte dann ein Nachmittag, wenn ein Lastwagen das Kanu an die Auen der Indre brachte und ihnen eine Bootspartie, ein Bad im Fluss ermöglichte. Sonntags begleitete Anne-Marie ihren Mann manchmal in das Stadion von Châteauroux. In diesem Jahr brach er seinen eigenen Rekord im Hochsprung, wurde Erster beim Hürdenlauf und beim Speerwurf. Hier im Stadion war er am beliebtesten; hier hatte er die jungen Leute wirklich auf seiner Seite: ein Chef, aber einer, der rannte, der auf der Bahn alle duzte. Und für diese jungen Männer schien er der leibhaftige Beweis, dass auch ihnen eine *große Karriere* nicht verschlossen war. Sie wussten um den Aufstieg, um die einträglichen Posten eines Cucheval, eines Bouffardy; alle wünschten Crouzon ungeheuren Erfolg, damit sie eines Tages auch für ihn tätig werden konnten. Wahre Überlegenheit lässt keine Eifersucht zu. Und Anne-Marie kamen die Tränen, als sie ihren Mann in dieser Führungsrolle sah. Crouzon dachte mit einem Lächeln: «Eigentlich will sie in mir einen Offizier lieben.»

Auf seinem Dachboden hatte er große Fenster durchbrechen lassen, um dort Sonnenbäder zu ermöglichen; bei gutem Wetter verbrachten sie dort sogar noch im Spätherbst die schönsten Stunden des Tages. Benommen und sonnensatt warfen sie sich nur durch ihre halb geschlossenen Augen Blicke zu und wechselten höchstens ein Wort, um die Bräune ihrer Haut zu bewundern oder darüber zu befinden, ob Anne-Maries fuchsrotes Haar allmählich einen helleren Ton annahm. Diese Kindereien, dieser tiefe Ernst versetzten ihre Dienstmädchen in Erstaunen; der Dienst fiel leicht in einem Haus, in dem man den Herrschaften so selten begegnete.

Nach mehr als vier Monaten Glück, als der Herbst ihre Obstbäume üppig tragen ließ, wirkte Anne-Marie noch fröhlicher, warf mit Äpfeln um sich und biss herzhaft hinein; dank ihrer neuen Umgebung, ihrer neuen Schönheit und ihres neuen Glücks hatte sie zu ihrem ursprünglichen Wesen eines großen, frechen Mädchens zurückgefunden. Respekt hatte sie nur vor ihm. Er aber wurde von einer Art durchdringenden Furcht heimgesucht; dieses anhaltende Glück verunsicherte ihn – er würde künftig nicht mehr darauf verzichten können. Und er befürchtete, dass seiner Freude eine Gefahr innewohnte, die er nicht benennen konnte, als hätte er den Neid der Götter erregt – ausgerechnet er, der sämtlichen Neidern der Stadt den Wind aus den Segeln genommen hatte. Er traute sich nicht mehr, Bilanz zu ziehen, aus Angst, auf eine Falle zu stoßen, auf versteckte Schulden.

Anne-Marie ertappte ihn eines Tages, zur Zeit der zweiten Rosenblüte, mit Tränen in den Augen im Garten. Sie rief ihm zu: «He, Sie, werter Herr, bist du verrückt?»

Dann hämmerte sie mit den Fäusten auf ihn ein, schlug ihm ins Gesicht, bedeckte es mit Küssen.

«Komm her; sag schon, was ist?», fragte sie.

Er küsste sie und antwortete nicht.

«Aber ich weiß ja, wer dich zum Sprechen bringt!»

Und so lud sie seine «gute Tante Rougeau» ein. Nach einem erlesenen Abendessen bekam Anne-Marie im Halbdunkel zum ersten Mal Crouzons zittrige Stimme und seine Schwäche zu hören: «Nein, ich habe nichts zu beklagen, aber ich habe Angst. Ich finde mich zu vermögend, zu glücklich, ich kann das alles nicht aushalten. Ich fühle mich wie ein Waisenkind, das Ferien macht, zu klein für dieses stattliche Haus. Verzeih mir, Anne-Marie, es grenzt schon an Täuschung, aber ich bin nicht derjenige, der Lejars getötet oder diesen Jungen gerettet hat, in meinem tiefsten Inneren fühle ich mich ganz klein. Deine Tante weiß es besser als du: Ich bin nicht ehrgeizig; nur habe ich früher so sehr mit meinem Leben gehadert, dass ich es gemacht habe wie alle, die mit dem Rücken zur Wand stehen. Ich habe die Flucht nach vorn angetreten ...»

«Das ist ja ein Geplapper», sagte Anne-Marie, «ich kann es nicht richtig ernst nehmen, außerdem komme ich mir doch ein bisschen zu jung vor, um ihn zu bemuttern. Sie sollten uns jetzt häufiger besuchen, liebe Tante; wir werden ihm beide den Kopf halten, und er wird uns sein Herz ausschütten.»

Was Crouzon gleich am meisten anrührte, war die Freude von Madame Rougeau; sie wusste im Grunde, dass sie seine Zuneigung niemals verloren hatte, aber selbst die großherzigste Frau musste sich angesichts eines so großen Glücks vernachlässigt fühlen; nun würde sie ihren fast schon mütterlichen Platz wieder einnehmen.

Also überließ er sich in den folgenden Monaten seinem neuen Recht, ein Kind zu sein, genoss das Gefühl, Schwäche zu zeigen und umhegt zu werden – die Genugtuung eines Waisenkinds, das für jede Zärtlichkeit dankbar ist. Doch Crouzon erinnerte sich auch an Boutins Bemerkung, die Natur gleiche jede Stärke durch eine Schwäche aus. Welche seiner Empfindungen war denn die stärkste? Oft dachte er, dass er eher einer Zuflucht bedurfte als einer beherrschenden Position.

Als der Winter allmählich wiederkehrte, wäre er schwach genug gewesen, seine einträglichen Geschäfte umgehend einzustellen, sich den ganzen Tag nur seinem Glück zu widmen. Aber wo sollte er einen Interessenten hernehmen? Ob Almanach, regionales Werbeunternehmen, Zeitung oder Druckerei – jeder andere hätte damit Bankrott gemacht und niemand hätte es gewagt, ihm etwas abzukaufen. Crouzon war also genötigt zu ernten, was er gesät hatte. «Wir zählen auf Sie», das hörte er jeden Tag dutzendfach von seinen Kunden. Und da waren noch Cucheval, Gibault, Bouffardy, die in seinem Büro einfielen oder nach ihm Ausschau hielten, wenn er seine Runden drehte: «Diese Entscheidung wollte ich nicht ohne Sie treffen.» Unser ursprünglicher Elan reißt uns immer noch mit, lange nachdem er verbraucht ist.

Anfang November machte Crouzon sich wieder vermehrt an die Arbeit. Als er dafür in seinem Terminkalender acht bis zehn Stunden täglich vormerkte, glaubte er zunächst, entsetzlich zu leiden.

LETZTER TEIL
Crouzons Rache

Der Ansporn

Der Winter 27/28 lief für Crouzon fast durchgängig gut; er brauchte nur mit seiner Zeitung weiterzumachen und Bestellungen entgegenzunehmen; er arbeitete viel, ohne sich anzustrengen, im Geist zu stark von seinem Glück erfüllt, im Herzen zu gelassen, um erfinderisch zu sein. Ob in seinem Büro, in der Druckerei oder bei gewichtigen Anzeigenkunden, stets setzte er sich heiter und ohne Eile hin, und sein streng systematisches Vorgehen beim Aufschlagen seiner Notizen belustigte ihn. Er stellte fest, dass Glück genauso viel Antrieb gibt wie Leid. Alles fiel ihm leichter, die Stunden verflogen. Außerdem wussten die Eisenwarenhändler, Gastwirte und Schreinereiunternehmer, und sogar die Kunden, die Crouzon weder ein gutes Geschäft noch einen guten Einfall zu verdanken hatten, dass er nun ebenso reich war wie sie, und dabei mächtiger. Selbst wenn er kam, um ihnen ein Angebot zu unterbreiten oder Schulden einzufordern – und sich damit in eine schwächere Position begab –, wurde er behandelt wie ein Ebenbürtiger. Wenn er wegen einer geschäftlichen Unterredung einen Salon betrat, nahm die Dame des Hauses oft eigenhändig die Schutzhülle vom Sessel, in dem er sitzen sollte. Er wurde zweimal zum Taufpaten benannt; am Neujahrstag bekam er ein paar erlesene Flaschen, einige Pasteten und sogar Marmeladengläser, deren Etiketten die angesehensten Bürgerinnen selbst beschriftet hatten, eine noch persönlichere und schmeichelhaftere Form der Würdigung.

Allein in seinem Büro fand er in der Arbeit eine neue Art des Vergessens, ohne versteckte Erschöpfung, ohne bangen Blick in die Zukunft. Er hatte alle Anschaffungen bezahlt, er kaufte sein Haus und zahlte es bereits im Februar ab. Je nach Wochen- oder Markttag brachte ihm die Zeitung vier- bis siebenhundert Franc ein. Der Wahlkampf in den verschiedenen Landkreisen verhieß weitere Gewinne.

Serlanges, Hamet, Biotte hatten ihn im Januar aufgesucht: Er vereinbarte mit ihnen – den Kandidaten der Kreisstädte –, dass sie ihm den republikanischen Kandidaten von Châteauroux zuführen würden, einen gewissen Brinjard, weil Cri Cri Laphin bei den hiesigen Republikanern in Misskredit geraten war. Nach drei Tagen Knauserei erklärten die vier Kandidaten sich schließlich bereit, den alten Vertrag um sechzigtausend Franc aufzustocken, darin enthalten waren die allgemeinen Kampagnen des «Avenir berrichon», eine Sonderausgabe für jeden Kandidaten, sämtliche Prospekte und Wahlzettel sowie vier Plakatserien, wobei die letzte Serie am Vortag der Wahl geklebt werden sollte. Crouzon gewährte Biotte, den die Ortsverbände seiner Partei nur spärlich unterstützten, heimlich einen Nachlass von achttausend Franc und räumte ihm eine Frist von neun Monaten ein, um den Rest zu bezahlen, denn Biotte verfügte nur über seine Bezüge als Abgeordneter und der Wahlkampf war für ihn eine schwere Belastung.

Crouzon glaubte, die *Obergrenze* erreicht zu haben, das Maximum an Anzeigen, den bestmöglichen Tarif und mit elftausend Exemplaren die höchstmögliche Auflage seiner

Zeitung. Er sagte sich: «Das sorglose Leben in der Provinz, jährlich zweihunderttausend Franc auf die hohe Kante, in zehn Jahren wird das Unternehmen veräußert, in jedem Wahljahr vierzigtausend Franc extra: Mit vierzig kann ich mich mit vier oder fünf Millionen zur Ruhe setzen.» Und er glaubte nicht, dass es ihn von nun an große Anstrengung kosten würde, sich diese Millionen zu sichern. Wie alle fantasiebegabten Männer hielt er sein Einkommen für eine Rente. Er war inzwischen nicht mehr der Meinung, dass sein «Vermögen» zu teuer erkauft war. Er hatte folgende Gleichung aufgestellt: Anstatt sich an die üblichen Arbeitszeiten zu halten und damit nur seinen Lebensunterhalt zu verdienen, sollte man fünfmal mehr arbeiten; nach fünf Jahren hat man das Zwanzigfache eines Jahreseinkommens erwirtschaftet – also das Kapital, das ein solches Einkommen abwirft. So kann man sich binnen fünf Jahren den Unterhalt für ein ganzes Leben erarbeiten.

Der Wahlkampf war hart in diesem Jahr, und besonders schwierig für die vier Freunde von Crouzon. Die drei scheidenden Abgeordneten wurden aufgrund ihrer Amtsführung heftig angegriffen und für alles verantwortlich gemacht, was sich in der Gegend ereignet hatte: Das sind die Regeln. Auf den öffentlichen Versammlungen (die in den ruhigen Provinzen Zentralfrankreichs so gut wie nie in Streit ausarten), auf den Plakaten, in den Lokalblättchen, die man für die Dauer des Wahlkampfs in jeder Kreisstadt gründete, wurde Crouzon jedoch genauso heftig attackiert wie die Kandidaten.

Sollte er in seiner eigenen Zeitung darauf reagieren, sollte er sich selbst verteidigen? Er konnte höchstens von Zeit zu Zeit ein paar verächtliche Zeilen schreiben: Wer sich verteidigt, räumt ein, dass er angeschlagen ist; wer einen lokalen Angriff allzu weitflächig kontert, sorgt für dessen Verbreitung. Und was sollte er schon entgegnen, wenn man ihn als «Eindringling», als «Profiteur», als «Pressekrämer» beschimpfte? Schlimmer noch: Crouzons Kandidaten standen ihm nicht bei – in ihrem Groll, weil sie sich seine Unterstützung zu teuer erkauft hatten, war es ihnen nur recht, dass ihre Belange ihm schadeten. Als sich der Wahlkampf zuspitzte, als die vier Landkreise sich scheinbar abgestimmt hatten, um den «Presseprofiteur» zu geißeln, als man Crouzon dreist aufforderte, seine Bilanz zu veröffentlichen, gaben ihm die Kandidaten – alle mit Ausnahme von Biotte – zu verstehen, dass er ihrer Sache allmählich schadete. Sie äußerten sogar die unverschämte Bitte, er möge in seiner eigenen Zeitung nicht länger Artikel zu ihren Gunsten zeichnen; das überließen sie alten Parteimitgliedern. Darauf fiel allerdings niemand herein, und die alten Parteimitglieder bezichtigten Crouzon wutentbrannt, er selbst habe den Schwindel aufgedeckt.

Das Anzeigengeschäft war um die Hälfte zurückgegangen; die Anzeigenkunden erklärten ihm, man bringe die halbe Käuferschaft gegen sich auf, wenn man in seiner Zeitung und auf seinen Plakaten Werbung schalte; blieben nur noch die langfristigen Verträge – ob sie überhaupt erneuert würden? Vorbei die schöne Zeit, als Crouzon wie ein Retter angesehen wurde. Er war so taktvoll, nicht selbst an dieses Ereignis zu erinnern.

Am Tag vor den Wahlen wurde er auf der Straße ausgebuht: Während er die Anbringung seiner Plakate überwachte, verfolgte ihn eine feindselige kleine Horde. Er ging zu einem benachbarten Anschlagbrett und las dort ein Plakat, das ihn ohne Nennung seines Namens in den Dreck zog; hinter ihm formierten sich Spötter zu einem Halbkreis. Crouzon wurde bleich, und er trat, mit den Händen in den Taschen, mitten in ihre Gruppe, stieß Einzelne weg, um sich einen Weg zu bahnen. Hätte einer von ihnen die Hand erhoben, hätten sich alle um Crouzon gedrängt und ihn auf der Stelle niedergeschlagen: Sie wichen zurück, zerstreuten sich, um ihn mit einem gewissen Abstand auszubuhen. «Elende Bande», dachte er – er wollte es schreien, aber ihm blieb die Stimme in der Kehle stecken. Unter denjenigen, die ihn ausbuhten, waren junge Leute. Dieselben, die ihn sechs Monate zuvor im Stadion umjubelt hatten; vielleicht hatte sich der eine oder andere um eine Stelle bei ihm beworben und rächte sich nun, weil sie ihm versagt wurde.

Die Wahlen liefen nicht gut: Hamet und Biotte schafften es nur ganz knapp, wiedergewählt zu werden; Serlanges unterlag, Brinjard schied bereits im ersten Wahlgang mit Pauken und Trompeten aus. Beide suchten Crouzon am folgenden Morgen voller Zorn in seinem Büro auf: «Wir hatten eine Pauschale mit Ihnen vereinbart, Monsieur Crouzon, darin war allerdings nicht vorgesehen, dass ausgerechnet Sie für unsere Niederlage sorgen würden.»

«Nehmen Sie Platz, meine Herren. Sie können doch nicht leugnen, dass Hamet und Biotte gewählt wurden? Habe ich Ihnen auch nur ein einziges Plakat weniger gewährt?»

«Die beiden haben aber eine gesicherte Position», sagte Serlanges. «Für mich sprach hingegen nur meine Rechtschaffenheit.»

«Aber die haben Sie immer noch», sagte Crouzon. «Wir sind ja keine Kinder. Was kann ich für Sie tun?»

«Was meinen Sie», sagte Serlanges in einem etwas sanfteren Ton, «ließe sich die Schlussrechnung vielleicht *korrigieren*?»

Crouzon stand auf.

«Meine Herren, Sie wissen, was eine Pauschale ist. Darf ich an die Rechtschaffenheit appellieren, die Ihnen bleibt, Monsieur Serlanges? Und dürfte ich Sie darüber hinaus daran erinnern, dass ich meinen eigenen Ruf und meine eigene Zeitung aufs Spiel gesetzt habe ...?»

«Etwa ohne Gegenleistung?», bemerkte Brinjard plump.

Crouzon sagte: «Meine Herren, ich erachte unser Gespräch für beendet.»

«Ich auch», rief Serlanges. «Wir haben uns von einem zwielichtigen Gesellen kompromittieren lassen!»

Am Montag und Dienstag verkaufte sich der «Avenir berrichon» dank der jüngsten Wahlen so gut wie immer. Danach gingen die Verkaufszahlen zu Crouzons großer Überraschung von Tag zu Tag weiter zurück. Am Ende der Woche waren es nur noch neuntausend Exemplare, am Ende der folgenden Woche siebentausendfünfhundert, nach einem Monat sechstausend.

«Sicher, sie sind eifersüchtig und rächen sich», dachte der Verleger beim Anblick der *Remittenden*, die sich in seiner Remise stapelten. «Aber warum jetzt? Sie wussten doch, dass ich nicht aus der Gegend stamme, dass ich jung bin, dass ich hier mein Geld gemacht habe ...»

Er merkte nicht, dass er durch seine berechnende Art, die Wahlen anzugehen – wie ein Geschäft –, seinen Zynismus offenbart, die traditionellen Vorstellungen der Provinz grob verletzt hatte. Er passte die Auflage an die niedrigen Verkäufe an, senkte seinen Anzeigenpreis, machte die

Erhöhungen rückgängig, die er nach und nach bei den Plakattarifen vorgenommen hatte. Zum Glück traf aus Paris eine Flut von Bestellungen für die Druckerei ein; dennoch beliefen sich seine Verluste in den sechs Monaten nach den Wahlen insgesamt auf achtzigtausend Franc. Seine Feinde hatten nicht nachgegeben – oder vielmehr hatte es den Anschein, als wäre die Verbindung zwischen ihm und dieser Region gekappt, und zwar unwiederbringlich.

An einem der letzten sonnigen Oktobertage, beim Mittagessen, hielt er es angesichts der fröhlichen Anne-Marie, die ihm einen Apfel an den Kopf warf, um sein Schweigen zu brechen, nicht mehr aus: Er gestand ihr rundweg alles, die Bilanz, die Lage, die schlechten Aussichten. Er könnte seine Zeitung aufgeben, die Hälfte seines Personals entlassen, damit wieder auf die Beine kommen ...

«Sie doch nicht! Ich würde Sie verachten», sagte Anne-Marie. «Mein armer großer Junge, glaubst du etwa, ich hätte das nicht gewusst?»

Sie stand auf, stellte sich hinter seinen Stuhl, hob mit beiden Händen sein Kinn an, um ihn zu küssen. Nach einem langen Kuss sah sie, dass seine Augen voller Tränen waren; zunächst kippte sie ihn nach hinten. Dann biss sie ihm ins Ohr und rief: «Wehr dich.»

Sie ließ ihn hintenüber fallen und rannte weg.

Crouzon trat in den Garten. Dort kannte er die Wege gut und konnte im milden Sonnenschein die Augen schließen. Er scharrte mit den Füßen im Laub. Ein bitteres Hochgefühl, der gute alte Zorn von einst stellten sich wieder in seinem Herzen ein.

«Ach, meine Lieben, ihr glaubt also, ich wäre erledigt? Dabei fange ich erst an, heute fange ich an. Ihr kanntet

mich nicht, konntet mich für einen Grünschnabel halten …
Wir werden ja sehen …»

Und kaum hatte er seinen Kaffee ausgetrunken, ging er zu Bouffardy.

«Nun zu uns beiden Böcken vom platten Land.[55] Hast du Mumm?»

Er duzte ihn nur an Freudentagen; der brave kurzbeinige Kerl nahm die Pfeife aus dem Mund und strahlte.

«Du Tagedieb», sagte Crouzon, «findest du nicht, dass die Zeitung vor sich hin dämmert? Und warum sagst du mir nicht, woran sie krankt? Hast du das Geschreibsel von heute Morgen gesehen? Schau nur diese Zeilenschinderei hier, und auch da, und diese elend lange Presseschau, wozu soll das gut sein?»

«Nun ja, Chef, wenn ich so offen sein darf: Das ersetzt die viertel- oder halbseitige Werbung, die wir letztes Jahr noch einfügen konnten.»

«Stimmt, von unserer Werbung wollen sie nichts mehr wissen. Dann werden wir uns selbst welche organisieren. Gib mir die Pariser Zeitungen – die letzten Seiten … Gut, ich hab's gesehen. Warte, ich will noch eine Runde durch die Stadt drehen …»

Mehrere Tage lang wollte ihm nichts einfallen; er glaubte, seine Vorstellungskraft wäre versiegt; in Wahrheit hielten ihn die Erfahrung und die Angst zu übergroßer Vorsicht an. Jeden Nachmittag raste er vor Wut – in den der Werbung zugedachten Stunden, die inzwischen nur halb so geschäftig waren.

Zum Glück blieben ihm die Abende mit Anne-Marie; auch wenn sie tagsüber schalkhaft, ja geradezu wild war, abends flößte sie ihm Zuversicht und Ruhe ein. Sein Haus, in dem es von Tag zu Tag sanfter und stiller zuging, diese junge Frau, die ihn durch den Entzug ihrer Liebe hätte töten können, sie waren zuverlässige Bastionen. Das Vergessen konnte jetzt allnächtlich stattfinden. Diese Anne-Marie, deren Geist und deren Schönheit er zutage gefördert, deren Leben und deren Ruf er wiederhergestellt hatte, war imstande, sich friedlich wie eine Schwester zu verhalten und die «andere junge Mutter» zu rufen, um Crouzon mit ihr gemeinsam zu wiegen, wenn der Kummer überhandnahm. An die Liebe, die er seiner Frau entgegenbrachte und die nun alle Arten des Liebens einschloss, vermochte er nur noch mit einem fröhlichen Schaudern zu denken; das war die absolute Knechtschaft, das war ihm nah, das umhüllte und verzehrte ihn wie ein Inzest. Bisweilen sagte er zu Anne-Marie: «Wie das Gefängnis des Zauberers Merlin, ohne Boden und Mauern und trotzdem die engste und beständigste aller Zellen.»

«Pah», entgegnete sie, «du würdest dir bestimmt eine andere suchen, wenn ich dich verließe, und zwar auf der Stelle, falls ich sterben sollte, aber ich habe mich an dich gewöhnt, und jetzt würdest du keine Bessere finden.»

Zum Winterbeginn, ein paar Tage nach den Neujahrsfeierlichkeiten und zum Glück nach Fertigstellung des diesjährigen Almanachs, brach in den Betrieben von Crouzon ein Streik aus, und zwar ein so umfassender, dass nur noch Cucheval, Gibault und Bouffardy dem *Chef* in der Druckerei zur Seite standen. Crouzon griff auf seine Stereotypieeinrichtung zurück, die ihm mit acht Druckplatten die Erstellung mehrerer Seiten ermöglichte; die vier Männer arbeiteten am ersten Tag durch, ohne Pause von vier Uhr nachmittags bis ein Uhr morgens. Anne-Marie versorgte sie unter fröhlichem Gelächter mit belegten Broten, Orangen, vollen Weingläsern und Teetassen. Nach einer kurzen Nachtruhe nahmen sie die Arbeit um acht Uhr wieder auf; der zweite Tag war besser geplant und weniger anstrengend; am dritten Tag gesellten sich zwei Lynotype-Setzer und der Fachmann für die Rotationsmaschine zu ihnen: Die Zeitung würde erscheinen. Aber die Druckaufträge? Die Zeitschriften ließen sich nicht auf die lange Bank schieben. Am fünften Tag rotteten sich die Streikenden gegen neun Uhr zusammen und bewarfen das Gebäude mit Steinen. Anne-Marie half tapfer, den eisernen Rollladen an der großen Glaswand hinunterzulassen und die Läden der drei Fenster zu schließen, die zur Straße hinausgingen; just, als sie wieder hereinkam, wurde sie im Nacken von einem Stein getroffen. Crouzon holte seinen Revolver, und wenn Anne-Marie nicht eingeschritten wäre, hätte er geschossen. Am selben Tag wurde die Scheibe eines rückkehrenden Lastwagens eingeworfen.

Es war ein Dienstag. Crouzon stellte jenen, die zurückkommen würden, zwei Franc Lohnerhöhung pro Mann und Tag in Aussicht und den anderen, dass er sie von Freitag an ersetzen würde. Sie kamen am selben Tag wieder, um ihn auszubuhen. Aber alle Fenster waren verrammelt, und in der Druckerei wurde bei künstlicher Beleuchtung gearbeitet. Die Streikenden hatten in der Straße Posten aufgestellt, sodass die Arbeitenden in den Betriebsräumen schlafen mussten.

Am Donnerstag lenkten die Streikenden ein. Am nächsten Morgen nahmen sie die Arbeit wieder auf, unter dem wachsamen Auge von Crouzon, der, abgezehrt und siegreich, mit einer Hand in der Tasche heimlich seine Waffe umfasste. Der *Chef* dachte, ganz wie ein echter Chef: «Was für Rabauken! Die bestbezahlten Arbeiter der Stadt. Die Stückzahlprämie passt ihnen also nicht? Faulenzer!» Crouzon und Anne-Marie erfuhren ungefähr zur selben Zeit, dass in der Stadt Gerüchte über Madame Rougeau kursierten – sie sei Crouzons Geliebte gewesen, habe ihm Geld geliehen, habe für ihn sämtliche Geschäfte *eingefädelt*; als sein Interesse nachließ, habe sie ihn mit ihrer Nichte verheiratet, um Dritte im Bunde zu bleiben. Schweigen war die einzig mögliche Antwort. Kein Verleumder war namentlich bekannt, es gab keinen Anführer, dem man eine Abreibung hätte verpassen können. Crouzon musste diesen Affront hinnehmen.

Gute Kunden sind beliebt

Gegen Ende Januar 1929 kam Crouzon auf die Geschäftsidee, die er in Châteauroux umsetzen und mit dem «Avenir berrichon» unterstützen konnte: Er richtete einen Laden für drahtlose Telephonie[56] und Phonographen[57] ein. In seiner Zeitung schuf er eine Rubrik, die eine Viertelseite umfasste, und suchte dafür die geeigneten Programme aus. Denn damals kam es an diesem Standort beispielsweise noch vor, dass die englischen oder deutschen Sendeanlagen durch Paris gestört wurden. Er führte hingegen die Sender von Mailand und Toulouse an prominenterer Stelle als die Pariser Zeitungen. Außerdem hob er die Sendungen hervor, die dem durchschnittlichen Geschmack seiner Leser entsprachen.

Die Werbung setzte er deutlich davon ab und verschickte außerdem Rundbriefe; er hatte eine Liste der Herrensitze, der reichen Leute, die sich ein prächtiges Empfangsgerät leisten konnten; die Gastwirte, Ballveranstalter und Bürgermeister, die möglicherweise Neuigkeiten verbreiten wollten, wies er auf die leistungsfähigen Lautsprechermodelle hin. Bei den Empfängern, die man bisher montiert hatte, hingen die Kabel von den Dächern auf die Straße; es musste für die Einführung von Rahmenantennen getrommelt werden. Doch nach vier Monaten hatte Crouzon mit Hilfe eines geschickten Technikers seine Ausgaben wieder eingespielt und durfte hier mit einem florierenden Geschäftsjahr rechnen.

Gleichzeitig hatte er seine Zeitung umgestaltet. Er gab den Untertiteln mehr Gewicht, gliederte die Artikel zu nationalen Themen stärker auf und noch mehr die dem Ausland gewidmeten; den lokalen Meldungen hingegen verlieh er weiterhin eine ernste und kompakte Anmutung. «Es ist nämlich besser, mein lieber Bouffardy, über einen Pistolenschuss zu scherzen, der in Paris abgefeuert wurde, als über einen Fußtritt, den jemand in Issoudun gegeben hat ... Keine Untertitel für die Stadtratssitzungen, oder höchstens nichtssagende. Sobald man zu deuten anfängt, wird das als Anmaßung aufgefasst ...»

Unter der Hand beschäftigte er immer noch seine Korrespondenten in den Kantonen, um Kleinanzeigen zu sammeln; er stattete sie mit Funkempfängern aus. Er unterhielt sich mit jedem von ihnen unter vier Augen und bekam schließlich diese anrührenden kleinen Nachrufe, diese malerischen kleinen Berichte von Festen und Hochzeiten, diese kleinen Meldungen, die den Amtsträgern schmeicheln und für eine Provinzzeitung ganz besonders kostbar sind, weil eine solche Zeitung niemals vom Talent ihrer Macher lebt, nicht einmal von ihrem Nachrichtengehalt, sondern von freundschaftlichen Beziehungen. Von Zeit zu Zeit traf er sich mit Biotte, der ihm stets wertvolle Ratschläge gab. Crouzon erkannte, welch ein Irrtum es gewesen war, brillieren zu wollen, und welche Gefahren dem anfänglichen Erfolg des «Avenir» innewohnten. Wenn er seine ersten Kampagnen noch einmal las, dachte er: «Hoffentlich gräbt die niemand wieder aus! Man würde sie gegen mich verwenden.»

Im Frühling begann der «Avenir berrichon», ganz bescheidene landwirtschaftliche Wettbewerbe auszurichten: die dickste Möhre, die längste Ähre, der schwerste Kohlkopf, die schönste Traube des Departements – das machte einige Leute glücklich und erzeugte ohne großen Aufwand wieder *gute Stimmung.*

Im Juni wurde ein Wilderer namens Boutaix inhaftiert, weil er einen Jagdaufseher getötet hatte. Dieser Boutaix protestierte: «Ich war in der Lichtung; ich habe nur sein Gewehr aufblitzen sehen, mich auf den Boden geworfen und in seine Richtung geschossen, auf gut Glück, weil er mich ins Visier genommen hatte.» Diese Verteidigung hatte keinerlei Berücksichtigung gefunden. Crouzon suchte Boutaix' Anwalt auf, warf einen Blick auf den Beschuldigten und startete schon am folgenden Morgen beherzt eine Kampagne. Zunächst verlangte er eine Rekonstruktion des Dramas: Sie fand statt, er eilte zum Schauplatz. Man machte die Stelle ausfindig, wo Boutaix sich hingelegt hatte, und der zeigte, aus welcher Richtung der Jagdaufseher gekommen war. Crouzon entdeckte hinter einem Baum die Patronenhülse des Jagdaufsehers; der geduldige Bouffardy prüfte mit einer Lupe die Baumstämme entlang der Schusslinie: Er fand zwei dicke Schrotkugeln. Zwei Jahre zuvor hätte Crouzon diesen Erfolg noch für eigene Zwecke ausgebeutet. Er nahm den Leutnant der Gendarmerie beiseite, führte ihn hinter den Baum und überreichte ihm die Hülse.

«Bitte, das ist nicht mein Metier.»

Der andere zeigte sich nicht undankbar, und der «Avenir», der Bouffardy für die Entdeckung der Schrotkugeln würdigte, konnte immer noch glänzen. Boutaix, ein junger Mann, dreiundzwanzig Jahre alt, wurde freigelassen. Crouzon stellte ihn ein.

Er hatte diesem Wilderer nur aus einem anarchischen Grundgefühl heraus geholfen. An jenem Tag hielt man ihn aber für den Verteidiger der kleinen Leute. Boutaix' Anwalt zollte ihm neidlos Anerkennung und erinnerte dabei an seine andere Rettungsaktion: «Sie haben bereits einen Mann vor den Flammen gerettet; einen anderen Mann vor einem Justizirrtum zu bewahren ist zwar eine Aufgabe, die augenscheinlich weniger Anstrengung kostet, aber auf jeden Fall mit derselben Großherzigkeit angegangen wurde.»

«Wie der sich ausdrückt», sagte Crouzon zu seiner Frau und zeigte ihr diesen Sermon in seiner Zeitung ... «Hätte er mich nur gesehen, als ich Lejars getötet habe!»

Anne-Marie warf sich auf ihn, biss ihm durch das Hemd hindurch heftig in die Schulter und schmiegte sich an seine Brust: «Das ist aber ein magerer Liebesbeweis, mein teurer Mörder! Ich wünschte, du hättest alle erdenklichen Verbrechen begangen, dann wäre ich deine Komplizin und wir würden auf all diese Leute pfeifen.»

«Stell dir vor», fuhr Crouzon fort, «erst vor wenigen Tagen habe ich zu Biotte gesagt: ‹Diese Provinzpolitik bringt mich zur Verzweiflung, diese Zeitung geht mir auf die Nerven; wenn ich schon so gern drucke und auf gute Arbeit Wert lege, wäre ich besser Geldfälscher geworden ... Man sollte keine Tausend-Franc-Scheine herstellen, deren Nummern registriert werden, sondern Hundert-Franc-Scheine und noch eigens eine Maschine erfinden, die sie zerknittert.›»

«Wie kann ein Mann nur solche Geheimnisse haben? Was sind das für Hirngespinste?»

«Weißt du, dass Biotte mir ausgerechnet an diesem Tag etwas Bemerkenswertes über die Liebe verraten hat?»

«Über die Liebe? Wie kommt er dazu? Du hattest also Nachhilfeunterricht in Sachen Liebe nötig? Das erzählst du mir einfach, und ich trete dich nicht einmal, und dann lachst du auch noch? Aber erzähl wenigstens weiter, damit ich dazulerne, die ich doch eine Einsiedlerin bin.»

«Er hat mir erklärt, warum ich letztes Jahr hier in der Gegend so unbeliebt war. Mit seinem freundlichen, pausbäckigen, lebkuchenbraunen Gesicht hat er mir gesagt: ‹Sie verkaufen immer nur, einkaufen tun Sie nie. *Nicht gute Händler sind beliebt, sondern gute Kunden.*›»

«Und was willst du mit dieser Landpfaffenweisheit anstellen? Den Laden zumachen?»

«Einen anderen aufmachen, etwas kaufen und woanders weiterverkaufen ... Mal sehen, was ...»

«Sind dir die Leute hier so verhasst, dass du unbedingt ihre Liebe willst?»

«Ja, so läuft es nun einmal; es ist nicht leicht, vor den Menschen zu fliehen, ohne auf Distanz zu gehen ...»

Der «Avenir berrichon» zog wieder an: Die Auflage, die Mitte 1929 noch neuntausend Exemplare betrug, sollte im Folgejahr auf zwölftausend steigen. Es wurden wieder Anzeigen geschaltet. Crouzon hatte für die Zeitung ein Werbebudget festgelegt. Er bedachte Sportvereine mit Preisen, veranstaltete lokale Turniere, finanzierte den Gemeinden die Hälfte eines Stadions oder die Hälfte eines Stadions für Kinder, das an eine Grundschule angeschlossen war. Er rief zu Spendenaktionen auf, organisierte Feste, um die Krankenhäuser mit zusätzlichen Betten auszustatten. Boutin gab ihm aus Paris Bescheid, wenn Bibliotheken von Klassikern oder Werken des 19. Jahrhunderts zum Verkauf anstanden: So konnte er für zweitausend Franc die Bücherei einer Kantonshauptstadt mit tausend Bänden beschenken. Biotte hatte ihm das wichtigste Prinzip genannt: «Wenn Sie einer Gruppe oder einer Gemeinde etwas schenken, sollten Sie immer verlangen, dass sie einen Teil aus eigener Tasche bezahlen. Dann müssen sie nämlich darüber beraten; sie werden sich häufiger darüber auslassen, und es wird ihnen viel mehr bedeuten.»

So begann Crouzon, sich vor jeder anderen Droge Beliebtheit zu kaufen.

Hamet, Biotte und einer der Senatoren des Departements suchten ihn eines Tages feierlich auf und teilten ihm mit, dass sie ihn für das Kreuz[58] vorschlagen würden. An diesem Tag hätte Crouzon sich trotz allem beinahe verplappert: «Mir macht man doch keine Geschenke!»

Er besann sich fast umgehend eines Besseren: «Ich bin zu jung. Sie sollten es lieber Blinières geben, Flayels Nachfolger bei der Feuerwehr.»

Blinières war bisher nicht gerade einer von Crouzons glühendsten Anhängern gewesen, aber Biotte ließ ihn wissen, wem er sein Kreuz zu verdanken hatte, das ihm große Freude bereitete.

Die Fremdenverkehrsämter der Region veröffentlichten einen bebilderten Reiseführer: Crouzon stellte ihnen dafür nur das Papier in Rechnung und erließ ihnen die Satzkosten. Er behielt die Vorsitzenden, die Schriftführer von Verbänden, die Gemeinderäte und Bürgermeister im Auge, die ihm etwas schuldig waren: Sie sollten nicht dem Wohltäter, sondern der Zeitung danken, in Briefen, die der «Avenir» publik machen konnte … Crouzon hatte sich gefügt: Er verwendete auf die Wahrung seines guten Rufs ebenso viel Mühe und Sorgfalt wie auf die Wahrung seiner materiellen Verhältnisse. Ohnehin fiel beides zusammen. Seine Gewinne erhöhten sich von zweihunderttausend Franc im Jahr 1929 auf vierhunderttausend im Jahr 1930; als 1931 die ersten Anzeichen der großen Krise von Paris auf die Provinz übergriffen, erzielten seine Druckerei, die Almanache, das Plakatunternehmen, der Verkauf von Radiogeräten und die Zeitung Gewinne in Höhe von fünfhundertfünfundzwanzigtausend Franc.

Er hatte sein Training im Stadion eingestellt. Sein mageres und ebenmäßiges, sonnengebräuntes Gesicht alterte bereits, an den Schläfen zeigten sich die ersten grauen Haare eines Dreißigjährigen. Wenn er aus dem Haus ging, trug er ausschließlich dunkle Anzüge. Anne-Marie züchtigte ihn gehörig, als er 1929 bei der Automobilmesse ihren ersten Wagen kaufte, und zwar einen schwarzen.

«Ich hatte mich immer brav zurückgehalten» schrieb er Boutin, «und es war falsch, sich damit zu bescheiden; man braucht aktive Heuchelei. Ehrlich gesagt, hätte ich all diese Grundsatzreden über das Gute, in meiner Zeitung und sogar im Café, früher nicht ausgehalten; zum Glück kann ich mich abends aussprechen. Es gibt Frauen, die Geheimnisse um ihrer selbst willen lieben und sie für sich behalten … oder es ist vielmehr so, dass Anne-Marie sie als einen Teil von mir ansieht: Behält sie die, behält sie mich. Weißt Du eigentlich, dass ich gebeten werde, nächstes Jahr als Abgeordneter zu kandidieren, und dass ich mich darauf einlassen werde, als reine Vorsichtsmaßnahme?

Wichtiger noch, weißt Du, dass Du Ende des Jahres Pate

sein wirst? Es fällt mir so viel leichter, mich zu fügen, wenn ich an mein Kind denke … Es fällt mir so viel leichter, meinen noch verbliebenen Stolz abzulegen, wenn ich ihn auf das Kind übertrage … Ich werde ein erfolgreicher Sklave sein, aber ich wünsche mir, dass mein Kind frei ist, frei und wild. Seinetwegen habe ich vor allem Angst, gleichzeitig möchte ich seinetwegen die Welt umkrempeln …»

Der kleine Philippe wurde Mitte Dezember geboren; Madame Rougeau und Boutin hoben ihn zwei Tage vor Weihnachten aus der Taufe. Es herrschte eine Saukälte, ein Hundewetter. In seinem schönen, gut geheizten Wagen war Crouzon außer sich vor Freude: Sein Erbe war vor der Welt geschützt. Boutin fand den Vater voller Energie vor, bereit, sich noch ganz andere Dinge einzuverleiben als ein Departement. Sie redeten nur ein paar Minuten unter vier Augen, als Boutin wieder in den Zug stieg.

«Pah», sagte Crouzon, «meinst du nicht, dass es zwei Arten von Heuchlern gibt? Und was ist dir lieber, ein Kerl, dem nichts heilig ist und der sich für das Gemeinwohl einsetzt, oder diese elenden Herren, die mit ihren schönen Seelen und Idealen nur danach streben, reich zu werden?»

«Was mir lieber ist?», sagte Boutin und schüttelte seine Traurigkeit ab. «Es geht nicht mehr um Gut und Böse. Mach, was du willst; aber bleib dabei stets anständig.»

Die Dynastie der Crouzons

«Der junge Crouzon darf auf keinen Fall in Châteauroux aufwachsen», sagte Dieudonné eines Abends im Januar zu seiner Frau. «Auf keinen Fall. Und wie konnte ich mir überhaupt das Recht herausnehmen, dich hier gefangen zu halten: Auf nach Paris!»

«Aber ich dachte, heutzutage muss man aus Paris fortgehen, um in der Provinz Erfolg zu haben.»

«Hat man ein paar Millionen beisammen, wird aus Paris eine Kleinstadt, in der man alle wichtigen Leute kennt. Es geht dort weniger heuchlerisch zu. Man sollte keine Briefe schreiben, aber sagen kann man alles. Wir haben eine Million, die können wir riskieren. Lass uns etwas aufbauen. Wenn ich dieses Jahr meine Million verliere, werde ich für den jungen Crouzon wieder ein redliches Vermögen erwerben.»

«Und was ist mit der Krise?»

«Genau die gilt es zu nutzen. Die Menschen sind arm, die Preise im Einzelhandel sinken nicht. Aber selbst wenn die Menschen nichts mehr kaufen: Essen werden sie immer. Die Vorräte kaufe ich hier, setze Lastwagen ein – und eröffne Restaurants in Paris. Die ‹Auberges berrichonnes›. Meinen Namen werde ich nun nicht mehr herausstellen, schließlich will ich kandidieren. Außerdem gibt es dort ein paar Freunde, mit denen ich noch ein Hühnchen zu rupfen habe. Vor ihnen möchte ich nur im besten Licht erscheinen.»

«Und vor deiner einstigen Geliebten, dieser Pariserin, willst du wohl auch im besten Licht erscheinen? Ich arme Berrichonne werde neben ihr verblassen … Weißt du eigentlich, dass ich heute Morgen auf dem Dachboden mit der Pistole dreimal hintereinander ins Schwarze getroffen habe, auf sechs Schritte Entfernung?»

«Ich denke nicht mehr: Das wird mir gefallen; ich denke: Das wird uns gefallen. Die *Sperberin* zählt nur, wenn sie dir zusagt. Findest du sie hässlich, werde ich mich für meine Jugendsünden schämen.»

«Ich muss sie doch zwangsläufig hübsch finden. Wenn ich dir einen schlechten Geschmack bescheinige, ohrfeige ich mich selbst. Außerdem muss ich ja eifersüchtig sein. Sie hat dich schneller lieben gelernt, und dabei war sie dir nichts schuldig … Wenn du sie nicht mehr liebst als mich, bist du ein undankbarer Narr. Wenn du sie mehr liebst, bringe ich dich um.»

In Paris fand Crouzon mühelos lang gestreckte Räumlichkeiten, die noch gestrichen und gekachelt werden mussten. Er wollte keine maroden Restaurants übernehmen. Er wählte vier Orte aus, richtete sie her und kaufte für vierhunderttausend Franc Einrichtung und Küchenausstattung, das meiste gebraucht. Er legte vor allem Wert auf absolute Sauberkeit, äußerste Schnelligkeit, ohne überschüssiges Personal, und auf eine umsichtige Lagerung der Lebensmittel. Er plante für das Jahr hundertfünfundzwanzigtausend Franc Mietkosten ein; dank Lastwagen, die über Kühlschränke verfügten, und eines Depots an der Straße nach Paris, eine Meile von Châteauroux entfernt, konnte er im Voraus einkaufen – Wein, Wurstwaren, Schinken, Kartoffeln, Getreide, Hülsenfrüchte, Obst, Marmelade, gesalzene Butter. Wenn er schon keine Mühle betreiben konnte, sorgte er zumindest für einen mechanischen Teigkneter und eine Wäscherei. Um die Abfälle zu verwerten, plante er eine Schweine- und Geflügelzucht.

Seine vier Gaststätten eröffnete er am selben Tag, Anfang Februar, mit guten Küchenchefs, die er in der Provinz angeworben hatte und am Gewinn beteiligte. Da er sich mit Pariser Werbemaßnahmen nicht auskannte, hatte er anstatt von Prospekten einfach seine ersten *Speisekarten* verteilen lassen und auf diese Weise versucht, die Zielgruppe der Angestellten und Kleinbürger an Büroausgängen oder im Umfeld der Restaurants zu erreichen, die sie für gewöhnlich besuchten. Crouzon zitterte. Die achtundzwanzig Kellnerinnen, die er verpflichtet hatte, wirkten hübsch und gewandt. Aber wer würde kommen? Angesichts der sechshundert Mahlzeiten des ersten Mittagessens, der siebenhundert des ersten Abendessens verzog er das Gesicht: Diese Zahlen würden nicht reichen, um seine Gemeinkosten zu decken. Deshalb rief er sich immer wieder kluge Leitsprüche in Erinnerung: «Gut sind nur die kleinen Geschäfte, die immer größer werden. Man sollte sich ohnehin niemals gute Geschäfte vornehmen: Sie laufen meistens mittelmäßig. Man darf sich nur ausgezeichnete Geschäfte vornehmen: Das sind die einzigen, die halbwegs passabel laufen.»

Er hatte nicht damit gerechnet, wie schnell sich Restaurantempfehlungen herumsprechen: Binnen einer Woche steigerte sich die Zahl der Mahlzeiten auf durchschnittlich zweitausend pro Tag. So flink die Bedienung auch war, der Platz in den vier Lokalen wurde allmählich knapp.

Crouzon lernte, dass die Geschmäcker sich je nach Viertel unterschieden: Das rohe Pferdesteak, das links der Seine und im Viertel von Clignancourt gern genommen wurde, fand in den beiden anderen Lokalen wenig Anklang; im Norden von Paris bevorzugte man kräftig gewürzte Speisen und verbrauchte mehr Senf.

Die Erfahrung lehrte ihn, sich über die Misslichkeiten von Angestelltenrestaurants zu ereifern: Erst wird schnell gegessen, weil man ausgehungert ankommt, dann verweilt man noch beim Kaffee und liest, plaudert, raucht. Insbesondere an Regentagen wird man die Gäste nicht mehr los, nachdem sie ihre Mahlzeit beendet haben. «Den Kaffee streichen? Unmöglich», überlegte Crouzon, «dann ließe sich keiner mehr blicken. Ihn teurer machen? Meine vier Köche und Geschäftsführer haben mich davor gewarnt, die Preise heraufzusetzen …»

Schließlich ließ er in jedem Lokal eine Theke einbauen, wo der Kaffee im Stehen getrunken wurde und halb so viel kostete wie am Tisch. Diese List funktionierte ziemlich gut, vor allem bei den Frauen und jungen Männern …

Die Bestellungen in der Region, just in jenem Wahlkreis, in dem Crouzon kandidieren würde, erreichten Anfang Mai täglich einen Wert von neuntausend Franc: Der Erfolg war ihm sicher. Er musste den Geschäftsführer im Bastille-Viertel ersetzen, der sich nicht genug um seine schwierige Kundschaft kümmerte. Auf diese Weise vertiefte Crouzon seine Menschenkenntnis, die stets umfangreicher wurde, verlässlicher und nüchterner.

Um wieder etwas Freiraum für seine Wahlkampagne zu

erlangen, hatte er Madame Rougeau für die Einkäufe hinzugezogen. Obwohl sie ganz verrückt nach ihrem Patenkind war, freute sie sich über diese Arbeit; ihr abwesender Mann bekam in Marokko die Folgen der Krise heftig zu spüren, sodass sie in Geldverlegenheit war. Man konnte sie allerdings nur mit Mühe dazu bringen, eine Gewinnbeteiligung anzunehmen. Mit Tränen in den Augen sagte sie zu Crouzon: «Mein lieber Junge, in Ihrem Fall hätte ich am liebsten immer nur gegeben und niemals etwas genommen.»

Unterdessen plante er seine Wahl sehr viel zurückhaltender, als er es vier Jahre zuvor für seine Kandidaten getan hatte. Auch wenn er Biotte und Hamet praktisch ohne Entgelt unterstützte, war er mit Plakaten und Ankündigungen sparsamer als diese beiden.

Seinen Wahlkampf führte er auf zwei Ebenen: Zwar versammelte er gewissenhaft Wähler aus allen Kreisen in den Weinstuben oder Schulhöfen, um ihnen sein Programm vorzustellen, die einflussreichen Wähler der Region erreichte er jedoch alle über die Amtsträger, die Gemeinderäte, die seiner Zeitung etwas zu verdanken hatten, über die Landwirte, Gärtner, Lagerhalter.

«Ich komme ohne Weiteres in den Senat[59]», sagte er zu Anne-Marie, «und bei den Versammlungen wirken diese Kerle auf mich alle gutwillig. Aber vor vier Jahren wurde ich dermaßen niedergebrüllt!»

Er bedachte nicht, dass es ihm seither gelungen war, Wurzeln zu schlagen, dass sein Vermögen nicht ganz so augenfällig gewachsen war und er sich in dieser Zeit des Mangels und der wirtschaftlichen Flaute zudem als unverzichtbar erwies. Schon im ersten Wahlgang erhielt er mehr als die Hälfte der Stimmen. Und die hiesige Jugend, wieder einmal unbeständig, trug ihn im Triumphzug auf den Schultern.

Noch am selben Tag ernannte er Bouffardy zum Chefredakteur des «Avenir berrichon», stellte ihm einen Redaktionsmitarbeiter zur Seite, und den Bruder von Bouffardy, einen kleinen Versicherungsvertreter, machte er zum Werbemakler der Zeitung.

Zwei Tage später empfing Anne-Marie sämtliche Würdenträger der Stadt, mit einem Ausdruck sanften Stolzes, der Crouzon mehr entzückte als seine Wahl. Wie beflissen man sich um diese Frau drängte, die ohne seinen persönlichen Erfolg nichts weiter gewesen wäre als ein gefallenes Mädchen! Noch nie hatte er sie so schön erlebt: In diesem Winter hatten sie sich beide dank einer starken Speziallampe die tiefe Bräune des Spätsommers bewahrt. Als die Soiree beendet war, führte er sie lachend in ihr Zimmer; sie statteten ihrem Erben einen Besuch ab, um ihn beim Schlafen zu betrachten, und kehrten in das Zimmer zurück, um unter vier Augen ihre Freude zu genießen.

«Ach, wie gern hätte ich unsere Gäste mit Tritten hinausbefördert», sagte er.

«Ach, wie gern hätte ich einige dieser Gestalten über den Haufen geschossen ...», erwiderte die zärtliche Anne-Marie.

«Bestimmt werden sie mich in vier Jahren niederbrüllen. Am liebsten würde ich ihnen nur noch Dinge geben, die man ihnen wieder wegnehmen kann: einen schönen Park hinter starken Gittern, in dem sie nur während ihrer freundlichen Jahre spazieren dürften, einen Theatersaal, den ich ihnen für einen Franc pro Trimester vermieten würde, vorausgesetzt, sie waren höflich genug ... Weißt du, dass die Pariser Zeitungen von meinem Erfolg berichten? Und dass der schöne Aubrain, der Mann der *Sperberin*, der in Paris zur Wahl angetreten ist, sich heute zurückziehen musste? Es wird mir ein Vergnügen sein, all diese alten Gefährten wiederzusehen.»

«Wir werden ihnen auf der Nase herumtanzen und sie dabei mit Höflichkeiten überschütten.»

«Nein, wir werden sie dazu bringen, uns zu mögen: Sie werden unsere Marionetten sein. Das ist die beste Art von Rache, die süßeste. Oh, die Anerkennung des dicken Dousset, sein feuchtes Auge, seine Danksagungen – vielleicht ist es schon in diesem Jahr so weit? Nein, darauf kann man länger als acht Jahre warten, wie bei guten Weinen.»

«Aber seit dieser Kampagne hast du ja gar keine Stimme mehr. Zunächst einmal musst du dich drei Monate ausruhen und dich von nun an schonen ... komm nun endlich schlafen.»

«Nein, bloß nicht, ich möchte tot sein, bevor du alt wirst; und dann widmest du dich dem Kleinen; er wird nicht von Groll und Schandflecken gezeichnet sein ...»

«Von wegen! Ich war selbst eine Erbin und hätte nicht leben können, wenn ich keine Dummheiten begangen hätte. Wenn der Kleine nach uns kommt, wird er uns Kummer bereiten ...»

Crouzon wurde bleich.

Zwei Monate später richteten sie sich in ihrer Pariser Wohnung ein.

Der Einsiedler und der Freibeuter

Erst Anfang Oktober waren Crouzon und Anne-Marie in der Lage, Boutin, Aubrain und die *Sperberin* sowie den dicken Louviers zu sich einzuladen. Dousset hatte abgelehnt. «Noch entzieht er sich meiner alten Freundschaft», sagte Crouzon. «Aber es war richtig, Aubrain warten zu lassen. Unser gescheiterter Kandidat sucht eine Anstellung; ich werde ihm die Pariser Aktivitäten des ‹Avenir› übertragen, und zwar mit einem guten Gehalt, auch wenn es sich für mich nicht auszahlt.»

«Ist dir eigentlich klar, dass deine früheren Kameraden älter aussehen als du, obwohl du vorgibst, dich zu Tode zu schuften?», sagte Anne-Marie, als sie kurz allein waren.

«Meinst du? Boutin hat immer noch diese ernste, entspannte Miene; seine Krähenfüße und die kahle Stirn machen ihn schöner, als hätte die Intelligenz sein Gesicht freigelegt, aufgeräumt.»

«Aber dieser Aubrain, dieser Louviers und die anderen hochmögenden Herren von minderer Bedeutung!»

«Das stimmt, man merkt ihnen an, dass sie die dreißig überschritten, sich die Hände schmutzig gemacht haben, die Gier und die Lust haben ihre Spuren hinterlassen; sie wirken satt und abgespannt. Sie überraschen dich, denn Provinzler sind niemals dreißig; sie wirken wie zu früh in den Vierzigern angekommen, sind dabei jedoch gut erhalten … Aber was ist das für ein Ehemann, der sich auf den Balkon flüchtet, um mit seiner Frau zu tuscheln? Was sollen die anderen nur denken …»

In Châteauroux hatte Crouzon wenig Umgang mit Gleichaltrigen gehabt; Gleichaltrige sind nur dafür gut, sich die Zeit zu vertreiben, Spaß zu haben. In der Provinz, wo allein schon das Altern das Fortkommen begünstigt, hatte er instinktiv die Nähe gesetzter Männer gesucht.

Seine einstigen Gefährten, ob sie nun eine komfortable Position innehatten wie der kugelrunde kleine Louviers oder *gestrandet* waren wie Aubrain, waren von Erfolg oder Niederlage gezeichnet; die jeweiligen Rollen hatten die Männer erdrückt; sie waren bereits verbogen, aufgedunsen oder plattgedrückt, wie Kugeln, die gegen die Zielscheibe geprallt sind. Während er, von seinen Vorhaben getragen, seine Willensstärke nicht einmal mehr spürte; sein energisches Gesicht wirkte erholt, wie jene Büsten, die in weite Ferne blicken.

Die *Sperberin* und Anne-Marie sahen sich an, beide erwarteten ängstlich Crouzons Urteil.

«Tja, diese kleine *Sperberin* ist wirklich schön», dachte Anne-Marie. «Die Mundwinkel ein wenig schlaff, wegen der Zigarette, des vielen Lächelns; mal ist sie matt, mal strahlt sie nur so, wenn sie sich jemandem zuwendet; ich werde Dieudonné sagen, dass sie eine Blendlaterne ist, nein, ein Leuchtturm mit drehendem Feuer …»

Die *Sperberin* hatte sich, mit ihrem betörendsten Lächeln, schon mehrmals nach der Frau mit dem fuchsroten Haar und dem dunklen Teint umgesehen, bei der allein die Augen lächelten, während sie den Kopf gleichmütig neigte.

Sie dachte: «Dieses hoch aufgeschossene Mädchen kommt mir ziemlich hart vor. Ich würde ihr nicht gern in die Hände fallen.» Zugleich wusste sie, dass sie sich irrte, ahnte, wie perfekt die Verbindung zwischen ihr und Dieudonné war, ein königlicher Inzest, wie in Ägypten: Gatte und Gattin waren in diesem Fall auch Bruder und Schwester. «An ihrer Seite wirkt er beschützt, unzugänglich; aber was sie ihm wohl zu geben hat?» Sie gab ihm Kraft, von der er niemals genug bekommen konnte, und diesen unüberwindlichen Schutz.

«Du darfst jetzt nicht zurückstecken; unser Land braucht fähige Männer, du musst Minister werden», sagte Aubrain.

«Zunächst werde ich für die Dauer einer Legislaturperiode stillhalten: Abstimmungen, Fraktionen, Ausschussarbeit ...»

«Du solltest dich dem Finanzausschuss zuwenden», sagte der dicke Louviers, «da sind sie besonders mittelmäßig, finde ich.»

«Eines Tages wirst du an der Spitze eines Ministeriums für die Jugend stehen», sagte Aubrain.

«Wohl kaum», sagte Crouzon. «Ich war nie jung; ich habe ein bestimmtes Lebensalter nie für eine Tugend gehalten ...»

«Sag mal, findest du nicht, dass die Lage momentan günstig ist für die Presse und dass ...»

«Ich glaube nicht», schnitt Crouzon ihm das Wort ab. «Die Verkäufe sind gut, aber die Werbeanzeigen sind überall zurückgegangen. Ich kann mich dieses Jahr über Wasser halten, weil ich mir die amtlichen Verlautbarungen gesichert und eine Rubrik für Gebrauchtwaren ins Leben gerufen habe …» (Glaubt er etwa, dass ich eigens für ihn ein Pariser Blatt gründen werde? Was für ein Trottel!) «Wie viel gibst du eigentlich an deine Anteilseigner ab?» «Ich habe keine, ich bin der alleinige Besitzer.»

Anne-Marie, deren Einrichtung die *Sperberin* sehr gewagt fand mit diesen Möbeln, die an den Wänden angebracht waren, hatte bereits gestanden, dass Crouzon die Wohnung gekauft hatte. Insgeheim überschlugen die Gäste das Vermögen ihres kleinen Kameraden, ihres ehemaligen Schützlings.

«Aktiengesellschaften», dozierte Louviers von neuem, «tragen einen Großteil der Schuld an der Krise, und sie werden einen Großteil der Opfer ausmachen. Aber würdest du deinen alten Freunden vielleicht verraten, mein lieber Crouzon, wie man in Krisenzeiten reich werden kann?»

Crouzon parierte prompt: «Man muss den billigen Ersatz eines lebensnotwendigen Produkts nutzen. In der Krise kann man günstig einkaufen. Während vor allem die Preise für Rohstoffe sinken, bleiben Kapitalbeschaffung und Arbeitskraft teuer. Man muss also ständig Ware kaufen, sie schnell absetzen, möglichst wenig Personal beschäftigen und die Lagerbestände gering halten.»

«Das ist wirklich findig», sagte Louviers, «aber man müsste …»

«Nun», sagte Crouzon, «wenn die Zeitungen, wie ihr festgestellt habt, so gut laufen, wissen wir, welches Metier sich lohnt.»

«Zeitungsverleger?», sagte Aubrain.

«Nein, Papierhersteller, oder besser noch Importeur …»

Beim Kaffee fiel Crouzon wieder ein, dass Liebenswürdigkeit die beste Form der Rache war. Er nahm Aubrain

beiseite, erklärte ihm, was er von ihm erwartete: Er müsste
sämtliche Pariser Zeitungen durchkämmen; die morgendlichen Telefonate erledigen, Interviews führen … Crouzon
nannte ihm den Preis; der andere brauchte nur noch zu ni-
cken und ihm die Hand zu drücken.

Die *Sperberin* sah, wie ihr Mann sich nach ihr umdreh-
te, mit diesem hündisch ergebenen Blick, den er normalerweise hatte, wenn er Ministern begegnet war. Sie sah einen
sehr mächtigen und sehr großherzigen Crouzon. Sie richtete es so ein, dass sie ihn ihrerseits beiseitenehmen konnte.

«Na, *Sperberin*, schöne Pariserin, Sie haben den Exilanten also nicht vergessen?»

Sie reichte ihm beide Hände.

«Und Sie haben diesen hübschen Spitznamen nicht vergessen? Ich verdiene ihn nicht mehr, stimmt's? Aber nun
werden wir uns wiedersehen. Ich werde Ihnen lauschen,
wenn Sie vor der Kammer sprechen …»

«Pah!»

Er hatte die schöne kleine Hakennase und die großen
Augen, von denen er geträumt hatte, unmittelbar vor sich.
Jetzt träumte er nicht mehr – seine Träume sagten nur noch
Dinge voraus, die wirklich eintreten würden. Nun wollte er auf einen Schlag das herrliche Traumbild seiner frühen Jugend zerstören, in sich Groll und Hochmut herauf-
beschwören: Er gab der *Sperberin* einen Kuss; sie erduldete
diesen Kuss wie ein Herrenrecht und schenkte ihm ein
klägliches Lächeln. Ihr Mann rief sie zu sich: Sie machten
sich auf den Weg. Crouzon kehrte zu Anne-Marie zurück,
dieser hohen und anmutigen Gestalt, die für alle anderen
unnahbar war. Das Lied, das Boutin ihm beigebracht hatte, fiel ihm wieder ein, als auch die anderen gingen.

Mir gehören eine Negerin, hundert Neger
Und ein Sklave aus Mexiko …

Und mein ist ein Guavenbaum
Der mir jeden Kummer nimmt …

Er brauchte Boutin, und diese entschiedenen Gedanken, die männliche Geister in unbeschwerten Stunden schmieden.

«Mein Wagen steht unten, ich bringe dich nach Hause», sagte er.

Und dann, kaum waren sie losgefahren: «Wir sind immer noch die beiden Einzigen, die einander verstehen, mein weiser alter Freund …»

«Oh ja, du alter Halunke», sagte Boutin mit schleppender Stimme. «Wir sind so weit voneinander entfernt, dass wir niemals zusammenstoßen werden.»

Er träumte einen Moment vor sich hin, den Kopf in den Nacken gelegt; Crouzon saß schweigend am Steuer.

«Siehst du», fuhr Boutin fort, «hier sitzen wir Seite an Seite wie früher, aber wir bewohnen zwei Universen, die keinerlei Berührungspunkte haben. Du taxierst die Autos, die Menschen, du glaubst dich fast allen überlegen; die wenigen, die es mit dir aufnehmen können, beobachtest du, als Ansporn; mir überlässt du die Dunstschwaden über der Seine, den Widerschein im Wasser, dieses Farbenspiel am Himmel …»

«Lass uns ein wenig spazieren fahren; wo möchtest du hin?»

«Richtung Sonne, bis sie untergeht.»

«Gut, dann nehmen wir die Straße nach Saint-Germain. Und wie nennst du die Welt, die du bewohnst?»

«Pah, das Reich Gottes vielleicht, aber nicht als künftige Gegenwelt zu dem hier, sondern eines, an dem ich mich erfreuen kann, ohne es zu greifen, jetzt und hienieden …»

«Es ist reiner Zufall, dass ich mich davon abgekehrt habe, das weißt du … Findest du, dass ich tief gesunken bin? Was erwartest du denn von mir?»

«Mach weiter, Crouzon; wenn du dieses Glück aufgibst, heißt das nicht, dass dir dadurch ein anderes zuteilwird … Möchtest du etwa in Reichtümern schwelgen und zu allem Überfluss auch noch die Vorzüge der Armut genießen? Sei nie verächtlich; nimm die Auszeichnungen an; wie kann es sein, dass du keinen Orden hast? Werde Minister.»

«Also soll ich mich für immer entwürdigen lassen? Ich würde nicht einmal mehr spüren, was mir fehlt und was den Menschen fehlt, die ich liebe … Gehöre ich deiner Meinung nach zu all diesen Pfeffersäcken der Avenue du Bois⁶⁰?»

«Nein, du bewahrst dir die einzig wahre Vornehmheit, die der Parvenüs. Hab keine Angst vor dem großen Erfolg. Wer geerbt hat, zweifelt nicht an seinem Erbe; er sieht es als etwas Großes an und sich selbst als etwas Kleines. Du hingegen hast alles, was du machst, aus eigener Kraft erschaffen, du übertriffst alles, was du geschaffen hast. Die Sorgen werden sich von ganz allein einstellen. Deshalb sorge dich nicht.»

Anmerkungen

Yvonne und Louis Chevalier, denen dieses Buch gewidmet ist, waren sehr enge Freunde von Jean Prévost und seiner ersten Frau Marcelle Auclair (1899–1983). Louis Chevalier (1895–1964) wirkte als Doktor der Psychiatrie. Seine Frau Yvonne (1899–1982) arbeitete seit 1929 als Fotografin. Zu ihren Werken zählten neben Reportagen und Aktfotografien zahlreiche Schriftstellerporträts, darunter von Antoine de Saint-Exupéry, Henri Michaux und Jean Prévost (vordere Klappe). Marcelle Auclair lobte ihre Gabe, bei Prévost, «der seine ungehobelten Manieren wie eine Art Schüchternheit vor sich hertrug, das Sanfte aufzudecken».

1 Im frz. Original heißt es hier 1925. Aus dem weiteren Verlauf der Handlung und der Nennung weiterer Daten geht aber unzweifelhaft hervor, dass an dieser Stelle ein Irrtum des Autors vorliegt, den wir korrigiert haben.

2 Dieser Begriff geht auf die Dreyfus-Affäre zurück und bezeichnet die Befürworter eines Revisionsverfahrens im Fall des jüdischen Hauptmanns Alfred Dreyfus (1859–1935), den man 1894 zu Unrecht wegen Landesverrats verurteilt hatte. Seine vollständige Rehabilitierung erfolgte erst 1906. Der Konflikt zwischen Anhängern und Gegnern des Revisionsverfahrens war zugleich ein Machtkampf der bürgerlichen Mitte und Linken gegen die Rechtsparteien.

3 Die *Fondation Thiers* ist eine Stiftung zur Förderung hochbegabter Studenten, benannt nach dem Anwalt, Journalis-

ten, Historiker und frz. Präsidenten (1871–1873) Adolphe Thiers (1797–1877).

4 Gemeint ist der große Pariser Park Bois de Boulogne, in der Nähe von Boutins Wohnung.

5 So werden die Studenten von der *École normale supérieure* in Paris bezeichnet, eine der renommiertesten Elitehochschulen Frankreichs und Europas. Jean Prévost war selbst *normalien.*

6 Dieses ländliche Departement liegt im Zentrum Frankreichs und ist nach dem Fluss Indre benannt.

7 Mit vollständigem Namen hieß die 1901 gegründete Partei *Parti républicain, radical et radical-socialiste.* Der *Parti républicain* war liberal-linksbürgerlich und die erste landesweit agierende große Partei Frankreichs, in der Zwischenkriegszeit besonders einflussreich und bis 1936 die stärkste Kraft innerhalb der gemäßigten Linken.

8 Das Departement, gelegen im Westen Frankreichs und benannt nach dem Fluss Vendée, gilt als eines der konservativsten des Landes.

9 Die *Conférence Molé-Tocqueville* war einer von mehreren bildungsbürgerlichen Zirkeln, in denen beispielsweise parteipolitisches Führungspersonal rekrutiert wurde und man nach parlamentarischem Vorbild Debatten zu aktuellen Fragen führte. Sie stand auch der politisch interessierten Jugend offen und galt als Sammelbecken der demokratischen Linken.

10 Jean Jaurès (1859–1914), Historiker und Politiker, Galionsfigur des Reformsozialismus in Frankreich, Pazifist und berühmter Redner, wurde kurz vor Ausbruch des I. Weltkriegs von einem frz. Nationalisten ermordet.

11 Einwohner der historischen Provinz Berry, s. Anm. 12.

12 Historische, im Ancien Régime verwendete Bezeichnung für eine Provinz, die in etwa die heutigen Departements Cher und Indre umfasste.

13 Der Begriff bezeichnete damals in Frankreich sowohl den Fortsetzungsroman als auch das, was in Deutschland bis heute darunter verstanden wird – die Kulturseiten einer Zeitung.

14 Robert de Jouvenel (1882–1924), frz. Journalist und Anhänger der republikanisch-radikalen Bewegung, der durch sein aufklärerisches Engagement zum Renommee der *Conférence Molé-Tocqueville* (s. Anm. 9) beitrug und sich mit satirischen und kämpferischen Texten für die Wahrung demokratischer Prinzipien einsetzte. Gustave Téry (1870–1928), frz. Journalist und Dramatiker, bekennender Dreyfusianer und Pazifist.

15 Honoré de Balzac (1799–1850), einer der bedeutendsten frz. Autoren des 19. Jh. Sein Roman *Die Krebsfischerin* (1843) gehört zu den *Szenen aus dem Provinzleben* seiner großangelegten *Menschlichen Komödie* (entstanden 1822–25 und 1830–1847). Die titelgebende Krebsfischerin wird als hübsche junge Verführerin gezeichnet.

16 Eigentlich *coinche* oder *belote coinchée*, frz. Kartenspiel, eine von unzähligen regionalen Varianten der *belote*, die eine gewisse Ähnlichkeit mit dem bayr. Schafkopf hat.

17 Lautmalerische Bezeichnung für die Grille oder Zikade, kann figurativ im Argot «mager» bedeuten, wurde zu Beginn des 20. Jh. auch als Kose- oder Schmähwort benutzt.

18 Eigentlich *Les Deux Magots*: Legendäres Café am Pariser Boulevard Saint-Germain, das bereits Ende des 19. Jh. Treffpunkt von Künstlern und Intellektuellen war.

19 Die Abtei Saint-Germain-des-Prés an der Ecke des Boulevard Saint-Germain.

20 Dieudonné, vom lateinischen *a deo datus* abgeleitet, bedeutet «von Gott gegeben». Dieser Name könnte auch als Hinweis auf seine bescheidene Herkunft interpretiert werden.

21 Alexandre Dumas der Ältere (1802–1870), frz. Schriftsteller, der populäre historische Abenteuerromane verfasst hat. Einige seiner berühmtesten Werke – *Die drei Musketiere* (1843/1844) oder *Der Graf von Monte Christo* (1845/1846) – waren in den 1920er-Jahren bereits gemeinfrei.

22 Setzmaschine, die den Handsatz ablöste und 1886 eingeführt wurde.

23 Frz. Nationalfeiertag zur Erinnerung an den Sturm auf die Bastille am 14. Juli 1789. Er wird alljährlich mit Militärparaden, Feuerwerken und Volksfesten im ganzen Land begangen.

24 Eigentlich Marie-Louise Damien (1889–1978), frz. Chansonsängerin und Schauspielerin, die in der Zwischenkriegszeit ein Liebling des frz. Publikums war.

25 Léonie Thevenot d'Aunet (1820–1879), frz. Schriftstellerin, die sich mit ihrem Mann, dem Maler François-Auguste Biard (1798–1882), einer Forschungsexpedition nach Spitzbergen anschloss und zunächst Reiseberichte veröffentlichte. Von 1843 bis 1851 war sie mit Victor Hugo (1802–1885) liiert und wurde wegen Ehebruchs verhaftet. Nach der Trennung von ihrem Mann publizierte sie unter ihrem Mädchennamen zahlreiche Bücher, die großen Anklang fanden.

26 Zeitschrift für privilegierte junge Mädchen, die sich durch die Qualität ihrer Textbeiträge und Illustrationen auszeichnete. Sie erschien von 1833 bis 1922, die Chefredaktion war fest in weiblicher Hand.

27 Beliebte Absinth-Marke der Belle Époque.

28 Eigentlich Henri Babinski (1855–1931), frz. Ingenieur, der

unter dem Pseudonym Ali-Bab Kochbücher veröffentlichte, inspiriert durch langjährige Auslandsaufenthalte. Sein Kochbuch *Gastronomie pratique* (1907) ist bis heute ein Standardwerk.

29 Das Internationale Institut für geistige Zusammenarbeit (1926–1946) mit Sitz in Paris diente dem wissenschaftlichen Austausch und war dem Völkerbund angegliedert. Es gilt als Vorläufer der UNESCO.

30 Frz. «Werbung».

31 Der sogenannte Bürgerkönig (1773–1850) regierte von 1830 bis 1848 und war der letzte König Frankreichs. Unter seiner Herrschaft florierte das Bürgertum und setzte die Industrialisierung des Landes ein.

32 Frz. «das Zweite Kaiserreich» (1852–1870) – die Herrschaft von Kaiser Napoleon III. – endete mit dem Deutsch-französischen Krieg 1870–1871 und wurde durch die Dritte Republik abgelöst.

33 Paul Gavarni (1804–1866), frz. Zeichner, Illustrator und Karikaturist, ein Meister der Lithografie, war für die Satirezeitschrift *Le Charivari* tätig.

34 Honoré Daumier (1808–1879), frz. Maler, Bildhauer und Grafiker, wurde vor allem durch seine politischen und sozialkritischen Karikaturen bekannt. Er arbeitete ebenfalls für *Le Charivari*.

35 Gemeint ist die alte *Bibliothèque nationale de France* (Französische Nationalbibliothek) in Paris, gegründet 1666.

36 Vermutlich geht diesem Text in Crouzons Almanach eine Bildbeschreibung voraus, genau wie hier im Roman.

37 In Achtelbogengröße gebundenes Buch.

38 Altes Verfahren für die schnelle und preisgünstige Vervielfältigung von Zeichnungen.

39 Dt. für *Chambre des Députés* (im Original kurz «La Chambre» genannt), das frz. Parlament.

40 Das oberste gewählte Kollegialorgan eines frz. Departements. Die Mitglieder des *Conseil général* werden für sechs Jahre gewählt, als Wahlbezirke dienen die Kantone.

41 Mohammed Abd al-Karim (1882–1963), Richter, Lehrer und Bekämpfer des Kolonialismus in Spanisch-Marokko, der die Rifkabylen bei der Schlacht von Annual am 22. Juli 1921 zum Sieg führte und sich am 27. Mai 1926 der frz. Armee ergab.

42 S. Anm. 26.

43 Lehrreiche Fabel.

44 Antoine Galland (1646–1715), frz. Orientalist, der als erster Europäer die Erzählungen von *Tausendundeine Nacht* übersetzte.

45 François Blanchet (1707–1784), frz. Jesuit, Rhetoriklehrer und Dolmetscher, dessen lehrreiche Geschichten und Anekdoten – überwiegend Adaptionen oriental. und span. Texte – kurz nach seinem Tod veröffentlicht wurden.

46 Eigentlich François Anatole Thibault (1844–1924), frz. Schriftsteller, der 1921 mit dem Literaturnobelpreis ausgezeichnet wurde.

47 Zur Handlungszeit übliche Bezeichnung für den technischen Leiter einer Setzerei, Druckerei oder Buchbinderei.

48 Chile war ein wichtiger Lieferant für Nitratstickstoff, der aus Salpetersäure gewonnen wird.

49 S. Anm. 40.

50 Eugène Sue (1804–1857), frz. Schriftsteller, gilt als einer der Begründer des Fortsetzungsromans und war zeitweilig der meistgelesene Autor Frankreichs. Sein bekanntestes Werk ist der Roman *Die Geheimnisse von Paris* (1842, dt. 1843).

51 Im frz. Original *entrepreneur de peinture*, also «Malerei-unternehmer», aber Prévost bezieht sich eindeutig auf den bereits eingeführten Glasfabrikanten, sodass wir diesen offensichtlichen Fehler korrigiert haben.

52 Eigentlich Dolores Jiménez Alcántara (1909–1999), zu ihrer Zeit eine der berühmtesten Flamenco-Sängerinnen Spaniens.

53 Zu diesem Lied ließen sich keine näheren Angaben recherchieren.

54 Frz. Architekt und Bildhauer (um 1510–um 1572), der an der Erweiterung des Louvre unter Heinrich II. (1519–1559) beteiligt war und als Meister des Reliefstils gilt.

55 Zitat aus dem Roman *Gargantua und Pantagruel* (1532) des frz. Schriftstellers François Rabelais (um 1483–1553).

56 Die Funk- und Radiotelefonie wurde zwischen 1906 und 1914 zur Übertragung von Tönen entwickelt und diente sowohl zum Telefonieren als auch dem Hörfunk.

57 Gerät zur Aufnahme und Wiedergabe von Klängen mittels einer Nadel, die über eine rotierende Walze gleitet. 1877 wurde die sogenannte Sprechmaschine von Thomas Edison zum Patent angemeldet.

58 Gemeint ist das Kreuz der Ehrenlegion.

59 Das Oberhaus des frz. Parlaments. 225 der 300 Senatoren wurden indirekt von Abgeordneten, Amtsträgern und Lokalpolitikern der jeweiligen Departements gewählt.

60 Die im 16. Arrondissement gelegene Straße heißt seit 1929 Avenue Foch und ist nach wie vor die teuerste Wohngegend von Paris.

NACHWORT

Der Schlag mit dem Kopf ins Gesicht des Freundes, mit dem in diesem Roman alles beginnt, hat nichts von einem affektiven Akt, den man sofort bereut. Er hat etwas Unabwendbares, ist zugleich Entladung, Zeichen und Schicksal. Viele Romanfiguren von Jean Prévost tragen Spuren dieser angestauten Gewalt, die eine tief wurzelnde Ungeduld verrät, auf gewundenen Wegen sich Ausdruck verschafft, dabei sämtliche Regeln des Anstands oder der Vernunft umstößt und im kurzen Taumel der plötzlich neuen Situation die Karten der ganzen weiteren Existenz für sich selbst und für die anderen umverteilt.

Der Jurastudent Dieudonné Crouzon ist also nicht von der Art des vierschrötigen Draufgängers, der einfach drauflosschlägt. Der Streit mit seinem Freund hätte schnell beigelegt werden können, ein Wort hätte genügt und die ganze Romanhandlung wäre hinfällig geworden. Da dies aber nicht geschieht, nehmen die Ereignisse ihren windungsreichen Lauf. Crouzon zuckt vor seinem Freund mit den Schultern, wendet sich zur Tür, geht die Treppe hinab, wird die Stadt verlassen und erst viel später als neuer Mann wiederkehren mit dem Triumphgefühl der vollzogenen Rache. *Revanche* hieß der Roman in seiner ursprünglichen Fassung, die im Sommer 1934 in Fortsetzungen in der Zeitschrift *Annales littéraires et politiques* erschien, bevor er noch im selben Jahr unter dem heute bekannten, suggestiveren Titel als Buch herauskam. Auch die Genugtuung des Siegs bringt dem Helden aber nicht das Glück des endgültigen Friedens mit sich selbst und mit der Welt.

Crouzon hat im Jahr 1925, in dem die Romanhandlung beginnt, etwa das Alter, das damals auch der Autor gehabt hätte. Und es gibt noch weitere Ähnlichkeiten. Der 1901 in der Nähe von Nemours geborene und dann in der Normandie aufgewachsene Prévost, der siebzehnjährig nach Paris gekommen war, um an der *École normale supérieure* Literatur zu studieren, war nach dem Studium wie sein Held ebenfalls plötzlich aus der Hauptstadt in ein entlegenes Departement aufgebrochen, als Wahlhelfer für einen sozialistischen Parlamentsabgeordneten. Dennoch machen diese Ähnlichkeiten aus dem Buch keinen autobiografischen Roman. Entscheidend ist allein der Charakterzug, der den Autor mit seinem Helden verbindet: eine zupackende, überbordende Lebensenergie, die frontal auf alle Widerstände losgeht und doch zugleich die eigenen wie die fremden Reaktionen feinfühlig wahrnimmt.

Diese Doppelveranlagung zu Robustheit und Sensibilität findet man manchmal bei Sportlern – und eine Leidenschaft für den Sport zeigte sich tatsächlich auch beim Volksschullehrersohn Prévost schon den frühen Jahren. *Plaisir des sports* hieß 1925 sein erstes veröffentlichtes Buch. Es war ein Plädoyer für die körperliche Verausgabung in all ihren Formen, draußen an der frischen Luft. Besonders gern betrieb Prévost selber Fußball und Rugby, Boxen und Kajakfahren in wilden Gewässern. Verachtung zeigte er hingegen für die feineren Sportarten wie Tennis oder Golf mit ihrem bürgerlichen Zeremoniell. Tennis war für ihn nur «ein trauriger Tanz beim Warten auf den Nachmittagstee» und das Golfspiel ein Vergnügen «für alternde Bankdirektoren».

Mit seiner Neigung zur physischen Verausgabung im Zweikampf oder im Mannschaftsspiel huldigte Prévost aber weder der Ästhetisierung des – männlichen – Körpers noch dem Kult der sportlichen Höchstleistung, wie die Zwischenkriegszeit in den Stadien, olympischen Großveranstaltungen und beginnenden Massenurlauben an den Badestränden sie gern zelebrierte. Auch zur Fröhlichkeit der Wandervogelbewegung passte Jean Prévosts Sportbegeisterung nicht ganz. Sie hatte etwas Wildes, Unkontrolliertes, ja Rebellisches. «Die Griechen trainierten ihren Körper, um sich ihrer Kultur anzupassen, wir trainieren, um gegen die unsere anzukämpfen», schrieb er. Auflehnung war für ihn eine Grundeinstellung im Leben. In einem Frage-Antwort-Spiel erwiderte der Vierunddreißigjährige auf die Frage nach seiner Idealvorstellung vom Glück: Anarchie in allem. Und als höchste Tugend gab er die Verwegenheit, als größtes Laster die Dankbarkeit an.

Regelmäßiges Körpertraining war für Prévost nicht nur ein Mittel, gegen erste Anzeichen von Erschlaffung seines massiven Körpers anzukämpfen. Es diente auch dazu, den ungezügelten Geist zu disziplinieren. Diese Mischung aus Naturwüchsigkeit und Raffinement findet man bei seinem Helden Dieudonné Crouzon wieder, motiviert allerdings auch von einer inneren Ungeduld, die dem jungen Mann auf mitunter pathologische Art abwechselnd die Wut in den Kopf und Tränen der Rührung in die Augen treibt.

Mit seinem Verlangen, Körper- und Geisteskraft nicht mehr getrennt sehen zu wollen, gehörte Jean Prévost jedenfalls zu einer neuen Kategorie von Schriftstellern des noch jungen Jahrhunderts – fernab von den Salons und den akademischen Weihen, aber auch von den dadaistischen oder surrealistischen Zirkelveranstaltungen. Der junge Autor war stolz darauf, mit seinem harten Schädel beim Boxkampf einmal dem von ihm bewunderten Kollegen Ernest Hemingway einen Daumen gebrochen zu haben. Dass er die literarischen Exzellenzklassen durchlaufen hatte, gern auch immer wieder literarische Studien über Paul Valéry, Montaigne, Baudelaire, Stendhal verfasste und mit zweiundvierzig Jahren über diesen Letzteren sogar eine Doktorarbeit einreichte, hat aus ihm nie einen philologischen Schöngeist gemacht. Lieber begab er sich auf Entdeckungsjagd nach noch unbekannten Autoren oder diskutierte mit den schon arrivierten Größen seiner Epoche.

In der Pariser Rue de l'Odéon gab es in den Zwanzigerjahren zwei besonders interessante Adressen dafür. Auf der einen Straßenseite betrieb die Amerikanerin Sylvia Beach ihren Buchladen *Shakespeare and Company*, in dem Scott Fitzgerald, William Carlos Williams, Ezra Pound, James Joyce, Ernest Hemingway ein- und ausgingen. Auf der gegenüberliegenden Seite führte eine andere Frau, Adrienne Monnier, seit 1915 ihre *Maison des Amis des Livres*, eine Leih- und Verkaufsbuchhandlung, zu deren Besuchern Apollinaire, André Gide, Blaise Cendrars, Louis Aragon, André Breton, Valery Larbaud und etwas später auch Walter Benjamin gehörten.

Die temperamentvolle Dame mit ihrer fülligen Gestalt und ihren knöchellangen Röcken hatte aber auch noch andere Projekte. Sie lancierte im Juni 1925 die Literaturzeitschrift *Le Navire d'Argent* und engagierte als Redaktionssekretär den jungen Jean Prévost. Aufmerksam geworden war sie auf ihn durch seine ersten literarischen Texte und durch sein Buch über den Sport. Prévost sei ein «sehr gebildeter junger Mann» gewesen, ein «hervorragender Grammatiker» mit dem «Temperament eines Enzyklopädisten» – also genau das, was sie für ihre Zeitschrift gebraucht habe, schrieb sie später. Angesehene Autoren habe er mit Geschick für neue Beiträge zu gewinnen, aufdringliche junge Autoren mit Entschiedenheit abzuweisen verstanden. Das einzige Problem scheint für die Herausgeberin das trotzige Selbstbewusstsein ihres jungen Mitarbeiters gewesen zu sein. Als der angesehene Verleger Jean Schlumberger ihm einmal vorgeworfen habe, er benehme sich in der Literatur «wie ein im Porzellanladen herumgaloppierendes Fohlen», sei sie sehr froh gewesen, erinnerte Adrienne Monnier sich weiter, «denn Prévost hörte auf keine meiner Bemerkungen». Die Zusammenarbeit mit der literarischen Fee des Quartier Latin dauerte allerdings nicht lang. Schon nach elf Monaten ging die Zeitschrift *Le Navire d'Argent* wegen Finanzschwierigkeiten wieder ein.

Für Jean Prévost war die Erfahrung aber eine wertvolle Station, um in der Pariser Literaturszene Fuß zu fassen. Er arbeitete bald auch für die *N. R. F.*, die *Nouvelle Revue Française,* die Hauszeitschrift des Verlegers Gaston Gallimard, bei dem dann fast alle seiner Bücher erschienen. Das Eigenwillige und Sprunghafte seines Charakters schlug sich im breiten Spektrum seines Werks nieder, das von der literarischen Studie über den Essay, die Novelle, den Roman, die Theater-, Foto- und Architekturkritik bis zur Reportage und zum politischen Aufsatz reichte. Wie ein kleiner Stier sei Prévost «auf jede Idee losgerannt», erinnerte sich später der Philosoph Alain, sein Lehrer an der *École normale supérieure* – das behutsame Nachdenken sei nicht seine Stärke gewesen. Weniger wohlwollend notierte André Gide am 10. November 1927 in sein Tagebuch: «Unerträgliche Manie Jean Prévosts, immer intelligenter, gebildeter, ausgewogener oder was auch immer scheinen zu wollen als jener, über den er gerade spricht – und sei es Pascal, Descartes oder Dostojewski». Auch Prévosts späterer Biograf Jérôme Garcin musste es zugeben: Keines der rund dreißig Bücher steche als Meisterwerk besonders hervor, schrieb er, denn Prévost sei einfach ein zu brillanter Alleskönner gewesen, der von Charlie Chaplin bis zum Literaturkritiker Sainte-Beuve über alles gleich gut zu improvisieren verstand.

Dennoch weckten manche Bücher wie die autobiografisch gefärbten Schriften *Merlin* (1927) oder *Dix-huitième année* (1929) das Interesse der Kritik, und der Roman *Die Brüder Bouquinquant* stand 1930 sogar auf der Kandidatenliste für den Prix Goncourt. Der Roman erzählt die Geschichte zweier junger Brüder aus der Normandie, die sich nach dem Ersten Weltkrieg in Paris niederlassen. Der eine findet eine Anstellung in einer Autowerkstatt, der andere verdingt sich als Lastträger im Frachthafen. Wegen einer Frau, die der eine heiratet und misshandelt, der andere liebt und schwängert, geraten die Brüder aneinander. Es kommt zum Zweikampf, bei dem der Gatte von der Hafenmauer ins Wasser fällt und ertrinkt, woraufhin die Frau ihr Kind dem Liebhaber und leiblichen Vater anvertraut und sich als Anstifterin des Streits der Polizei stellt, vom Gericht dann aber freigesprochen wird. Das einfach gestrickte Sozialdrama aus dem Pariser Arbeitermilieu, das nach dem Krieg von Louis Daquin verfilmt wurde, trug dem Schriftsteller Prévost den Ruf eines Volksautors ein.

Die Bezeichnung ist jedoch irreführend und im Grunde falsch. Der Roman *Das Salz in der Wunde* zeigt, wie vielfältig Jean Prévost seine Figuren in einen thematisch ausgerichteten Handlungsrahmen einspannte. Grundthema des Buchs ist die unternehmerische Ambition in der Industriegesellschaft, wie sie sich im 19. Jahrhundert angebahnt hatte und nach dem Ersten Weltkrieg trotz Wirtschaftskrise über die Großstädte hinaus bis in die entlegenen Regionen sich ausbreitete. Ehrgeiz, Erfolgsrausch, Machthunger, Bereicherungssucht waren durch die Figur des Arrivisten in der Literatur bei Balzac, Maupassant, Émile Zola schon bekannt. Bei späteren Autoren wurden allmählich auch versteckte Handlungsmotive des geschäftlichen Erfolgsstrebens sichtbar, bei Thomas Mann etwa in den *Bekenntnissen des Hochstaplers Felix Krull* oder in Paul Morands 1924 erschienenem Roman *Lewis et Irène*, auf Deutsch *Die Fusion*, der die Geschichte eines skrupellosen Senkrechtstarters aus der Pariser Finanzwelt vorführt, dem die Provokation, der Regelverstoß, das Spiel mit dem Risiko zur Sucht und zum letztlich einzigen Lebensantrieb wird, auch in der Liebe.

Jean Prévost kehrt in seinem Roman nochmals einen ganz anderen Aspekt hervor. Was seinen Helden Dieudonné Crouzon auf den Weg seiner – erfolgreichen – Karriere treibt, ist nicht die positive Energie des Reüssierenwollens oder der Schauer des Wagnisses. Sein Ansporn zum Handeln schlingt sich um das tief wurzelnde Gefühlsknäuel des Ressentiments. Zwei Tage nachdem er von seinem Freund des Diebstahls verdächtigt wurde und mit dem eingangs erwähnten Kopfstoß reagierte, schwört der Romanheld sich auf der Fahrt im Zug nach Châteauroux, «seine Freunde von vorgestern» nie zu vergessen. Er wolle es ihnen schon zeigen, nimmt er sich vor, auch wenn er noch nicht genau weiß, was er zeigen will. Seine Kraft? Seine Überlegenheit? Eines ist sicher: «Ihretwegen durfte seine Mission in Châteauroux nicht scheitern.»

Alles, was er als Wahlhelfer und dann als aufstrebender Unternehmer an seinem neuen Lebensort unternimmt, wird von dieser Verbissenheit gegenüber den anderen ausgehen. «Wir sehen uns wieder, Laphin, und zwar früher, als du glaubst», knurrt er, als er, frisch entlassen, das Büro des Zeitungsdirektors des *Berrichon républicain* verlässt und beschließt, zum Konkurrenzblatt auf der anderen Straßenseite zu gehen. «Dich mache ich fertig, mein Lieber!», brodelt es in ihm bei der Auseinandersetzung mit dem Geschäftspartner Léveillé. Und dass die Dinge ihm immer wieder so gut – zu gut – gelingen, erfüllt ihn mit einer seltsamen Frustration. Bei so geringfügigen Hindernissen «wurde sein Hass auf die Verräter in Paris nicht hinreichend genährt», und der erfolgreiche Geschäftsmann muss sich stets aufs Neue in Erinnerung rufen, warum er sich so verausgabt: wegen seiner Feinde, das heißt der ehemaligen Freunde, die ihn auf die Bahn seiner Unternehmungen gestoßen haben. Diese Wut auf die anderen schließt auch Selbstverachtung mit ein. Er, Crouzon, der als angehender Jurist das Reden, Überzeugen, Verführen eigentlich in den Dienst großer Ideen oder einer großen Liebe hätte stellen wollen, verausgabt sich nun im Geschäft der Plakatwerbung – und das «absurde Wunder» tritt ein: Es funktioniert und liefert einen zusätzlichen Grund, die Menschen zu verachten.

Das Thema von Ehrgeiz, Arrivismus und Siegesstolz kommt im Roman aber auch offen zur Sprache. Der Pariser Freund Boutin, mit dem Crouzon in Kontakt bleibt, spricht diesen ausdrücklich darauf an. Was macht denn einen Arrivisten aus? Die Versteifung auf ein einziges Ziel, wie man sie auch beim Mystiker oder beim Verliebten findet, meint Boutin, also die Verweigerung der ständigen Kompensation des einen durchs andere, wie die «Durchschnittsbürger» sie praktizieren – etwa im Ausruhen nach der Arbeit, in der Vergnügung nach der Ruhe oder einfach im Hin- und Herdrehen beim Schlafen.

Dieses Charakterporträt allein würde aus dem Buch aber noch nicht das originelle und fesselnde Werk machen, das es tatsächlich ist. Crouzons von Hass, Verachtung und Ressentiment getriebener Tatendrang führt ihn noch weiter bis an den Punkt, wo solche Gefühle eigentlich nichts mehr zu suchen haben. Er führt geradewegs hinein in die Liebe. Wie der Autor Prévost diesen kühnen Brückenschlag von der Wut zur Liebe bewältigt, ist seine wahre Leistung in diesem Roman. Nach einer ersten Liebesenttäuschung mit einer Freundin in Paris, deren letzten Brief Dieudonné in einem seiner typischen Wutanfälle zerknüllt, zerbeißt und als Fetzen in den Papierkorb spuckt, lernt der junge Mann mit Anne-Marie den langen Weg der Geduld kennen. Am Anfang regt sich in ihm noch Vorsicht: «Nein, sie kommt für mich nicht infrage», sagt er sich nach der ersten Begegnung. «Bestimmt hasst auch sie ganz Châteauroux. Und weil sie eine Frau ist, dürfte sie sich durch Liebe rächen – so wie ich mich als Mann durch Ehrgeiz räche. Ich kann sie nicht lieben: Das wäre so stumpfsinnig und brutal wie Inzest.»

Allmählich aber lässt er sich dennoch von der Liebe einnehmen. Dabei lag er mit seiner anfänglichen Intuition schon ganz richtig: Diese Liebe hat etwas Inzestuöses. Nach einer der traurigsten Hochzeitsnächte, die wir aus der gesamten Romanliteratur kennen, liebt Dieudonné seine Frau von ganzem Herzen, weil er in ihr die Rebellin vor sich hat, die durch ihr voreheliches Verhältnis mit einem Cousin die Provinzgesellschaft brüskiert hat und die er nun dank seines Geschäftserfolgs eben dieser Gesellschaft als seine Gattin und damit als eine achtbare Dame aufzwingen kann. Anne-Marie liebt ihren Mann ebenfalls aufrichtig, weil er alle Hindernisse gewaltsam aus dem Weg räumt, einschließlich ihren Cousin und ehemaligen Geliebten. «Nein, Sie sind wirklich gemein!» – ruft sie entzückt aus und wirft sich ihm in die Arme mit dem perversen Vorwurf, sie nie am Schopf gepackt, gedemütigt und geschlagen zu haben. Und etwas später schwärmt sie: «Das ist aber ein magerer Liebesbeweis, mein teurer Mörder! Ich wünschte, du hättest alle erdenklichen Verbrechen begangen, dann wäre ich deine Komplizin und wir würden auf all diese Leute pfeifen.» Dieser Roman ist ein Liebesroman ganz besonderer Art: einer, bei dem die Glut für den anderen nicht spontan aus dem Innersten kommt, sondern von außen her sich unaufhaltsam mitten ins Herz brennt.

Hass, Liebe und als Mittelstück Geduld sind die Koordinaten, zwischen denen das Geschehen sich fortan bewegt. Crouzon hat es schon von Anfang an gewusst: «Hass ist das Einzige, was einen schlagartig geduldig macht.» In einem Glücksmoment zusammen mit Anne-Marie wird er später einen Schöpfertrieb spüren, in dem die mit Hass aufgeladene Geduld sich ganz der Liebe dienstbar macht.

Nicht psychoanalytisches Raffinement wie bei Stefan Zweig oder Julien Green schillert aus diesem Roman, vielmehr ächzen in ihm die tektonischen Kräfte von Naturwüchsigkeit, sozialer Frustration, Gewaltbereitschaft, Rührseligkeit und schlichter Naivität. In schroffer Zeichnung, jähen Erzählsprüngen und rabiaten Szenen bietet der Roman ein weit über das bloß Gesellschaftliche hinaus reichendes Porträt des modernen Aufsteigers. «Du bewahrst dir die einzig wahre Vornehmheit, die der Parvenüs», sagt Boutin am Schluss zu dem trotz seiner Erfolge weiterhin an sich zweifelnden Freund. Es ist die Noblesse, die statt auf vererbtem Standesbewusstsein auf einem Selbstbewusstsein beruht, das in der Zwischenkriegszeit von Amerika her auch in der europäischen Gesellschaft sich endgültig durchsetzte: das Selbstvertrauen des Selfmademan. «Hab keine Angst vor dem großen Erfolg», rät Boutin in der letzten Szene des Romans dem Freund, «du hast alles, was du machst, aus eigener Kraft erschaffen, du übertriffst alles, was du geschaffen hast.»

Neben diesem Zentralthema klingen im Roman mehr oder weniger offen auch zahlreiche Nebenmotive an. So wird vorgeführt, wie Weltwirtschaft und Marktkonkurrenz die französische Provinz erreichen und in Form von Plakatwerbung sich bis in die hinterste Ecke ausbreiten. Es wird beschrieben, wie schnell in diesem Geschäftsalltag die eigenen Jugendträume welken und dann auf die Kinder projiziert werden. Das lässt uns Crouzons Anfälle von Aggression, mit oder ohne Kopfstoß, manchmal geradezu nachvollziehbar erscheinen. Jean Prévosts Roman ist zugleich ein verwinkeltes Spiegelwerk seiner Epoche. Drei Jahre nach seinem Erscheinen veröffentlichte der Autor 1937 mit *La Chasse du matin* einen Folgeroman. Die Handlung spielt kurz nach dem Börsenkrach von 1929. Crouzon steht auf dem Höhepunkt seines Erfolgs, ist mittlerweile auch Parlamentsabgeordneter und wird von der jüngeren Generation, die es in der Wirtschaftskrise auf keinen grünen Zweig mehr bringt, allseits bewundert. Mit einigen jüngeren Kollegen gründet er eine Zeitung, gerät in den politisch brisanten Dreißigerjahren aber zwischen die einander bekämpfenden Lager und wird getötet, als er seine Druckerei zu verteidigen sucht.

Dass der Roman *Das Salz in der Wunde* kein autobiografisches Werk ist, bestätigt sich auch aus einem anderen Blickwinkel: dem schwierigen Verhältnis des Helden Crouzon zu den Frauen. Beim Autor Jean Prévost sah das ganz anders aus. Obwohl er selber seine massige körperliche Erscheinung nicht mochte und, den Zeitzeugen zufolge, auch kein besonders begabter Verführer war, hatte er offenbar doch erheblichen Erfolg bei den Frauen. Seine Unschlüssigkeit zwischen sportlicher Ruppigkeit und Sentimentalität in der Art jener Romanszene, wo das Ehepaar Dieudonné und Anne-Marie abends der mütterlichen Madame Rougeau verträumt die Köpfe aufs Knie legt, scheint auf Jean Prévosts zahlreiche Geliebte attraktiv gewirkt zu haben – was im Eheleben einige Spannungen verursachte.

Seine erste Frau, die in Chile aufgewachsene Marcelle Auclair, Tochter des dort tätigen französischen Architekten Victor Auclair, hatte er im Laden von Adrienne Monnier kennen gelernt. Nach der Heirat im Jahr 1926 wurden drei Kinder geboren. Marcelle steckte den Schmerz über die zahlreichen Liebschaften des Gatten weg, so gut es ging, und tröstete sich mit ihrem eigenen beruflichen Erfolg darüber hinweg. Sie war in jungen Jahren schon, zunächst bei der Zeitschrift *Marie-Claire*, dann bei *Paris-Soir*, eine in Paris angesehene Journalistin, die mit ihrem Einfluss und ihrem Einkommen ihren Mann weit übertraf. Die Beziehung zwischen den beiden hielt aber über alle Konflikte hinweg, und selbst die Scheidung, die 1939 doch noch vollzogen wurde, scheint nicht von dauerhafter Wirkung gewesen zu sein. Seine zweite Gattin Claude Van Biéma soll Prévost jedenfalls bald nach der Heirat schon wieder mit seiner ersten Frau betrogen haben.

Noch größer ist der Kontrast zwischen Roman und Biografie auf einem anderen Gebiet. Vom ungeduldigen Crouzon und seiner rebellischen Frau Anne-Marie hätte man im Buch auch eine politische Form von Auflehnung erwarten können, wie sie im Folgeroman *La Chasse du matin* dann tatsächlich zum Ausdruck kam. Obwohl Crouzon früh mit Politikern Umgang pflegt, spielt die Politik in *Das Salz in der Wunde* aber keine Rolle. Weder er selbst, noch seine Freunde, Geschäftspartner oder Gegner lassen klare Standpunkte erkennen, und politische Diskussionen kommen im Buch nicht vor. Für den Autor Jean Prévost, den politisch hellwachen Zeitgenossen jener Zwischenkriegsjahre, traf das Gegenteil zu. Er schrieb für verschiedene Zeitungen, gehörte seit 1931 zur Redaktion des Abendblatts *L'Intran-*

sigeant und verfasste für dieses vertretungsweise auch politische Leitkommentare. Als Sozialist ohne Parteibindung trat er für die Einführung der Vierzigstundenwoche ein, plädierte für den massiven Ausbau der öffentlichen Verkehrsbetriebe oder zerbrach sich darüber den Kopf, wie man nach der Wirtschaftskrise trotz Rationalisierung und Mechanisierung gegen die Massenarbeitslosigkeit angehen könne.

Am direktesten flossen Prévosts politische Überzeugungen aber in jenes Wochenblatt ein, das er unter dem Titel *Pamphlet* im Februar 1933 zusammen mit zwei Kumpanen selbst gegründet hatte. Die neue Zeitung wende sich mit logischem Denken und mit Ironie gegen alle Demagogen von rechts wie von links, hatte er in der Erstlingsnummer geschrieben, in der Hoffnung, dass die zeitgenössische «parlamentarische und journalistische Blödsinnfabrik eines Tages ihre Tore – wenn nicht ganz schließen, so zumindest ihre Produktion verringern werde».

Die dreizehn Monate, während derer das Blatt *Pamphlet* erschien, bevor es wegen politischer Meinungsverschiedenheiten unter den drei Herausgebern wieder einging, waren eine bewegte Zeit. Der Machtantritt Hitlers hatte Deutschland in die Schlagzeilen gebracht. Was hatte Deutschland vor, fragte man sich in den Nachbarländern. Würden sich die deutschen Arbeiter dem Kriegstreiben des Führers in den Weg stellen und wann? Prévosts Überlegungen zu diesem Thema in *Pamphlet* spiegeln das Dilemma der französischen Linken, die seit dem Ersten Weltkrieg mehrheitlich pazifistisch eingestellt war und sich darauf verlassen wollte, dass die deutschen Kameraden sich einem neuen Krieg verweigern würden. «Ich liebe die Deutschen nach wie vor», begann Prévost seinen Kommentar vom 24. März 1933 unter dem Titel *Weder Angst noch Hass*. Der Text ist eine Mischung aus Scharfblick und politischen Fehlurteilen. Die Entwicklung in Deutschland müsse vor dem Hintergrund der Demütigung nach dem Ersten Weltkrieg durch den Versailler Vertrag verstanden werden, schrieb Prévost hellsichtig. Statt auf Hitlers propagandistische und militärische Aufrüstung mit Gegenbewaffnung zu reagieren, fuhr er jedoch fort, sollte man besser die Ruhe bewahren und das «andere» Deutschland stärken, jenes von Goethe, Hölderlin, Novalis und Heine, Kant, Hegel und Nietzsche, das sich den Plänen des Führers widersetzen würde. Das Hitlerregime würde politisch klug genug sein, um einzusehen, dass es gegen diesen entschlossenen Widerstand von innen wie von außen nicht ankommen könne, und es werde sich bald wieder in die Reihe der vernünftigen Nationen einordnen. Prévost hat nur eins übersehen: dass es dafür schon zu spät war.

Er hat seine Position später allerdings gründlich korrigiert. Als die deutsche Kriegsentschlossenheit offensichtlich wurde, trat er zwar ohne jede Begeisterung, aber dennoch resolut für die Aufrüstung gegen Deutschland ein, kritisierte das Münchner Abkommen mit Hitler, übersiedelte nach der französischen Niederlage 1940 in die Freie Zone nach Lyon, wo er für *Paris-Soir* arbeitete, und schloss sich schließlich der Résistance an.

Bei aller Kampfbereitschaft vermied Jean Prévost bis zuletzt einen pauschalen Deutschlandhass und bemühte sich um ein differenzierteres Deutschlandbild, wie es in jenen Jahren auch im Roman *Das Schweigen des Meeres von*

Vercors zum Ausdruck kam. In einem Brief an den deutschen Journalisten und Schriftsteller Friedrich Sieburg, von dem er sich Hilfe erhoffte, als er für seine Frau einen Passierschein von Paris nach Lyon beschaffen wollte, hatte Prévost schon 1940 aus Lyon geschrieben: «Ich muss Ihnen sagen, dass die Franzosen, die sich heute in die Arme der Deutschen werfen, mir ebenso verachtenswert vorkommen wie Ihnen die Deutschen, die sich 1919 in die Arme der Franzosen geworfen haben – das heißt, dass weder der Sieg noch der Waffenstillstand mich in meiner Haltung zu irgendwelchen Zugeständnissen veranlassen wird.»

Der Kampf um Überzeugungen konnte aber schließlich nur noch mit Waffengewalt geführt werden. Als Hauptmann Goderville war Prévost 1944 mit seiner Einheit im Vercors, einem Kerngebiet der französischen Résistance, im Einsatz. Nach der alliierten Landung vom 6. Juni in der Normandie war die Anweisung an die Widerstandsgruppen ergangen, von den kurzen Kommandoeinsätzen zur offenen Konfrontation mit dem Feind überzugehen. Prévost hielt sich Ende Juli mit einer Schar Männer in einer Höhle in der Nähe von Grenoble verschanzt. Am 1. August beschloss er, mit vier Kumpanen den Ausbruch zu wagen, und verließ den Unterschlupf mit der Absicht, sich bis nach Grenoble durchzuschlagen. Nahe dem Dorf Sassenage wurden die Widerstandskämpfer von einer deutschen Patrouille entdeckt und auf der Stelle liquidiert. Jean Prévost starb unter seinem Tarnnamen Goderville, und manchen seiner Mitstreiter mochte wohl gar nicht klar sein, wer sich hinter diesem Pseudonym verbarg.

Zu wirklicher Berühmtheit als Schriftsteller hat Prévost allerdings auch nach seinem Tod nie gefunden. In Erinnerung blieben vor allem seine literaturkritischen Texte über Stendhal, einzelne Romane und ein paar Reportagen aus Amerika, die 1939 unter dem Titel *Usonie* erschienen waren. Ist ihm damit Unrecht geschehen? Jedenfalls kein so krasses, wie der Biograf Jérôme Garcin es beklagt. Wie die Deutschen im Krieg den Maquisarden erschossen hätten, schrieb er böse, so hätten die Franzosen mit ihrer Gleichgültigkeit ihm gegenüber später den Schriftsteller noch einmal getötet und sich lieber für die anrüchigen Autoren Céline, Lucien Rebatet, Drieu La Rochelle, Paul Morand interessiert. Jean Prévost lohnt die Lektüre und Wiederlektüre aber nicht deshalb, weil er die richtige oder falsche Gesinnung hatte, sondern weil seine eruptiven literarischen Texte über Gesinnungsgrenzen hinweg tief liegende Empfindungsschichten aufwirbeln.

Joseph Hanimann

Editorische Notiz

Jean Prévost verwendet zur Kennzeichnung der Gedankenrede seines Helden unterschiedliche formale Mittel wie Klammern, Anführungszeichen oder Kursivierungen. Die Übergänge sind zum Teil fließend, geben aber Abstufungen wieder. Um dieses Merkmal modernen Erzählens nicht zu verfälschen, wurde es hier weitestgehend aus dem Original übernommen.

Inhalt

Titel der französischen Ausgabe:
«Le Sel sur la plaie» (1934)

Die Übersetzerin dankt dem Deutschen Übersetzerfonds
für die Förderung ihrer Arbeit.

Der Verlag dankt *Les Amis de Jean Prévost*
für die Unterstützung bei der
Publikation dieses Buchs.

Verlagsgruppe Random House FSC® N001967
Das für dieses Buch verwendete FSC®-zertifizierte Papier
Munken Premium Cream liefert Arctic Paper
Munkedals AB, Schweden.

Diese Buchausgabe wurde von Greiner & Reichel
in Köln aus der Sabon LT Pro gesetzt,
von GGP Media GmbH, Pößneck, gedruckt und gebunden.
Alle verwendeten Materialien entsprechen
alterungsbeständiger Qualität,
die Papiere sind chlor- und säurefrei.
Printed in Germany 2015
ISBN 978-3-7175-2338-3

www.manesse.ch

DEUTSCHE ERSTÜBERSETZUNG

Alexandre Dumas
EIN LIEBESABENTEUER

Aus dem Französischen übersetzt
von Roberto J. Giusti
Nachwort von Romain Leick
208 Seiten, Leinen mit Schutzumschlag
ISBN 978-3-7175-2190-7

Dichter in den besten Jahren trifft junge Schauspielerin – Alexandre
Dumas gestaltet aus einer privaten Episode eine hinreißende Erzählung
um Eros und platonische Leidenschaft. Zwei verwandte Seelen umkreisen
sich in inniger Hingabe an den schönsten Schauplätzen des alten Europa.
Eine Begegnung, wie sie in jedem Leben nur einmal vorkommt.

«Ein wunderbarer kleiner Dumas-Roman ... Ich las das Buch
so begeistert, die behände Übersetzung von Roberto J. Giusti
hatte die Leichtigkeit, die Intelligenz, dass die Frage
nach dem Original mir gar nicht kam.»
Frankfurter Rundschau

«Es ist ein ungemein unterhaltsames, leichtfüßig erzähltes und zugleich
literarisch äußerst vertracktes und spannendes Büchlein.»
RBB Kulturradio

«Ein Liebesabenteuer der eher stillen Art, jederzeit schön zu lesen.»
Neue Zürcher Zeitung

«Diese federleichte, frivole Komödie aus dem Jahr 1856
begeistert heute noch mit gewitzten Dialogen.»
Hörzu

«Ein witziger, sinnlicher Einblick in die gesellschaftlichen
Gepflogenheiten der Zeit und in Dumas' Vielseitigkeit,
über die man nur staunen kann.»
Nürnberger Nachrichten

«Ein kleines, höchst unterhaltsames Meisterwerk ...
mit so glänzenden Dialogen gespickt, dass man sich als Leser das
Geschehen auch auf einer Theaterbühne vorstellen könnte.»
Lesart

MANESSE

Wenn lesen, dann erlesen.

MODERNE KLASSIKER IN NEUÜBERSETZUNG

Henry James
WASHINGTON SQUARE

Roman

Aus dem amerikanischen Englisch übersetzt und
mit einem Nachwort von Bettina Blumenberg
288 Seiten. Leinen mit Schutzumschlag
ISBN 978-3-7175-2310-9

Er liebt sie, er liebt sie nicht, er liebt sie, er liebt sie nicht … Selten waren Herzensangelegenheiten undurchsichtiger als in diesem Roman. «Washington Square», eines von James' bekanntesten und beliebtesten Werken, offenbart seine Meisterschaft in der Analyse menschlicher Abgründe. Die vorliegende Neuübersetzung erschließt die komplexe, anspielungsreiche Sprachwelt des Autors und ermöglicht endlich auch im Deutschen höchsten Lesegenuss.

«Das Buch fesselt … Buchdeckel zu, die Fenster zum
Washington Square stehen plötzlich weit offen.»
ORF

«Seien Sie lieber vorab gewarnt: Dieser Schriftsteller wird Sie nicht mehr aus seinen Fängen lassen, sobald Sie eine Zeile von ihm gelesen haben … Ein Leben ohne Henry James ist möglich, aber sinnlos.»
Die Zeit

«Was auf den ersten Blick wie ein behagliches Tableau wirkt, ist in Wirklichkeit eine knallharte Analyse der gesellschaftlichen Verhältnisse unter finanziellen Gesichtspunkten. Schon auf den ersten Seiten dekonstruiert der Schriftsteller seine Figuren in elegantester Manier.»
Deutschlandradio Kultur

«Exquisite Bosheit, psychologischer Röntgenblick und eine haarfein austarierte Dramaturgie … Bettina Blumenberg hat dieses funkelnde Prosastück mit außerordentlichem Gespür ins Deutsche übersetzt. Ihr feines Ohr geht den Nuancen der Dialogduelle nach und legt Satz für Satz den moralischen Scharfsinn von James' Erzählen frei.»
Frankfurter Allgemeine Zeitung

«Wunderbar neu von Bettina Blumenberg …
Henry James' ‹Washington Square›: Der Roman eines Autors,
dem keine menschliche Regung entgeht.»
Süddeutsche Zeitung

MANESSE
Wenn lesen, dann erlesen.

Edith Wharton
EIN ALTES HAUS AM HUDSON RIVER

Roman
Aus dem amerikanischen Englisch
übersetzt von Andrea Ott
Nachwort von Rüdiger Görner
624 Seiten. Leinen mit Schutzumschlag
ISBN 978-3-7175-2230-0

Wie hoch darf der Preis für einen Lebenstraum sein?
Und wie bleibt man sich auf dem Weg dorthin treu? In kraftvollen
Bildern erzählt Edith Wharton von den Zweifeln und Kämpfen eines
Künstlers auf der Suche nach sich selbst. Die deutsche Erstüber-
setzung dieses bewegenden Romans lädt ein zur Wiederentdeckung
der Grande Dame der US-amerikanischen Erzählkunst.

«Eine der scharfsinnigsten und unterhaltsamsten amerikanischen
Schriftstellerinnen … ein Roman der Selbstbehauptung
der vom 19. Jahrhundert hervorgebrachten literarischen
Moderne gegen ihre Nachfolgerin im 20. Jahrhundert.»
Süddeutsche Zeitung

«Whartons großer Roman bietet Stoff genug, sich im Glück
des Lesens zu verlieren … Erfreulich, dass der runde
Geburtstag jetzt Anlass für die Neubegegnung mit dieser
großartigen Autorin bietet, zumal in so reich orchestrierter
und nuancierter Übertragung wie von Andrea Ott.»
Frankfurter Allgemeine Zeitung

«Eine lebendige, kluge, ironische und poetische ‹éducation
sentimentale› in der Tradition des europäischen Bildungsromans.»
Deutschlandradio Kultur

«Whartons großartiges Sensorium für Naturschilderungen und
Interieurs ist ins ‹Alte Haus am Hudson River› ebenso eingegangen
wie Reflexionen zum schriftstellerischen Selbstverständnis.»
Neue Zürcher Zeitung

«Wir Heutigen können eine vergangene Welt entdecken, wenn wir
Edith Wharton lesen, aber auch eine ganz erstaunlich gefühlsfrische.»
Frankfurter Rundschau

MANESSE
Wenn lesen, dann erlesen.

MODERNE KLASSIKER IN NEUÜBERSETZUNG

Edith Wharton
DÄMMERSCHLAF

Roman
Aus dem amerikanischen Englisch
übersetzt von Andrea Ott
Nachwort von Verena Lueken
320 Seiten. Leinen mit Schutzumschlag
ISBN 978-3-7175-2172-3

New York in den Roaring Twenties. Edith Wharton zeichnet das zum Schreien komische Porträt einer Gesellschaft, deren lärmendes Partygetöse alle Sinnfragen übertönt. An mehr als einen leichten Dämmerschlaf ist in solcher Atmosphäre nicht zu denken, denn wer schläft, sündigt nicht – und ist damit nur Zaungast einer rauschhaft betriebsamen Welt.

«Edith Wharton beherrscht perfekt, was man amerikanischen Erzählern so gerne nachsagt: Stilsicherheit, epische Breite und Reichtum an sprechenden Details … Bis heute hat ihr Roman nichts an Schärfe eingebüßt. Er ist geradezu fabelhaft aktuell, zeigt er doch eine narkotisierte Welt, in der alles auf Effizienz gebürstet wird, um die Angst zu betäuben, die Angst vor Altern, Elend und Vergänglichkeit.»
Deutschlandradio Kultur

«Die Neuübersetzung von Andrea Ott lässt den Klassiker wieder aufleben – als Sittengemälde, das anschaulich von Dekadenz und vermeintlichem Glamour erzählt.»
Gong

«Wie Edith Wharton diese Gesellschaftskritik vor dem Leser in Form einer großen Komödie ausbreitet, ist nichts weniger als elegant.»
Wiener Zeitung

«Edith Whartons Romane sind eine zarte Versuchung, der kein Leser lange widerstehen kann … Hier wird Literatur zur Poesie der Emotionen – eben ein Meisterwerk, das absolut mitreißend ist von der ersten bis zur letzten Buchseite.»
Literaturmarkt

«Schön, dass dieser geschliffene, sprachfunkelnde Roman in einer ebenso geschliffenen Übersetzung nun wieder vorliegt.»
Frankfurter Rundschau

MANESSE

Wenn lesen, dann erlesen.

MODERNE KLASSIKER IN NEUÜBERSETZUNG

James Joyce

EIN PORTRÄT DES KÜNSTLERS ALS JUNGER MANN

Aus dem Englischen
übersetzt von Friedhelm Rathjen
Nachwort von Marcel Beyer
352 Seiten. Leinen mit Schutzumschlag
ISBN 978-3-7175-2222-5

Autoritäten hinterfragen. Tabus brechen. Befangenheiten abstreifen. Und es der ganzen Welt zeigen. James Joyce schildert in seinem Meisterwerk den Aufbruch eines jugendlichen Helden in Freiheit und Selbstbestimmung. Das berühmte «Porträt», ein Bekenntnis zu souveränem Menschen- und Künstlertum, liest sich so zeitgemäß wie vor hundert Jahren.

«Dieses Buch muss man kaufen und lesen und wegsperren, aber keinesfalls darf man es versäumen.»
H. G. Wells

«Die neue deutsche Fassung ist wunderbar lebendig und genau, erstarrt weder in Ehr- noch sonstiger Furcht und bietet viele feine Lösungen für Joyce'schen Witz oder knifflige Reime.»
Deutschlandradio Kultur

«Wer sich bisher nicht an James Joyce herangewagt hat, der wird durch diese neue, sprachlich brillante Übersetzung eines Besseren belehrt.»
Norddeutscher Rundfunk

«Eine herausragende Neuübersetzung.»
Kleine Zeitung

«Ganz allgemein möchte die Neuübersetzung von ‹Ein Porträt des Künstlers als junger Mann› alle Nuancen von Stimmungen und Impressionen genau so in differenzierte Sprache bringen, wie es Joyce im Original getan hat. Und man muss sagen: Das Unternehmen ist dem Übersetzer durchaus gelungen.»
Münchner Merkur

MANESSE

Wenn lesen, dann erlesen.

MODERNE KLASSIKER IN NEUÜBERSETZUNG

Thomas Wolfe
SCHAU HEIMWÄRTS, ENGEL
Eine Geschichte vom begrabenen Leben

Roman
Aus dem amerikanischen Englisch
übersetzt von Irma Wehrli
Nachwort von Klaus Modick
784 Seiten. Leinen mit Schutzumschlag
ISBN 978-3-7175-2182-2

Thomas Wolfes Porträt einer Familie im permanenten Ausnahme-
zustand ist einer der vitalsten und faszinierendsten Romane über die USA,
vielleicht der amerikanischste, der je geschrieben wurde.
Die hier vorgelegte Neuübersetzung macht die Sprachgewalt
des legendären Klassikers in ihrer urtümlichen Intensität erfahrbar.

«Eine Neuübersetzung, die keine Wünsche offenlässt: So muss Wolfe
klingen, so wird er auch weitere Jahrzehnte überdauern.»
Welt am Sonntag

«Nun also legt Irma Wehrli eine moderne Version vor, hart in den
Brüchen, polyfon natürlich, wie wir es von den neuen Übersetzungen
von Dostojewski oder Stendhal gewohnt sind … Ob man noch so
schreiben kann? Jedenfalls soll man heute so übersetzen!»
Die Zeit

«Irma Wehrlis Neuübertragung … gibt den kräftigen Stilfarben
des Originals auf Deutsch neuen Glanz, in der Lebhaftigkeit
der Dialoge, der üppigen Bildersprache, in Klang und Rhythmik.»
Frankfurter Allgemeine Zeitung

«Hervorragend ediert, hervorragend übersetzt, liegt jetzt endlich
das sperrige, wegweisende Meisterstück perfekt aufbereitet vor.»
Literarische Welt

«Der fulminanten neuen Übersetzung von Irma Wehrli gelingt es,
Thomas Wolfes fast vergessenes Meisterwerk ‹Schau heimwärts,
Engel› im Licht der Gegenwart leuchten zu lassen.»
Literaturen

MANESSE
Wenn lesen, dann erlesen.

DEUTSCHE ERSTÜBERSETZUNG

Thomas Wolfe
DIE PARTY BEI DEN JACKS

Aus dem amerikanischen Englisch
übersetzt von Susanne Höbel
Nachwort von Kurt Darsow
352 Seiten. Leinen mit Schutzumschlag
ISBN 978-3-7175-2234-8

Erstmals auf Deutsch: ein Schlüsselwerk der US-Moderne –
so vibrierend, «sophisticated» und furios wie die späten Roaring
Twenties. Thomas Wolfes epochales New-York-Porträt fängt den
Rhythmus einer rastlosen Metropole ein, in der der Tanz auf
dem Vulkan immer ausgelassenere Formen annimmt.

«Einer der besten Romane der Gatsby-Ära.»
Frankfurter Allgemeine Sonntagszeitung

«Ein fabelhaft aktuelles Buch ... Man staunt,
man tanzt durch dieses Fegefeuer der Eitelkeiten und Träume.
Und möchte gar nicht aufhören.»
Die Welt

«Wortgewaltig und formvollendet, gebührt Wolfes Roman im Regal
ein Ehrenplatz gleich neben Mann, Proust und Faulkner.
Ein Meisterwerk.»
Financial Times Deutschland

«Bissige Sozialstudie, feine Psychoanalyse des Ehebruchs,
überbordende Schwelgerei, wenn es um Dekors und
Delikatessen geht.»
Stern

«Verliebt ins Detail, mit subtiler Ironie bis zum kräftig satirischen
Strich entfaltet Wolfe ein grandioses Panorama an Charakteren.»
Deutschlandradio Kultur

«Sprachgewalt und stilistische Brillanz,
wie sie ganz selten zu finden sind.»
Bayerischer Rundfunk

MANESSE
Wenn lesen, dann erlesen.

Thomas Wolfe
VON ZEIT UND FLUSS
Legende vom Hunger des Menschen
in seiner Jugend

Roman
Aus dem amerikanischen Englisch
übersetzt von Irma Wehrli
Nachwort von Michael Köhlmeier
1200 Seiten. Leinen mit Schutzumschlag
ISBN 978-3-7175-2326-0

Ein amerikanisches Epos, das seinesgleichen sucht – hymnische
Daseinsfeier und faszinierendes Bekenntnis einer über-
schwänglichen Künstlerseele, Epochenpanorama der goldenen
1920er-Jahre und Herzensbuch für alle Sehnenden.

«Was für eine Fülle, was für eine Kraft, was für ein Überschwang! ... Das kraftvolle Deutsch Irma Wehrlis fängt die einzig-
artige Stimmung dieses Epos kongenial ein. Ihm gebührt ein
Ehrenplatz in der Bibliothek der Moderne.»
Süddeutsche Zeitung

«Die wortgewaltige Legende vom Hunger des Menschen in seiner
Jugend lässt den ‹amerikanischen Homer› auch in Deutschland endgültig aus dem Schatten Hemingways, Faulkners und Scott Fitzgeralds
heraustreten. Sie zeigt ihn auf der Höhe seiner Kunst und unterstreicht
nachdrücklich seinen Rang als amerikanischer Klassiker der Moderne.»
WDR

«Der literarischen Gattung des Romans alle Ehren erweisend,
vereint Wolfe epische, dramatische und lyrische Elemente.»
Neue Zürcher Zeitung

«Der Übersetzerin Irma Wehrli gelingt es eindrucksvoll, das ganz
eigene Pathos und den vibrierenden existenziellen Druck auch auf
Deutsch zu vermitteln ... eine großartige Wiederaneignung.»
Deutschlandradio Kultur

«Ausgezeichnet wird diese Neuausgabe nach fünfundsiebzig
Jahren, vor allem aber die überwältigende Leistung
der Übersetzerin Irma Wehrli.»
Darmstädter Jury

MANESSE

Wenn lesen, dann erlesen.